Daniel Raifura

...und nachts kommen die Schatten

Für meine Mutter Marion

Daniel Raifura

…und nachts kommen die Schatten

ldib Verlag

Bibliografische Information der Deutschen Nationalbibliothek
Die Deutsche Nationalbibliothek verzeichnet diese
Publikation in der Deutschen Nationalbibliografie.
Detaillierte bibliografische Daten sind im Internet
über http://dnb.ddb.de abrufbar.

Lerchenstraße 37, 45134 Essen
www.oldib-verlag.de, info@oldib-verlag.de
Umschlagestaltung: Oliver Bidlo
Umschlagbild: Michel Jankowski
Druck: Books on Demand GmbH, Norderstedt

ISBN 978-3-939556-16-9

Kapitel 1

Es war die Nacht vom 26. auf den 27. Februar, eine Nacht voller klirrender Kälte. In nicht mal einem Monat sollte Frühlingsanfang sein, doch das Wetter spielte verrückt. Seit zwei Tagen fiel fast ununterbrochen Schnee, und zum Entsetzten aller Autofahrer und zur Freude der Kinder blieb der Schnee liegen. Und wie bei jedem Schneechaos versagte auch dieses Mal der Winterdienst der Stadt Essen. Die Straßen wurden zu Eisflächen, sodass reihenweise Autos an den Rändern der Hauptstraßen geparkt waren. Doch auch um 0.42 Uhr am Freitagmorgen fuhr dann und wann ein Auto im Schritttempo durch die weiße Schneelandschaft.
In den Seitenstraßen lag der Schnee unberührt wie eine weiße Kaschmirdecke über den Straßen, Häusern, Gärten, einfach überall. Es machte den Anschein, dass der Weihnachtsmann jede Sekunde durch die Luft geflogen kommen würde.
In der Kappenbergstraße mitten in Essen, einer Straße, welche aufgeteilt war in zwei U´s, in deren Mitte eine große Grünfläche und ein Spielplatz lagen, war es totenstill. Jedes Geräusch wurde von der sterilen Atmosphäre des Schnees erdrückt. Die Kombination aus Schnee und Straßenlaternen erhellte die Straße auf eine gespenstische Art und Weise. Die Welt sah nicht wie gewohnt bunt aus, sondern nur schwarz und weiß. Der Boden und alle Erhebungen waren strahlend weiß und die Ecken, die Schatten warfen, waren tiefschwarz.
So konnte man eine zusammengekauerte Person auch nicht erkennen, welche dicht hinter einem großen Ahornbaum gedrückt saß. Ganz regungslos saß sie hinter dem riesigen Baumstamm und beobachtete ein weiß geklinkertes Haus, wie es zu Tausenden in Nordrhein Westfalens Großstädten zu finden ist.
Durch ein Fenster im Erdgeschoss, welches zur Straße hin gelegen war, viel ein bläuliches Licht, vom Fernseher.
Peter Johan saß betäubt vom allabendlichen Fernsehprogramm auf seinem Sofa und versuchte in den Schlaf hinüberzudämmern, während der Moderator der Spätnachrichten verkündete:
»Und nach der Werbung sehen Sie: Der wahrscheinlich stärkste

Wintersturm des Jahrzehnts hält weiterhin an. Das normalerweise vom Schnee verschonte Ruhrgebiet steht bei anhaltenden Schneestürmen vor dem Kollaps.
Experten rechnen damit, dass in einigen Regionen, sollten diese starken Schneefälle weiterhin anhalten, es zu Problemen mit der Energieversorgung kommen kann – bis gleich.«
Er war gerade eingenickt, als er durch ein leises klackendes Geräusch aufschreckte. Mit halb zugekniffen Augen schaute er zur Verandatür, denn mit einem Mal kam aus der Richtung der Veranda ein eiskalter Luftzug.
Die Glastür zur Veranda stand einen Spalt weit offen. Peter erhob sich vom weichen warmen Mikrofasersofa und schleppte sich murmelnd zur Tür.
»Eines Tages haben wir einen Einbrecher hier in der Bude, weil Madame die verdammte Tür nicht zusperrt, die bekloppte Kuh.«
Und jetzt ging alles rasend schnell. In dem Augenblick, als Peter den geschmolzenen Schnee im Durchgang von der Verandatür ins restliche Haus bemerkte, sprang er auf und rannte zur Verandatür. Schnell begriff er, dass er Fußspuren aus Schneematsch und Wasser vor sich hatte. Ein Gefühl aus Hilflosigkeit und Panik erfasste ihn. Dann durchfuhr Johan ein Schmerz in seinem Rücken und er sank mit einem lauten Stöhnen zu Boden. Das letzte, das Peter Johan sah, war, wie sich eine schwarze Gestalt über ihn beugte und ihn packte.
Als er wieder zu sich kam, konnte er sich nicht richtig bewegen, da er mit einer Wäscheleine oder etwas Ähnlichem gefesselt war. Jetzt nahm er wieder verschwommen eine schwarze Gestalt wahr, die mit dem Rücken zu ihm stand und sich an irgendetwas, was er nicht erkennen konnte, zu schaffen machte. Nach einigen quälend langsamen Sekunden realisierte er, was die Person machte. Sie hantierte an irgendetwas herum.
»Was wollen Sie von mir? Verlassen Sie augenblicklich das Haus!« keuchte Johan.
Die in schwarz gekleidete Person drehte sich wie in Zeitlupe herum und kam auf ihn zu. Als er schemenhaft das Gesicht unter der Kapuze der Gestalt erahnte, beschlich ihn das Gefühl, dass der Mann ihm nicht vollkommen fremd war. Aber nur wo hatte

er den jungen Mann schon vorher gesehen? Kurz vor seinem Gesicht stoppte der junge Mann und flüsterte Peter Johan mit ruhiger aber fester Stimme ins Ohr.
»Ich wollte so gern Dich und Deine Schlampe leiden sehen und dem Kleinen das Leid ersparen.«
In dem Moment sah Johan, woran der junge Mann herumgefingert hatte. Es war seine Frau, die mit durchschnittener Kehle am Boden lag und ihr kleiner sechsjähriger Sohn Sven, der friedlich schlafend neben seiner Mutter lag, doch Johan wusste zu diesem Zeitpunkt, dass auch sein Sohn tot war. Übelkeit überkam ihn und er erbrach sich. Er wusste, dass auch er sterben würde, nur wann und wie war ihm unklar. Er begann zu wimmern.
»Ich flehe Sie an, lassen Sie mich am Leben, von mir droht Ihnen keine Gefahr, lassen Sie mich leben. Ich gebe Ihnen all mein Geld, EC- und Kreditkarte mit Geheim…«.
Weiter kam er nicht, als der junge Mann auf ihn zu sprang, ihn an seinem Schopf packte und nach oben riss.
»Von Dir altem Pisser droht mir wirklich keine Gefahr mehr, sondern nur DIR von MIR. Und was soll ich mit Deinem Geld? Sag mir Peter, wie willst Du sterben? Wie willst Du es gerne haben?« Der Mann spuckte Johan ins Gesicht und stieß den Kopf in Richtung Fußboden. Mit einem Mal begriff er, woher er den jungen Mann kannte.
Aber das konnte doch nicht sein, dachte Johan. Jetzt stieg seine Panik ins Unermessliche. Seine Angst, die ihn bis jetzt gelähmt hatte, durchfuhr ihn wie eine glühende Klinge. Krämpfe der blanken Angst durchfuhren ihn.
Der in schwarz gekleidete Mann stand nun breitbeinig über ihm und sah ihm wieder direkt ins Gesicht.
»Ok Peter, Du sagst mir nicht, wie Du es haben willst? Dann entscheide ich für Dich: langsam, ganz langsam, so richtig zum Genießen!« In diesem Augenblick stieß er Peter Johan ein dreißig Zentimeter langes Messer in den Bauch und bewegte das Messer ganz langsam hin und her. Und rauf und runter.
Johan war nicht sofort tot, nach circa einer Minute waren die Schmerzen so groß, dass sein Gehirn abschaltete.

Kapitel 2

Einer dieser typischen Februarmorgen dachte Tanja Engel. Sie wäre liebend gern im Bett liegen geblieben, um mit ihrem Hund Amy, einer kleinen Huskyhündin, zu schmusen. Aber leider musste sie für einen Kollegen im Jugendamt einen Routinebesuch bei einer Familie machen, da der Kollege unerwartet krank geworden war. So stapfte sie durch den knöchelhohen Schnee von ihrem Auto aus zu der Wohnungstür. Sie vergewisserte sich durch einen kurzen Blick in ihren rosafarbenen Aktenordner, ob sie vor dem richtigen Haus stand: Familie Johan
Kappenbergstr. 57a
45355 Essen
Weiter stand auf dem einzelnen Blatt:
Grund des Besuches:
Grundschullehrerin Frau Seifert meldete sich am 14. Februar bei mir telefonisch, indem sie mir ihre Besorgnis zuteil machte, da Sven Johan des Öfteren mit starken Blutergüssen im Bereich der Lendenwirbelsäule und im Brustbereich im Rahmen des Sportunterrichts auffällig geworden war. Auf Nachfragen von Frau Seifert reagierte Sven eingeschüchtert und antwortete ihr, dass er sich wohl beim Spielen verletzt haben müsse. Da regelmäßig neue Blessuren auftraten, hielt Frau S. es für nötig, uns, das Jugendamt, zu informieren. Deshalb bitte ich Sie in Vertretung für mich, einen routinemäßigen Besuch bei Familie Johan durchzuführen. Ich habe die Familie über ihr Erscheinen um 9 Uhr am Morgen telefonisch informiert.

Gruß
Inga Strohtmann
(Jugendamt Essen-Borbeck)
Tanja stand nun vor einem weiß geklinkerten Haus, wie es typisch ist für diese Gegenden, hier in Nordrhein-Westfahlen.
Sie stand nun vor einer Tür aus grünem Milchglas und drückte zweimal auf die Schelle, welche den Namen Johan auswies.
Es war eine Angewohnheit, immer gleich zweimal zu schellen, das wusste sie. Allerdings nahm sie diese Angewohnheit hin, in-

dem sie sie für sich selbst begründete, dass sie eine 36-jährige Sozialarbeiterin sei und alle Sozialarbeiter schließlich die eine oder andere Macke hatten.

Keine Reaktion

Sie schellte noch zweimal. Nichts, keine Reaktion, keine Bewegung, einfach nichts. *Toll*, dachte sie, wieder einmal stand sie vor einer verschlossenen Tür. Als sie das letzte Mal vor einer verschlossenen Tür stand, das war genau im Juni letzten Jahres, hatte sie auch einen routinemäßigen Besuch bei einer Familie ganz in der Nähe machen sollen. Als sie damals vor der Tür wartete und niemand öffnete, wollte sie fast wieder verschwinden, bis sie in weiter Ferne, aus den Tiefen der Wohnung, ein leises Wimmern hörte und ihr bewusst wurde, dass sich im Inneren der Wohnung ein tragisches Ereignis vollzog. Sie reagierte aber wie sie es gelernt hatte: Handy raus, Polizei anrufen, warten, nicht voreilig reagieren. So konnte sie damals das Leben der kleinen Selina retten, als ihre Mutter versuchte, zuerst ihrer Tochter das Leben zu nehmen und im Anschluss sich selbst. Als die Polizei eintraf und sich gewaltsam Zugang zu der Wohnung verschaffte, war Tanja direkt dabei und betrat die Wohnung hinter den zuständigen Beamten der Polizei. Das Bild, was sich ihr dort bot, brannte sich so sehr in ihr Gedächtnis ein, dass sie es nie wieder vergessen sollte. Alles war voller Blut, die kleine Selina, die Mutter, der Boden, die Wände einfach alles. Ein Notarzt konnte Mutter und Tochter direkt ärztlich versorgen und ihnen somit das Leben retten. Denn in einem depressiven Moment versuchte Selinas Mutter erst ihrer kleinen Tochter die Pulsadern und anschließend sich aufzuschneiden. *Es war so furchtbar!* Noch lange Zeit danach wachte Tanja nachts auf und sah die ganze Szene wie Selina und ihre Mutter in dem blutverschmierten Raum lagen. Tanja traf einige Tage später den Notarzt, der Selina und der Mutter das Leben rettete wieder und er sagte Tanja, dass ohne ihr schnelles Handeln beide nicht mehr am Leben wären. Selina lebt heute bei einer Pflegefamilie in Dorsten, eine Familie, die ihr die ganze Aufmerksamkeit und Sicherheit gibt, ihr das grausame Erlebte zwar nicht vergessen, aber erträglich machen will.

Jetzt war es wieder da, das ungute Gefühl, wieder eine verschlos-

sene Tür und wieder niemand der öffnet. Tanja sagte sich.
Bleib ruhig, es ist nichts passiert, entweder haben sie den Termin verschwitzt oder sind abgehauen…, aber wenn es so einfach wäre, dachte sie.
Das Gefühl wurde von Sekunde zu Sekunde stärker. Angst, es war die nackte Angst wieder so etwas Schreckliches mit ansehen zu müssen, aber vielmehr noch die Angst, dass so etwas Schreckliches sich wiederholen könnte. Angst, dass Mutter Johan auch depressiv sein könnte und sich und dem Kleinen etwas angetan haben könnte.
Schweiß brach ihr auf der Stirn aus, obwohl es so frostig war. Sollte sie die Polizei rufen? Und sich somit eingestehen, dass sie unfähig war, diesen Beruf weiter auszuführen? Nein! Niemals. Sie rang nach Fassung. Niemand würde sicher etwas dagegen haben, wenn sie einen Blick durch die Verandatür werfen würde. Sie schlich sich um das Haus herum und hinterließ tiefe Spuren im Schnee. Diese vielen ihr auf, als sie einen Blick zurück zur Häuserecke warf. *Moment* dachte sie! Vor der Haustür waren auch keine Spuren im Schnee, die von der Haustür zu den Parkplätzen führten. Panik. Sie beeilte sich und kletterte die drei Stufen zur weiß geklinkerten Veranda hoch. Die Tür stand offen. Panik. Sie sah auf den weißen Kacheln der überdachten Veranda rotbraune Fußabdrücke. Ihr Herz begann zu rasen. *Nein, das konnte nicht wahr sein. Nein, nein, nein.* Tanja schlich auf die Tür aus Glas zu und rief erst normal: »Hallo? Frau Johan, Herr Johan? Hier ist Frau Engel, Jugendamt Essen Borbeck. Wir hatten einen Termin.« Niemand reagierte. Sie stieß die Tür auf, warf einen Blick ins Innere.
Ab jetzt reagierte sie wieder nur noch: Handy raus Notruf 110. Machte ihre Angaben, sagte aber nicht was sie sah, denn dazu kam sie nicht mehr.
Nachdem sie die Adresse, ihren Namen und dass sie sich auf der Veranda befand dem Beamten an der Notrufnummer durchgab, war nichts mehr. Tanja sank zu Boden, fiel hart mit dem Kopf auf die Fliesen und verlor die Besinnung.

Kapitel 3

Schwarz.

»Hallo? Frau Engel, wachen Sie auf, es kann Ihnen nichts mehr passieren.«
Tanja nahm verschwommen eine Person wahr, die sich über sie gebeugt hatte. Sie bemerkte den Geschmack von Blut auf ihrer Zunge, sie hasste es. Allein dieser Geschmack brachte sie zum Würgen. Sie rollte sich wie ein Stein auf die Seite und erbrach sich. *Was war nur passiert*, diese Frage spukte ihr durch den Kopf, als sie ihr Frühstück auswürgte.
Plötzlich sah sie wieder alles vor sich. Die Glastür, die aufschwang. Dann sah sie den kleinen Sven, der anscheinend schlafend an seine Mutter gelehnt lag, doch die Mutter lag blutüberströmt an einen Tisch gelehnt. Der ganze Hals und Oberkörper waren blutverschmiert gewesen. Am Hals klaffte eine riesige Wunde. Jemand hatte Frau Johan die Kehle aufgeschnitten. Dann hatte sie ihr Handy gezogen den Notruf gewählt, ihren Aufenthaltsort genannt und dann war alles schwarz geworden.
»Frau Engel, brauchen Sie einen Arzt?« fragte eine tiefe Männerstimme. Es war die Stimme des Mannes, welcher sich über sie beugte und sie begutachtete. Der Mann war bestimmt schon über fünfzig, aber trotzdem noch sportlich, irgendwie attraktiv. Im gleichen Augenblick ermahnte sie sich dazu, jetzt nicht an solche Dinge in dieser Situation zu denken.
Tanja raffte sich auf und wischte sich den Rest vom Erbrochenen und Blut vom Mund an ihrem Ärmel ab.
Der Mann half ihr auf die Beine. Erst jetzt bemerkte sie einen stechenden Schmerz im Kopf. Reflexartig fasste sie sich mit beiden Händen an den Kopf.
»Sie haben die Besinnung verloren und sind direkt hier hingestürzt und haben sich wohl den Kopf an den Fliesen aufgeschlagen. Aber keine Sorge, ein Notarzt wird sie sogleich versorgen.«
Der Mann streichelte ihr kollegenhaft, aber dennoch behutsam über ihren Rücken.
Erst jetzt nahm sie die ganze Szenerie wahr, die um sie herum

stattfand. Männer und Frauen in weißen Kunststoffanzügen mit Aluminiumkoffern rannten wie Ameisen über die Veranda und dann ins Haus und den gleichen Weg umgekehrt.

Sie bemerkte, dass sie sich nicht mehr direkt vor der Tür befand, sondern circa zwei Meter weiter entfernt auf alten Gartenstuhlauflagen lag. *Wie kam sie dort hin*? Sie schaute abwechselnd auf die Auflagen und dann zur Tür.
Als ob der Mann ihre Gedanken lesen könnte, sagte er:
»Die Kollegen von der Streifenpolizei haben Sie auf die Auflagen gelegt, Sie haben ungefähr vor der Tür die Besinnung verloren.« Er lächelte sie leicht an und sagte in einem freundschaftlichen Ton.
»Ich möchte Sie jetzt gern von unserem Notarzt durchchecken lassen und mich dann genauer mit Ihnen unterhalten, ist das okay für Sie?«
Tanja verstand es nicht als Frage, sondern als Aufforderung und erwiderte: »Ich brauche keinen Arzt, ich bin im Moment nicht wirklich in der Verfassung, mich mit jemandem zu unterhalten, das müssen sie verstehen! Es mag zwar Ihr Job sein Leichen, Blut und all so ein Zeug zu sehen, aber meiner ist es, Kindern zu helfen, also entschuldigen Sie mich«, sagte sie barsch und wollte sich umdrehen. Nur allein sein, das Erlebte verarbeiten, was geschehen war. Sie wollte sich nicht mit irgendeinem Polizisten unterhalten. Tanja wollte sich gerade in Richtung Treppe bewegen, als der Mann sie am Arm festhielt und sagte:
»Passen Sie mal auf, es ist mir ehrlich gesagt, entschuldigen Sie meine Ausdrucksweise, scheißegal, was mit Ihnen ist, mich interessiert hier nur eines, ich habe hier im Haus drei tote Menschen, die bestialisch hingerichtet worden sind, davon ist einer ein Kind, also verschonen Sie mich mit ihrem Sozialgerede und stehen mir zur Verfügung!«
Das war zu viel für sie, sie brach in Tränen aus, sie war gerade durch die Hölle gegangen. Sie hatte die Hölle gesehen und jetzt noch dieser unverschämte bösartige Polizist, der sie beleidigte und was redete er da – drei Tote? Sie erinnerte sich aber nur an zwei, das Kind und die Mutter.

»Was reden Sie denn da, da waren doch nur die Mutter und der Junge«, sie schluchzte.
»Tja, meine Dame, Sie haben wohl noch nicht den Vater entdeckt? Der liegt nämlich auch da drinnen aufgeschlitzt von oben bis unten, er hatte übrigens noch gelebt, als man ihm das antat. Sind Sie jetzt eventuell doch bereit mit mir zu reden?« Und wieder ließ seine Stimme keinen Zweifel zu, dass das Gespräch zwischen ihnen zustande kommen würde.«
»Lassen Sie uns bitte irgendwo hingehen, ich kann hier nicht bleiben, ich kann es bis hier draußen riechen.«
»Da haben Sie recht, lassen Sie uns vorn herumgehen, dort haben wir einen Mannschaftsbus stehen, und wir haben es warm und es gibt sogar Kaffee.«
Dieses Mal klang seine Stimme wesentlich netter.
Tanja meinte sogar ein kleines Schmunzeln auf seinen Lippen zu erkennen.
Der Mann zog seine Plastiküberzüge von seinen Füßen und führte Tanja durch den Garten wieder vorne auf die Straße hinaus. Tanja bemerkte sofort, dass eine ganze Schar von Menschen durch den Garten gegangen sein musste, denn die tadellose Schneedecke war vollkommen aufgebrochen und lag nun wie ein stürmisches Meer vor ihr.
»Es muss vor dem großen Schneefall letzte Nacht passiert sein«, sagte sie mit heiserer Stimme.
»Wie kommen Sie darauf?«, fragte er verwundert.
»Es waren nur meine Spuren hier, als ich um das Haus herum gelaufen bin, selbst vorne im Hauseingang waren keine Spuren, außer meine zu sehen. Dies verwunderte mich sehr, denn es machte niemand auf, aber es ist anscheinend auch niemand aus dem Haus gekommen.«
Das Haus war großzügig abgesperrt worden. Zwei Streifenpolizisten sperrten die Straße ab und hatten alle Hände voll zu tun, die schaulustigen Nachbarn abzuhalten.
Ein älterer Mann rief Tanja zu: »Junge Frau, was ist denn passiert? Ist was mit den Johan`s? Ist da eingebrochen worden? Sie sehen so nett aus, sagen sie uns, was los ist.«
»Sie ist nicht dazu befugt«, rief der Mann neben Tanja, noch ehe

sie antworten konnte.
»Dann sagen Sie uns doch etwas!«
»Und ich werde den Teufel tun und Ihnen etwas sagen, gehen Sie doch einfach nur nach Hause ins Warme, es gibt hier nichts zu sehen und auch nichts zu hören, wir haben fast zwölf Uhr, beeilen Sie sich, dann schaffen Sie es noch pünktlich zum Mittagsmagazin.«
Der Alte drehte sich irgendetwas brabbelnd um und zog von dannen.
Tanja wurde sich bewusst, dass sie mehr als drei Stunden ohne Bewusstsein gewesen sein musste.
Gerade als der Schneefall wieder einsetzte, betraten sie den grünweißen Mannschaftsbus der Polizei.

Kapitel 4

Er fühlte sich taub an. Keine Nervenzelle leitete Informationen weiter. So musste es sein, wenn man gelähmt war, dachte er. Nur dass sich jemand, der gelähmt ist, nicht mehr bewegen kann. Warum musste er sich dieses schlimme Gefühl zumuten? Übelkeit kroch langsam in ihm hoch und brannte in seiner Kehle. *Du hast es gut gemacht*, hörte er eine Stimme in seinem Kopf, in seinen Gedanken sagen, immer wieder. Er hatte den Geschmack von Magensäure noch immer in seiner Mundhöhle, denn nachdem er das Haus verlassen hatte, hatte er sich in einem nahe gelegenen Park mehrfach übergeben müssen. Der Geruch des aufgeschlitzten Körpers von Peter Johan erregte eine so starke Übelkeit in ihm, dass er jetzt fast wieder begonnen hätte, zu würgen. Mit großer Sorge ließ er, während er so dastand, die letzte Nacht Revue passieren. Es war so leicht gewesen. Die Verandatür war unverschlossen. Er konnte sie ohne Probleme öffnen und ins Haus gelangen. Doch dann erwachte das Schwein auf einmal und er war gezwungen, ihm einen so heftigen Schlag von hinten gegen die Brustwirbelsäule zu geben, dass er beim Aufschlagen auf den Boden die Besinnung verlor. Er hatte Glück gehabt, obwohl er von Natur aus kräftig war, hatte er eine Menge Sport getrieben,

um sich auf diese Nacht, den Anfang, vorzubereiten. Das Schwein hätte ihm aber trotz seiner immensen Kraft Probleme bereiten können, dachte er. Dann lief alles wie geplant, er fesselte das Schwein, dann schlich er hoch zu der Schlampe ins Schlafzimmer, sprang auf ihr Bett, hielt ihr den Mund zu, sagte ihr das, was er sich schon so lange überlegt hatte und erklärte ihr, dass sie nun sterben müsse! Und danach ihr Kind. Sie versuchte zu kämpfen, sich zu befreien, doch sie hatte nicht die geringste Chance gegen ihn. Fast alles, ohne nur ein Geräusch zu machen. Wie er es geplant hatte. Er wird nie mehr ihre Augen vergessen, als sie ihn erkannte und er ihr seinen Spruch sagte. Nachdem er sie von ihren Qualen erlöst hatte und dem Jungen ein chloroformgetränktes Tuch auf den Mund drückte, bemerkte er erst zu spät, dass er zuviel Chloroform genommen hatte, denn der Junge atmete nicht mehr, er wollte das Kind nicht töten, ihm die Leiden zwar nehmen, aber so? Nein, niemals. Aber so musste sich der Kleine wenigstens nicht mit seinem »Erbe« herumschleppen. Nachdem er beide ins Wohnzimmer geschleppt hatte, wachte das Schwein auf, dann ging alles rasend schnell.
Und das Schwein war nun tot. Aber er hatte gelitten, nachdem er erkannte, dass sein Kind und seine Schlampe tot waren, war er an der Reihe. Und zu seiner Zufriedenheit dachte der junge Mann, hatte Johan, das Schwein gelitten, langsam, ganz langsam hatte er das Messer in ihn gesteckt. Es ging nicht so gut wie im Kino, nicht so leicht, er musste fester zustechen, aber dann fuhr die deutsche Qualitätsklinge durch seinen Bauch, bis sie auf seine Rippen stieß und wieder herunter. Er starb nicht sofort, Gott sei Dank nicht. Das Schwein hatte eine Menge »Leben« in sich, so konnte er fast eine Minute lang in ihm herumbohren.
Danach war er voll vom stinkenden rostroten Blut und von den Eingeweiden des Schweins. Er rannte sich übergebend durch den Park dann über ein paar Straßen zu sich nach Hause. Er hatte sich mehrere Stunden lang in seine Badewanne gelegt und sich das Schwein vom Körper geschrubbt, so wie er es schon gewohnt war. Im Morgengrauen hatte er schließlich ein wenig Schlaf finden können. Warum er aber wieder hierher gekommen war, hatte er auch nicht sagen können. Viele Nachbarn standen vor der

rot/weißen Polizeiabsperrung und beobachteten das Haus des Schweins. Die Frau, dachte er, die mit dem Polizisten aus dem Garten gekommen war und sich mit ihm unterhielt, gehörte nicht hier her. Was will sie hier? Er konnte seinen Blick nicht von ihr lassen.

Kapitel 5

Im Inneren des Mannschaftsbusses, ein alter VW-Minibus, roch es nach Kaffee. Wärme umhüllte sie, als sie sich setzte. Fast hätte sie die schlimmen Bilder vergessen bei dem wohligen Gefühl und dem angenehmen Geruch des Kaffees. Der Mann schenkte ihr einen beigefarbenen Plastikbecher voll ein.

»Leider haben wir keinen Zucker und auch keine Milch, Sie müssen ihn schwarz trinken«, sagte er leicht verschämt.

»Macht nichts«, sagte Tanja, »ich trinke ihn immer ohne alles.« Sie lächelte ihn an.

»So, Frau Engel, fangen Sie doch einfach an, indem Sie mir erklären, warum Sie Familie Johan heute Morgen aufsuchten.«

»Ich würde lieber damit anfangen, indem Sie mir erklären, wer Sie sind und mir ihren Namen nennen.«

»Oh, Verzeihung, ich bin Hauptkommissar bei der Mordkommission, Dietmar Driessler.«

»Ich bin Tanja Engel, Diplomsozialarbeiterin beim Jugendamt Essen Borbeck.«

Er lächelte »Ich weiß.«

Tanja versuchte in diesem Augenblick sein Alter zu schätzen und schaute direkt auf seine Hände, ob ein kleines silbernes oder goldenes Etwas am Ringfinger glänzend auftauchte.

Oh mein Gott dachte Tanja, *wie verzweifelt bin ich? Ich sitze hier in einem Polizeiverhör und überlege, ob der Polizist in mein Beuteschema fallen könnte.*

Da bemerkte sie es, an der rechten Hand ein kleiner goldener Ring.

Verdammt schoss es ihr durch den Kopf.

»Frau Engel, ich weiß, dass Sie heute schlimme Dinge durchgemacht haben, aber Sie müssen sich ganz genau erinnern. Also fangen wir damit an, warum Sie hier waren.«

Eigentlich hatte sie den Datenschutz zu wahren, aber in diesem Fall informierte sie ja die Polizei über die paar Informationen, die sie selbst nur besaß. Bei dem schlimmen Vorfall vor etwas mehr als einem halben Jahr hatte sie auch alles der Polizei sagen müssen. Dies ging auch ohne, dass sie von ihrem Vorgesetzten von ihrer Schweigepflicht entbunden worden war.

»Meine Mappe ist weg, ein rosafarbener Aktenordner, in dem stehen alle genauen Informationen drin.«

Driessler zog ein Funkgerät aus der Tasche und rief einen Schutzpolizisten zu sich, der nach wenigen Sekunden vor ihm stand.

»Raimund, habt ihr einen rosafarbenen Aktenordner gefunden?«

Der Polizist wirkte sehr nervös und wippte von einem Bein auf das andere.

»Den haben die von der Spurensicherung in eine Tüte gepackt, der lag, als wir gekommen sind, neben der Frau.«

»Prima«, sagte Driessler. »Dann holst Du ihn mir bitte sofort hierher.«

Der Polizist rannte los.

»Sie haben hier wohl alles in der Hand?« fragte Tanja.

Driessler lächelte »Sieht es danach denn aus?«

Tanja lächelte zurück. Nach wenigen Augenblicken kam der Beamte durch den Schnee gestapft und murmelte:

»Dieser scheiß Schnee, das wird ja von Minute zu Minute immer schlimmer, wenn das so weitergeht, kommen wir hier nicht mehr weg aus dem Loch.«

Er bemerkte es, erst als es zu spät war, dass sein Gemurmel von Driessler und Tanja verstanden worden war, und schaute die beiden verschämt an.

»Sorry, aber der Schneefall nimmt nicht ab, die Kollegen von der Spurensicherung haben im Garten nicht die geringste Chance, etwas zu finden wegen dem blöden Schnee, hier ist der Ordner.« Er verschwand kommentarlos in der Kälte. Sobald der Polizist die Schiebetür des VW-Busses geschlossen hatte, verteilte sich die Wärme wie eine warme Welle. Tanja schüttelte sich kurz und zog

dann ihren Parker aus. Langsam wärmte sie sich auf und sie fühlte sich sichtlich besser.
Driessler las sich die Eintragung in dem Ordner durch, ohne sich vorher die Genehmigung von Tanja zu holen, dies machte sie innerlich ziemlich wütend, sie sagte aber nichts.
»Wie Sie sehen, es ist nichts, Verdacht auf Misshandlung und in welchem Umfang bleibt uns auch unklar, reine Routine. Wissen Sie, diese Besuche, die wir durchführen, sollen die Leute verunsichern, aufrütteln. ›Wir werden beobachtet‹ und ihnen dieses ›Du bist nicht allein‹ Gefühl geben. Die richtigen Schweine bekommen wir eh kaum«, sinnierte Tanja.
»Welche Schweine?« fragte Driessler neugierig.
»Ja die Du auch kennenlernst, erst wenn das Kind totgeschlagen oder totvergewaltigt worden ist, ja dann haben wir ne Chance, die Schweine zu bekommen, aber vorher?«

»Ha!« Sie lachte entsetzt. »keine Chance!« Sie imitierte eine Männerstimme. Tschuldigung, mir ist die Hand ausgerutscht, denn ein kleiner Schlag in die Fresse hat noch niemandem geschadet – diese Schweine meine ich.« Sie schaute ganz angewidert.
»Um ehrlich zu sein, hatte ich mit so einem Fall noch nie zu tun, ich meine, bei dem ich es mit einem toten Kind, mhm, einem ermordeten Kind zu tun hatte.«
Er starrte auf den Tisch.
»Da haben wir wohl etwas Gemeinsames«, sagte sie mit heiserer Stimme.
»Ok Frau Engel, bringen wir es hinter uns«, sagte Driessler in einem geschäftlichen Ton.
Tanja nickte.
Nach ca. 25 Minuten hatte Tanja alles erzählt von ihrem Vorgespräch im Amt bis zum jetzigen Zeitpunkt, als sie auf der Veranda der Familie Johan von ihm geweckt wurde. Sie verstummte, schaute aus dem Wagenfenster und sah, wie die drei Leichen in einen dunkelgrauen Kleintransporter gebracht wurden und dieser sich samt Inhalt im Schritttempo entfernte. Im selben Augenblick klopfte der junge Polizist von vorher an die Scheibe, durch die Tanja nachdenklich hinausspähte, sie zuckte zusammen. Er riss

die Wagentür auf und steckte seinen Kopf durch die Türöffnung. »Entschuldigen Sie die Störung, aber die Kollegen von der Spurensicherung sagen, dass sie fertig sind und gern den Ordner wieder hätten.«
Tanja sprang auf und stieß sich heftig den Kopf am Wagenhimmel.
»Das geht nicht, das sind Unterlagen des Jugendamtes und haben nichts Direktes mit diesem Fall zu tun. Sie können mir die Unterlagen nicht so mir nichts dir nichts konfiszieren.«
Driessler rieb sich das Kinn »Regen Sie sich nicht so auf!« Dann wandte er sich zu dem Beamten hin und sagte »Sagen Sie den Kollegen, dass diese Mappe keine Indizien für uns beinhaltet und wir sie an Frau Engel zurückgeben können.«
Tanja nickte ihm als Dankeschön zu, stand nun vorsichtig auf, nahm ihre Mappe und verließ das Fahrzeug. Sofort umhüllte sie eine eisige Kälte und sie wünschte sich zurück in den Bus. Sie starrte zu dem Haus hinüber und dann auf die Fahrzeugspuren des Gerichtsmediziners.
»Entschuldigen Sie junge Frau.« Noch ehe Tanja es begriff und sie in die Richtung des rufenden Mannes schaute, wurde sie von einem weißen Licht geblendet, das kurz aufleuchtete, ein Blitzlicht. »Carsten Dräger, Bildzeitung Lokalteil Essen/Ruhr, können Sie mir mitteilen, was hier genau geschehen ist? Man spricht von drei ermordeten Menschen, ist das korrekt? Stimmt es auch, dass ein Kind unter den Opfern ist?« Es dauerte vier bis fünf Sekunden, ehe Tanja begriff, dass der gut aussehende Mittvierziger vor ihr von der Zeitung war und Informationen von ihr haben wollte. Aber noch ehe sie etwas sagen konnte, schob Driessler sich dazwischen und gab dem Journalisten klar zu verstehen »Herr Dräger, warten Sie bitte ab, bis wir unsere Informationen an die Presse ausgeben. Zurzeit können wir absolut keine unnötige Aufmerksamkeit gebrauchen. Sie wissen ja, wie das ist. Wenn wir den Mörder nicht binnen vierundzwanzig Stunden schnappen, wird es schwieriger für uns.«
»Junge Frau, wer sind Sie?« rief Dräger zu ihr über die Absperrung herüber. Bevor Driessler einschreiten konnte, rief sie:
»Tanja Engel, Jugendamt Essen Borbeck und stehe Ihnen für

stecke hier mitten in einem Familienmord und Du erklärst mir, Du hättest viel zu tun? Ich sage Dir jetzt mal was, in spätestens 20 Minuten habe ich hier einen Rückruf von Dir, oder Du bekommst die Reise deines Lebens.« Mit großer Wucht knallte er den Hörer auf die Gabel »Tschuldigung Frau Engel, aber manche Leute sind nicht zum Arbeiten gemacht.«
Tanja schaute ihn verständnisvoll an, oder zumindest wollte sie so aussehen als ob.
»Schon Ok, ich kenne so etwas.«
»Ich möchte sie zwar nicht belehren Frau Engel, aber ich möchte anmerken, dass es dumm von Ihnen gewesen ist, mit der Zeitung vor unserem Termin zu reden, dies könnte jetzt unsere gesamte Ermittlung gefährden«, sagte er mit ruhiger aber fester Stimme.
»Sie haben voll und ganz recht Herr Driessler, ich bin mir dessen bewusst, aber ohne mich entschuldigen zu wollen, Herr Dräger von der Bildzeitung kannte schon alle Details. Ich weiß zwar nicht woher, aber immerhin wusste er sie«, sagte Tanja ohne ihr Selbstbewusstsein zu verlieren.
»Lassen Sie das Mal meine Sorge sein Frau Engel, darum werde ich mich kümmern, denn ich kenne Herrn Dräger persönlich«, sagte er wie ein Vater zu seinem Kind.
Klopf, Klopf, Klopf.
Tanja erschrak zutiefst, als jemand von außen an die Tür klopfte.
»Herein«, rief Driessler. Eine kleine etwa fünfzig jährige dickliche Frau mit weiß blondierten Haaren, die aussah, als ob sie in einen Schminktiegel gefallen war, stand keuchend in der Tür. Tanja musste grinsen, denn ihr Riesenbusen waberte hin und her. *Wie Pamela Anderson zu ihren Baywatch Zeiten, nur in alt,* dachte Tanja.
»Herr Driessler«, sagte die Frau mit einer rauchigen Stimme mit polnischem Akzent. »Ich bin nicht ihr SKLAVE, ich habe noch andere Dinge zu tun, als auf Ihren Anruf zu warten und dann noch Spalier zu stehen«, sie rang noch immer nach Luft. Driessler sah sie verwundert an, sagte dann »Pamela, sollten Sie für mich nicht etwas recherchieren?«
Was für ein Wahnsinn eine kleine polnische Pamela Anderson, die sogar noch PAMELA hieß, was für ein Zufall dachte sie.
»Herr Driessler«, noch immer nach Luft ringend, knallte sie einen

kein Interview zur Verfügung.«
Scheiße dachte sie. *Jetzt hast Du nichts sagen wollen, aber ihm jede Menge Informationen geliefert. Du bescheuerte Kuh.* Obwohl sie sich nicht wirklich ärgerte, denn insgeheim hoffte sie, dass sie diesen attraktiven Mann wieder sehen könnte.
Diese bescheuerte Kuh dachte Driessler, *jetzt hat diese bekloppte Gans nichts sagen wollen, und trotzdem der Bild jede Menge Informationen zukommen lassen.*
Dräger lachte und dachte sich insgeheim *Mann, ist die Alte vielleicht bescheuert.*
»Frau Engel können wir einen Termin vereinbaren?«
»Nein, sie ist Zeugin in einem Mordfall und wird ihnen nicht zur Verfügung stehen, ist das klar?« zischte Driessler um die Angelegenheit einigermaßen zu bereinigen.
»Und jetzt verschwinden Sie, denn Sie behindern uns hier!«
»Wobei denn? Wird der Kaffee kalt? Aber nichts für ungut. Ich melde mich bei Ihnen, Driessler, tschööööööö.« Er verschwand zwischen den wartenden Nachbarn, die noch immer leise vor sich hin murmelnd vor der Absperrung warteten.
»Wenn die sich von der Presse bei Ihnen melden, versuchen Sie, die einfach abzuwimmeln!«, sagte Driessler scharf.
Tanja geriet ins Stammeln, sagte dann aber schließlich:
»Mhm, na klar, wieso sollte ich mich mit so einem unterhalten, ne, ne machen sie sich mal keine Sorgen, ich bin doch nicht blöde.« Driessler lächelte und nickte verständnisvoll. Er dachte sich *Ach nein? Bist Du das nicht?*
»Sehr gut Frau Engel, wir werden uns dann morgen noch einmal bei Ihnen melden, um alles im Präsidium zu besprechen. Ich weiß, dass es nicht leicht für Sie ist, aber da müssen Sie durch. Wenn Sie aber ein Problem mit der Bewältigung haben, rufen Sie mich bitte an und ich gebe Ihnen die Nummer von unserem Dienstpsychologen, der Ihnen gern weiterhelfen wird, versprochen«, sagte er ganz väterlich.
Auf einmal wurde ihr ganz mulmig zumute, wie sie so unter freiem Himmel stand. Panik überfiel sie, ihre Atmung vertiefte sich, sie fühlte sich beobachtet, Angst überfiel sie, Angst, die sie vorher noch nie hatte. War es weibliche Intuition? Das konnte sie in die-

sem Augenblick nicht sagen, aber es waren die Augen, die über ihren Körper huschten, sie abtasteten, die sich in sie bohrten. Ja, es war das Gefühl, beobachtet zu werden, aber nur von wem?

Kapitel 6

Ihr Blick huschte umher.
»Frau Engel, ist Ihnen nicht gut?« fragte Driessler.
Tanja schluckte und versuchte sich innerlich zu beruhigen, dann näherte sie sich Driesslers Ohr und flüsterte
»Halten Sie mich bitte nicht für verrückt, aber ich habe das Gefühl, dass wir beobachtet werden.«
Driessler kratzte sich mit der rechten Hand an der Stirn und flüsterte zurück:
»Frau Engel, fahren sie nach Haus, rufen Sie im Amt an, erklären Sie alles und legen sich hin, es war ein harter Tag für Sie.«
»Sie glauben mir nicht«, sagte sie in einem vorwurfsvollen Ton.
»Doch, ich weiß sogar, dass wir beobachtet werden, sogar von vielen Personen, die Schaulustigen.«
»Machen Sie sich nicht lustig über mich«, zischte Tanja »wenn ich Ihnen sage, dass mich jemand beobachtet, meine ich keine sensationsgeilen Rentner, sondern…«, sie machte eine Pause, konnte sie ihren Gedanken wirklich trauen, oder gar ihren Gefühlen? War ER da? War die Bestie, die eine ganze Familie ausgerottet hatte, hier in ihrer Nähe? »Schon gut, Sie haben recht, ich fahre nach Haus.«
»Aber wenn es Sie beruhigt, wir machen immer routinemäßige Fotos von den Schaulustigen, wenn jemand dabei ist, der für die Tat verantwortlich sein könnte, zum Beispiel wenn er vorbestraft ist und wir ihn in der Kartei haben, finden wir ihn schnell, aber fahren Sie nach Hause. Sobald ich Neuigkeiten habe, die Sie interessieren könnten, rufe ich Sie an, ansonsten sehen wir uns auf dem Präsidium.« Er klopfte ihr freundschaftlich auf die Schulter und ging in Richtung Einfahrt weg.
Der gut aussehende Reporter war auch nirgends mehr zu sehen.
Tanja schaute noch einmal über die Menge der Schaulustigen, sah

aber niemanden Verdächtigen.
Sie wollte gerade in ihren Wagen steigen, als ein junger Mann sie an ihrem Arm festhielt, sein Griff war fest.
»Entschuldigen Sie, aber was ist denn bei den Johan´s passiert? Ich kenne sie schon lange, wissen Sie, wir waren befreundet.«
Auf so etwas war Tanja nicht vorbereitet, sie drehte sich von ihrem Smart weg und schaute dem jungen Mann tief in seine strahlend blauen Augen.
»Es tut mir so leid für Sie, aber etwas ganz Schlimmes ist letzte Nacht passiert…«. Sie machte eine Pause und schaute weiterhin tief in die blauen Augen des jungen Mannes. Auf irgendeine Weise wirkte der junge Mann verloren, wie ein kleines Kind.
»Jemand ist letzte Nacht in das Haus der Familie Johan eingedrungen und hat sie ermordet.«
Tränen traten in die blauen Augen des jungen Mannes. »Wer sollte so etwas tun, sie waren doch immer so schrecklich nett.«
»Es tut mir so leid für Sie«, sie berührte die Schultern des jungen Mannes mit ihren Händen, sie spürte, dass sie ungewöhnlich kräftig waren, trotz der dicken Winterjacke.
»Gehören Sie zur Polizei?« fragte der junge Mann mit heiserer Stimme.
»Nein, ich bin Sozialarbeiterin für das Jugendamt Essen Borbeck.«
Seine Miene verfinsterte sich schlagartig, er trat einen Schritt zurück und sagte:
»Dann will ich Sie nicht länger aufhalten, danke für die Information.« Seine Stimme klang auf einmal sehr geschäftlich und eine Gänsehaut lief ihr über den Rücken. Er drehte sich um und lief in Richtung eines nahe gelegenen Parks. Tanja stieg schnell in ihren Smart, startete ihn und ließ die Heizung an. Erst als sie am Amt ankam, spürte sie die Wärme, die durch das Innere des Wagens rauschte. *Was war das gerade?* Sie konnte sich keine plausible Erläuterung einfallen lassen, warum der junge Mann so seltsam reagierte. Sie stieg aus ihrem Wagen, rannte über den Parkplatz und rutschte fast vor dem Eingang aus. Oben in der 2. Etage angekommen, polterte sie direkt zu ihrer Chefin ins Büro und berichtete unter Tränen, was sie an diesem Morgen durchmachen

musste. Als sie zu weinen anfing, hatte sie den seltsamen jungen Mann auf dem Parkplatz schon wieder vergessen. Dies sollte aber ein Fehler sein, wie sich bald herausstellte.

Kapitel 7

Tanja stand vor dem Büro ihrer Amtsleiterin. Auf dem weißen Plexiglasschild war der Name »Monika Nesser« zu lesen. Irgendjemand hatte einen Aufkleber einer Limonadenfirma an den Rand des Schildes geklebt, es zeigte eine kleine lächelnde, fettleibige Orange, die ein Glas mit orangefarbener Limonade schwenkte. Tanja weinte, sie starrte auf dieses fette Orangenmännchen und fragte sich, ob sie den Verstand verlieren würde, wenn sie diese Bilder, die Bilder der Toten, nicht aus ihrem Kopf bekommen würde.

Eine junge Frau saß vor dem Büro auf einem grauen Kunststoffstuhl. Sie wiegte langsam einen olivfarbenen Kinderwagen hin und her und betrachtete sie kritisch. Tanja drückte die Klinke hinunter, ohne vorher anzuklopfen, und trat in das ca zwölf Quadratmeter große Büro ein. Ein Bild mit einem paradiesischen Strand, aufgenommen auf den Malediven, hing an der weiß gekalkten Wand und wirkte ein wenig billig. Der riesige Schreibtisch stand im hinteren Drittel des Raumes mit dem Rücken zu einem großen Fenster. Rechts und links türmten sich haufenweise rote Aktenordner. Ein riesengroßer uralter Computerbildschirm ragte monumental zwischen den riesigen Aktenordnern hervor.

»Ach herrje Mäuschen, was ist denn mit Dir passiert?« hörte man eine dünne Frauenstimme sagen, die hinter dem Riesencomputerbildschirm hervorschaute.

»Schätzchen, ich hatte schon versucht, Dich über Dein Handy zu erreichen, denn ein Reporter von der Bild hat angerufen und mich Dinge über einen Mord gefragt und Deinen Namen in dem Zusammenhang erwähnt.« Eine ca 1,50 Meter große Frau mit kupferroten langen lockigen Haaren, in einer bordeauxfarbenen Tunika und einem türkisfarbenen Wickelrock kam auf Tanja zu, ergriff ihre Hand, drückte Tanja in den grauen Kunststoffbesu-

cherstuhl, holte wie aus dem Nichts zwei Zigaretten hervor, zündete sie an, schob eine Tanja in den Mund und strich ihr über das durcheinandergeratene dunkelblonde Haar. Monika Nesser. »Was war denn los, erzähle es der alten Monika.« Tanja hielt verkrampft den rosa Aktenordner in der Hand. Ihre Fingernägel schabten einige Stellen an dem Ordner auf, sodass die Pappe rau wurde.
Und plötzlich brach Tanja emotional zusammen und noch mehr Tränen rannen ihr übers Gesicht. Tanja erzählte ihr die ganze Geschichte.
Während sie erzählte, stand Monika auf, kam um ihren chaotischen Schreibtisch herum und nahm sie in den Arm, drückte Tanja fest an sich.
»Schätzchen, das ist ja furchtbar, willst Du Dich ein paar Tage ausspannen, Dich ablenken? Egal was Du möchtest, auch das mit dem Bericht kann ein paar Tage warten, mache Dir keine Sorgen.« Tanja schaute sie an und sagte mit leichter zitternder Stimme:
»Nein, das stehe ich schon irgendwie durch, ich werde gleich den Bericht schreiben und dann ein paar Telefonkontakte führen. Ich habe doch gestern zwei kleine Jungen, Zwillinge in dem Notaufnahmeheim des Kinderschutzes untergebracht. Ich möchte mich erkundigen, wie es ihnen geht und noch ein weiteres Telefonat führen. Danach würde ich dann nach Hause fahren und mich etwas hinlegen.«
Monika sah sie mit ernstem Gesichtsausdruck an, wollte etwas sagen, doch dann nickte sie nur mit dem Kopf. Als Tanja das Büro verließ, rief Monika ihr hinterher:
»Ach Tanja, was machen wir mit dem Journalisten, er wollte Dich sprechen, soll ich das nach Deinem Bericht übernehmen? Du weißt, dass wir die guten Kontakte zur Presse pflegen müssen.« Tanja drehte sich im Türrahmen um. »Er soll morgen früh um 10 Uhr herkommen, ich werde mit ihm reden.« Sie drehte sich um und zog die Tür hinter sich zu.
Monika saß wie versteinert wieder hinter ihrem Schreibtisch und hielt die geöffnete Aktenmappe vor sich, die Tanja versehentlich liegen gelassen hatte. Sie starrte auf den Namen: Johan. Es war verdammt lange her, als sie diesen Namen zum ersten Mal hörte.

Aber jetzt war keine Zeit, über Vergangenes zu grübeln, dies wollte sie am Abend, in Begleitung eines Glas Rotweins nachholen. Sie klappte die Aktenmappe zu und wählte eine Telefonnummer, die sie auf einen Zettel gekritzelt hatte.
Das Telefon klingelte einmal, ein zweites Mal und direkt nach dem dritten Klingeln nahm jemand den Hörer ab.
»Bildzeitung Lokalredaktion, Sabine Sabsen, guten Tag.« *Was für ein bescheuerter Name*, dachte Monika, mit einem Grinsen im Gesichte sagte sie:
»Monika Nesser, könnte ich bitte Herrn Dräger sprechen?«
»Herr Dräger befindet sich leider nicht im Hause, aber kann ich ihm eine Nachricht zukommen lassen?« fragte Sabine Sabsen mit einer piepsigen Stimme. Monika setzte ihre feste und bestimmende Stimme »Chefstimme« auf.
»Fräulein Sabsen, dann stellen Sie mich bitte auf das Handy von Herrn Dräger durch, er erwartet meinen Anruf dringend und wird sicherlich nicht sehr erfreut sein, wenn ihm eine große Story durch die Lappen geht, weil Sie, Fräulein Sabsen, mich nicht zu ihm durchstellen. Glauben Sie mir Fräulein Sabsen, es wird nicht erfreulich für Sie sein.«
Monika hörte deutlich wie Sabine Sabsen schluckte. *Oh wie unangenehm* dachte sie *ich habe sie mehrfach beim Namen genannt Sabsen, und dann doch diese abwertende Anrede Fräulein, das soll sie wohl verstanden haben.*
»Ähm, wie heißen Sie noch gleich, Frau Messer?« piepste Fräulein Sabsen.
»N E S S E R mit N, Fräulein Sabsen (schon wieder dachte sie) wie der Schwedische Autor!«
»Wie wer?« piep piep.
»Verdammt noch mal, verbinden Sie mich aber sofort, sonst sorge ich dafür, dass sie die längste Zeit ins Telefon piepen konnten FRÄULEIN SABSEN!« schnauzte Monika.
Daraufhin hörte sie »Für Elise« geschlagene 35 Sekunden bis sie eine gestresste Männerstimme hörte, die mit ihr über eine Freisprechanlage im Auto redete:
»Dräger, was gibt's?«
»Herr Dräger, hier spricht Monika Nesser, Jugendamt…«. Sie

wurde unterbrochen.
»Ja ich weiß, Sabine erzählte es mir gerade, Tschuldigung, aber das Mädchen ist neu in der Telefonzentrale, sie hat es noch nicht so drauf«
»Na ja egal, auf jeden Fall können Sie morgen früh um 10 Uhr in unser Büro kommen, Frau Engel wird sich mit Ihnen, soweit es nicht ihre Schweigepflicht verletzt, unterhalten«, antwortete Monika.
»Was? Machen Sie keine Pressekonferenz?« zischte Dräger.
»Bis jetzt hat die Staatsanwaltschaft sich noch nicht geäußert und Frau Engel wird ihnen sicherlich keine vertraulichen Details nennen.«
»Schon klar, kann ich die Story exklusiv bekommen?«
»Herr Dräger, darüber sollten wir morgen früh unter vier Augen reden, denn nicht nur wir können Ihnen helfen, sondern auch Sie können uns helfen«, sagte Monika geschäftlich.
»Oh, Frau Nesser, ich freue mich doch immer, wenn ich jemandem helfen kann, dafür bin ich doch bekannt, sozusagen bin ich ein Samariter.«
»Ihr Ruf eilt Ihnen voraus Herr Dräger, deshalb empfangen wir sie doch morgen früh, also morgen 10 Uhr hier bei mir im Büro, 1. Etage Zimmer 113.« Sie legte auf.
Monika war nass geschwitzt. Ihr Gesicht glühte. *Monika, Du wandelst auf ganz dünnem Eis* dachte sie sich, aber das war sie ja gewöhnt.

Nachdem Tanja all ihre Telefonate erledigt hatte und wusste, dass es den Zwillingen gut ging, ihren Bericht über die morgendlichen Ereignisse verfasst hatte, zog sie ihre Jacke an und verließ ihr Büro. Als sie gerade die Tür zugezogen hatte, klingelte das Telefon. Sie erkannte, dass es ein internes Gespräch war an dem Klingelton. So öffnete sie die Tür wieder und eilte ans Telefon.
Es war Monika »Du Liebes, ich habe den Zeitungsfuzzi erreicht, er kann leider erst ab halb elf. Brauchste also erst dann bei mir im Büro zu sein, okay?«
»Klar, habe auch den Bericht fertig, soll ich ihn Dir eben reinreichen?«

»Gerne, Mäuschen.«
Tanja schnappte sich den Bericht aus ihrem Ablagekörbchen und zog die Tür erneut hinter sich zu und verriegelte sie.
Monika machte einen sehr angespannten Eindruck auf Tanja, *Es wird wohl die Gesamtsituation sein, die auf sie wirkt*, dachte sich Tanja, gab ihr den Bericht und verabschiedete sich schnell. Als sie das Amt verließ, war es 16 Uhr 12 und es wurde langsam dunkel. Nur der Schnee lag weiter friedlich in den Ecken. Der Himmel sah sehr nach neuem Schnee aus, dachte sie sich. Indem sie sich in ihren Wagen setzte, begann es wieder langsam zu schneien.
Um 16 Uhr 34 parkte Tanja ihren Wagen in der Schlossstraße, eine kleine Straße in einem verkehrsberuhigten Bereich. Sie verschloss ihren Wagen, es schneite immer fester. Sie stapfte durch den Schnee zu ihrem kleinen frei stehenden Haus; ein kleines mit Schieferplatten besetzten Haus, mit kleinem Vorgarten, den man unter dem Schnee nicht erkennen konnte. Sie war froh, endlich allein zu Hause zu sein. Amy wartete schon auf sie. Heute würde sie den Hund nur raus in den großen Garten lassen, denn sie hatte keine Lust mehr darauf, durch den Schnee zu stapfen. Als Tanja ihre Tür aufschloss und der Husky sie freudig begrüßte, fühlte Tanja sich nicht beobachtet. So nahm sie nicht den kleinen schwarzen VW-Polo wahr, der ihr die ganze Zeit gefolgt war und jetzt einige Meter von ihrem Haus aus parkte.

Kapitel 8

Freitag.

Tanja schreckte auf. Blut, alles war voll Blut gewesen. Nur ein Traum dachte sie, als sie auf ihren Wecker mit den roten LCD Zahlen sah, es war kurz nach halb acht und noch dunkel draußen. Sie wälzte sich aus ihrem relativ neuen Ikea Bett »Malm« und trat ans Fenster. *Es hat nicht aufgehört zu schneien* dachte sie. Sie drehte sich vom Fenster weg und ging ins Badezimmer, drehte die Heizung auf und ging in die Küche, stellte die Kaffeemaschine an, um direkt wieder ins Bad zu gehen und unter die Dusche zu stei-

gen. Zu diesem Zeitpunkt stand der schwarze VW nicht mehr in ihrer Straße.
Nachdem sie ausgiebig geduscht und sich angezogen hatte, betrat sie ihre Küche und goss sich einen Becher voll dampfendem Kaffee ein. Amy saß schon winselnd vor der Terrassentür, um hinaus in den Garten gelassen zu werden. Tanja öffnete dem Hund die Tür, worauf er direkt, wie von einer Tarantel gebissen, in den Garten eilte, um dort seine Notdurft zu verrichten.
Als Tanja um kurz vor zehn Uhr morgens im Büro des Jugendamtes eintraf, stand dieser Zeitungsmensch bei Monika Nesser im Büro und bedankte sich für den Kaffee, den er, während er auf sie gewartet, getrunken hatte.
»Guten Morgen Liebes«, stürzte Monika in ihrer Art auf Tanja zu und umarmte sie kräftig, »Wie geht es Dir heute?«
»Danke der Nachfrage, es geht.« *Wie soll es mir schon gehen* dachte sich Tanja in diesem Augenblick sagte es aber nicht.
»Und sie sind Herr…?«
»Dräger, Carsten Dräger, Bildzeitung.«
»Ah ja, ich weiß zwar nicht, was ich Ihnen erzählen soll, aber kommen Sie einfach mit in mein Büro.«
Tanja setzte sich hinter ihren Schreibtisch. Die Distanz, die der Schreibtisch schuf, gab ihr einigermaßen Sicherheit und ein Gefühl von Schutz.
»Frau Engel, als Erstes möchte ich Ihnen sagen, dass ich mit Ihnen fühle, was Sie gestern durchmachen mussten, deshalb möchte ich Ihnen schon einmal im Vorfeld danken, dass Sie mir heute für ein Interview zur Verfügung stehen.« Er lächelte sie mitfühlend an.
Verdammt noch mal dachte sie, *er sieht so verdammt gut aus.*
Vor ihrem inneren Auge sah sie sich nackt mit Carsten Dräger in einem Meer aus weißer Seide rollen, sie spürte, wie seine Hände an ihrem nackten Körper entlang fuhren.
»Frau Engel…«, riss er sie aus ihren Gedanken, »würden Sie mir Ihren gestrigen Morgen schildern? Natürlich nur so weit, wie Sie es für richtig befinden.«
Tanja schilderte ihm bis ins kleinste Detail, wie der grausige Vormittag verlaufen war, währenddessen liefen ihr Tränen über die

Wangen hinunter, und er reichte ihr mitfühlend ein Taschentuch, welches er ihr wie von Geisterhand reichte.
»Können sie mir den Grund sagen, warum sie die Familie Johan aufsuchten?«
»Das tut mir leid, aber dies unterliegt meiner Schweigepflicht.«
»Kann es sein, dass sie einen Hausbesuch machen mussten, da der Verdacht auf sexuellen Missbrauch bestand?«
Tanja sah ihn erschüttert an, hatte er gerade vor wenigen Sekunden von sexuellem Missbrauch gesprochen? »Wie kommen Sie darauf? Das ist absolut falsch, dies kann ich ohne Zweifel verneinen!« sagte sie mit bebender Stimme.
»Also bestand nicht der Verdacht darauf, dass der Familienvater den kleinen Sohn sexuell missbraucht hatte, sogar mit dem Einverständnis der Mutter?« fragte Carsten Dräger in einer ruhigen aber sehr bestimmenden Stimme, wobei er ihr direkt in die Augen schaute.
»Ganz sicher nicht, dies sind schlimme Vorwürfe, die Sie hier erheben Herr Dräger, ich höre jetzt zum ersten Mal davon, dass es sich bei der Familie Johan um einen sexuellen Missbrauchsfall handeln soll. Zuerst muss ich Ihnen mitteilen, dass ich nur in Vertretung diesen Besuch ausführte und als Zweites war mein Anliegen nicht die Untersuchung eines sexuellen Missbrauchs.« Ihr rasten Gedanken durch den Kopf, *Missbrauch schon, aber kein sexueller, es bestand doch der Verdacht, dass der kleine Junge geschlagen wurde, aber sexueller Missbrauch?*
»Frau Engel wollen Sie mir wirklich weismachen, dass Sie sich kein polizeiliches Gutachten über den Familienvater eingeholt haben, und besser noch, dass Sie nichts über Peter Johan in ihrem Archiv gefunden haben? Ich weiß es zwar nicht, es ist nur eine Vermutung, der ich nachgehen möchte.«
Die Welt drehte sich in diesem Augenblick, Carsten Dräger flimmerte von rechts nach links und umgekehrt, ihr wurde übel. Sie merkte, wie das Blut aus ihrem Körper wich.
»Es ist besser, wenn Sie jetzt gehen Herr Dräger.« Ohne dass er etwas Weiteres sagen konnte, schob sie ihn zur Türe hinaus und griff zum Telefon, wählte Monika Nessers Durchwahl. Tüüüt, tüüüt »Nesser«, sagte Monika in ihrer Chefstimme.

Tanja fühlte sich kaum in der Lage zu sprechen, entsprechend sagte sie leise ins Telefon »Komm sofort zu mir ins Büro, bitte«, und legte den Hörer auf.
Monika stürzte in Tanjas Büro und fand sie in vor sich hin starrend an ihrem Schreibtisch sitzend.
»Liebes, was ist los«, wieder die Arme um sie schlingend.
»Dieser Zeitungstyp«, keuchte Tanja.
»Sieht er nicht umwerfend aus? Dieses dichte Haar«, fiel Monika ihr ins Wort.
»hat mir soeben gesteckt, dass Peter Johan ein amtlich bekannter Kinderschänder sein soll«, sagte Tanja, als sie ihre Fassung wieder erlangt hatte.
Monika schaute sie verwundert an »Wie, amtlich bekannt? Bei uns?«
»Er sagte so was wie polizeilich und dass wir etwas über ihn haben müssten!« sagte Tanja, die ihre Energiereserven wieder aktiviert hatte und nun mit einer deutlich festeren Stimme reden konnte. Monika setzte sich direkt an den PC und tippte im Suchfeld NAME: Johan* ein. Es dauerte ca. 25 Sekunden, als sich ein neues Fenster öffnete, in dem mit roter Schrift stand: Der eingegebene Name lieferte KEINE Einträge, bitte verändern sie ihre Suchkriterien.
»Wenn wir etwas über ihn hätten, würde es hier drin stehen«, sagte Monika, ihre Stimme klang nicht ganz überzeugend. Tanja schaute ihr direkt in die Augen und sagte
»Nicht, wenn es länger zurückliegen würde und die Akten noch im Keller lagern würden, oder gar in einem anderen Amt. Wir müssten wissen, wann er wo gewohnt hat, um die Zuständigkeit zu klären.«
Monika schaute aus dem Fenster. Und was sie nun sagte, verstand Tanja auf Anhieb nicht und dies bereitete ihr längere Zeit Kopfzerbrechen.
»Liebes, wir wollen doch keine schlafenden Hunde wecken, oder? Was meinst Du, wenn sich herausstellen würde, dass Johan ein aktiver Pädophiler gewesen ist, wir es hätten wissen müssen! Aber wir haben es nicht gewusst. Die Öffentlichkeit würde uns in der Luft zerreißen!«

»Aber der Typ wusste etwas darüber, irgendetwas muss dann doch dran sein, er wird doch nicht irgendwelche Behauptungen aufstellen, nur um mich aus der Reserve zu locken.«
»Tanja, glaube mir, Du bist zu gut für diese Welt, natürlich machen die so etwas. Was hast Du denn heute noch vor?«
»Ich habe heute Morgen noch einen Anruf von der Polizei bekommen und muss zur erneuten Zeugenaussage ins Polizeipräsidium fahren, gegen zwölf Uhr«, sagte Tanja beiläufig.
»Pass auf Schätzchen, sage denen aber nichts von der Presse, egal was ist. Auch für den Fall der Fälle, dass sie herausbekommen, dass Du mit der Zeitung vor ihnen gesprochen hast, nur wenn es wirklich nötig ist, verstanden?« Tanja nickte. Ohne ein weiteres Wort zu sagen, verließ Monika Tanjas Büro. Tanja saß noch ein paar Minuten an ihrem Schreibtisch, ignorierte Telefonanrufe. Sie saß nur da und ließ das gerade gewesene Gespräch Revue passieren. Dachte Monika wirklich, dass sie so dumm ist und nicht merken würde, dass irgendetwas im Busch ist? Nur was hatte es mit dem angeblichen sexuellen Missbrauch zu tun? *Was es auch ist,* sagte Tanja zu sich selbst, *ich komme dahinter*. Sie stand auf, verließ ihr Büro und fuhr geradewegs zum Polizeipräsidium, obwohl sie fast eine Stunde zu früh war.

Kapitel 9

Er saß nackt mit angezogenen Beinen, das Gesicht gen Himmel gerichtet, den Duschkopf, aus dem fast kochend heißes Wasser sprudelte, über sich haltend in der Badewanne. Aus der Stereoanlage im Wohnzimmer donnerte Anastacia mit »Left outside alone«, sollten sich irgendwelche Nachbarn über ihn beschweren, dies kümmerte ihn nicht.
Er saß einfach nur da, er wollte den Dreck und Schmutz von sich waschen, aber keinen reellen Dreck, nein, sondern Dreck, der sich nicht so einfach abwaschen ließ. Dreck, der tief unter der Haut saß, in seinen Beinen, den Armen, dem Bauch und seinem Kopf. Dreck und Schmutz der Vergangenheit. Aber so oft er sich selbst dieses Martyrium, diese Selbstgeißelung, durch Überfließen

lassen mit fast kochend heißem Wasser antat, so weniger wusch er sich diesen Dreck ab. Oh ja, er war allein. »Left outside alone«. Irgendwann ist jeder Mensch einmal allein, oder wird allein gelassen, nur er kannte den Unterschied zwischen anderen Menschen und sich selbst, er hatte nie jemanden gehabt. Nie. Er war immer allein gewesen.

»I need to pray«, oh ja er betete. Er betete täglich mehrmals um Vergebung. Für sich. Für das, was er getan hatte und noch vor sich hatte. Schon als Kind betete er jeden Abend erneut darum, vom Heiligen Vater zu sich geholt zu werden, er tat es aber nicht. Sein Pfarrer in der Schule sagte damals zu ihm *Simon, der Heilige Vater erhört jedes Gebet, nur manchmal dauert die Erhörung an.* Er hatte Pfarrer Weizheim selbstverständlich nicht gesagt, was der Inhalt seiner Gebete war, sondern nur, dass er betete. Damals war er sieben Jahre alt und besuchte die zweite Klasse einer Grundschule in Essen. Er hatte das Beten nie aufgegeben. Bis jetzt nicht und hatte dies auch nicht vor, denn sie gehörten zu seinen festen Ritualen, die ihn tagtäglich begleiteten.

Er suchte in seinem Kopf nach einem Gefühl der Befriedigung, oder gar irgendetwas, was sich mit dieser Art von Gefühl vergleichen ließ, konnte es aber nicht finden. Seit fast 15 Jahren hatte er sich das, was jetzt geschehen war, ausgemalt. Schon als Kind dachte er daran, Menschen zu töten. Aber nicht aus Rache, dies würde er niemals tun, sondern um sich selbst zu schützen. Rache würde der Heilige Vater ihm zwar sicherlich auch vergeben, aber sein Gefühl war im Laufe der Jahre gewachsen. Die Angst. Angst, was mit ihm noch passieren würde, Angst, was sein Kopf ihm noch vormachen könnte, um das grausam Erlebte zu verarbeiten. Es hatte eine Zeit gegeben, da lebte er in seiner ganz ganz eigenen Welt.

Er dachte, er sei ein Kind mit bekannten Eltern, Schauspielern, ja Schauspieler waren nicht schlecht gewesen. Er dachte sich, ein Kind von Schauspielern wird immer oft fotografiert und mit Videokameras verfolgt. Doch irgendwann zerplatzte die Seifenblase. Und er sah die bittere, düstere Realität.

Er hatte drei Menschen ermordet. Die »Eltern« mussten vernich-

tet werden, dies stand außer Frage, das Kind war aus Versehen gestorben. Aber der Heilige Vater wusste dies natürlich. Er selbst hatte nicht gewusst, dass diese Betäubungsflüssigkeit ein Kind töten konnte, wenn es nicht richtig dosiert wurde. Woher hätte er das wissen sollen? Seine Welt drehte sich. Aber so hatte er dem kleinen eine Menge Leid erspart, dies wusste er.
Innerlich machte er sich Sorgen bezüglich des Reporters, dem Typ von der Bildzeitung. Er hatte ihn vor dem Haus mit dieser Sozialarbeiterin gesehen und sogar gehört. Er hieß Dräger. Er konnte sich Namen mit den dazugehörigen Gesichtern hervorragend merken, er hatte sich im Laufe seines Lebens viele Gesichter und Namen merken müssen. War es richtig gewesen, dass er diesen Reporter angerufen hatte? War es richtig, dass er ihm Informationen über Johan gegeben hatte? Er wusste es nicht. Er wusste auch nicht, was für eine Frau diese Sozialarbeiterin, diese Frau Engel ist. Er hatte sich zu weit herangetraut. Alles aufs Spiel gesetzt. Seinen Frieden. Als seine Haut feuerrot war, er sie aber nicht mehr wahrnahm, weil sie von dem heißen Wasser taub geworden war, stieg er aus der Wanne und startete die CD von Neuem. »Left outside alone«.

Kapitel 10

Nachdem sich Tanja ihren quälend langen Weg durch das Essener Verkehrschaos, bedingt durch den Schnee, gebahnt hatte, war sie endlich an ihrem Ziel angekommen. Direkt gegenüber des Landgerichts, dem Polizeipräsidium. Es war ein altes Gebäude. Sie bemerkte, dass einige Teile des Gebäudes unter Planen verborgen waren. Hinter diesen Planen arbeiteten Restauratoren daran, dieses marode Gebäude zu erhalten. Der Verfall wäre schade, dachte sich Tanja, obwohl die Stadt dabei war, dem Jugendamt erhebliche Mittel zu kürzen und hier sicherlich einige Hunderttausende zu investieren. *Aber was soll's* dachte sie sich, *ich kann eh nichts daran ändern, wie auch?* Sie betrat das Präsidium durch eine Sicherheitsschleuse, diese wurde vor nicht all zu langer Zeit hier im Präsidium und gegenüber im Landgericht für viel Geld eingebaut, nachdem ein Verrückter im Landgericht mit einer Pistole einen Richter erschossen hatte. *Aber wen kümmert es, wenn eine verrückte Mutter mit einem Messer in der Hand in mein Büro stürmt, weil ich ihr das Sorgerecht entziehen muss, nachdem sie ihre Kinder misshandelt hatte. Würde man dann auch in allen Jugendämtern Sicherheitsschleusen einbauen lassen? Bestimmt nicht.*

»Was kann ich für Sie tun?« fragte ein sehr junger Polizeibeamter, der höchstens vierundzwanzig Jahre alt war.

»Mein Name ist Tanja Engel, Jugendamt Essen Borbeck, ich habe einen Termin mit Kriminalhauptkommissar Driessler«, sagte Tanja mit ernster Mine.

»2. Stock, links den Gang runter, Zimmer 211, ich werde Sie telefonisch anmelden, Sie können aber schon hinaufgehen.«

Tanja machte sich auf den Weg in den 2. Stock. Das Haus wurde teilweise auch gerade von innen renoviert. *Und noch mehr Geld* dachte sie sich. Als sie vor Zimmer 211 stand, wollte sie gerade an die Tür klopfen, als Driessler die Tür von innen öffnete. Sie erschrak.

»Entschuldigung Frau Engel, ich wollte Sie nicht erschrecken, ich habe die Angewohnheit, nachdem mir ein Besucher angekündigt ist, die Zeit abzuschätzen, solang wie der Besucher von unten bis hier oben benötigt, um dann direkt die Tür zu öffnen«, sagte er mit einem Lächeln im Gesicht. Tanja schaute ihn mit einem versteinerten Gesicht an. »Treten Sie doch ein«, sagte er, ohne das dass Lächeln aus seinem Gesicht verschwunden war.«

»Und wie lange?« fragte Tanja, nachdem sie eingetreten war, ihre Jacke ausgezogen und sich ohne Aufforderung auf den unbequemen Besucherstuhl aus orangenem Kunststoff setzte. Dieselben hatte sie in ihrem Amt auch gehabt, dachte sie sich, diese wurden allerdings vor zwei Jahren ausgetauscht. Sie hatte einen schwarzen Besucherstuhl aus unbequemem Kunststoff bekommen.

»Wie meinen Sie?« fragte Driessler mit einem leicht verwirrten Gesichtsausdruck, ohne das Lächeln aus dem Gesicht zu verlieren.

»Wie lang ich benötigt habe von unten hier hinauf zu finden«, sagte Tanja, jetzt lächelte sie auch leicht. Es war ansteckend dachte sie.

»Oh« er lachte auf. »Sie haben 1 Minute und 43 Sekunden gebraucht, nachdem der Anruf kam, fast ein Rekord.«
»Wer ist denn schneller?« fragte sie neugierig.
»Tja, meine Frau, aber nur wenn ich weiß, dass sie sauer auf mich ist, weil ich vergessen habe, ihre Mutter vom Flughafen abzuholen, dann ist sie innerhalb von 53 Sekunden hier oben, ich vergesse es fast«, er lachte laut auf »immer.«
Tanja erwiderte sein Lachen, es war definitiv ansteckend.
»Frau Engel, dies ist kein Verhör, nur eine Art Anhörung, Ihre Aussage habe ich schon gestern aufgenommen. Ist Ihnen nur irgendetwas Neues eingefallen zum gestrigen Tag?«
Nun schaute sie ihn ernst an »Tja, wie soll ich es sagen, es gibt etwas, was sie wissen sollten, es muss aber unter uns bleiben, Sie würden sagen, es ist eine »Spur««
»Was meinen Sie?«
»Für das, was ich Ihnen jetzt sagen werde, werden Sie mir sicherlich gleich den Kopf abreißen, aber ich hatte heute Morgen, vor unserem Gespräch, ein weiteres Gespräch mit diesem Dräger von der Bild«, sagte sie in einem unerwartet kleinlauten Ton.
Er schaute sie an und signalisierte ihr, dass sie fortfahren sollte.
»Dräger gab mir zu verstehen, dass Johan in unseren und ihren Akten als amtlich bekannter Sexualstraftäter registriert sein müsste.« Sie machte eine Pause, um ihm Gelegenheit zu geben, die neue Info sacken zu lassen.
Er sah sie einen Augenblick verdutzt an, nahm dann seinen Telefonhörer in die Hand und tippte einige Zahlen ein, vermutlich eine interne Kurzwahl. Nachdem es einige Male geläutet hatte, nahm jemand am anderen Ende der Leitung den Hörer ab. Sie konnte nicht verstehen, wer sich meldete.
»Driessler hier, check mal bitte, ob wir in den Akten über Sexualvergehen etwas über einen Johan, Peter«, er schaute kurz in die Akte »geboren am 7.12.1961 in Bochum haben und rufe mich dann umgehend zurück.« Er lauschte, was die Stimme am anderen Ende zu sagen hatte. Sein Lächeln war komplett aus seinem Gesicht verschwunden, es verfärbte sich zusehend von normal auf dunkelrot.
»Verdammt noch mal« polterte er los »Du hast so viel zu tun? Ich

beigefarbenen Ordner auf seinen Schreibtisch, wobei sie Tanja einen verächtlichen Blick zuwarf. Sie dachte bestimmt, die Informationen seien für Tanja. »Beim nächsten Mal müssen sie länger warten«, sagte sie trotzig. Drehte sich auf ihren pinken Pumps um, die Tanja erst jetzt bemerkte, und verließ das Büro wieder mit wehendem Haar und waberndem Busen. Sie ließ die Tür laut ins Schloss fallen.
Driessler sah verstört auf die Tür und sah dann Tanja an.
»Jetzt kann ich mich nur für Frau Anders entschuldigen, ich weiß nicht, was das jetzt für ein Auftritt war«, Tanja lachte auf.
»Was gibt es denn zu lachen, ich finde solche Auftritte eher beschämend.« Sie sah ihn an. »Heißt sie wirklich Pamela Anders? Es gibt Zufälle! Sie sieht aus wie eine Kopie von Pamela Anderson und heißt sogar noch fast so.« Sie lachte weiter.
Driessler begann zu grinsen: »Zufälle gibt es, wissen sie was?« Ohne eine Antwort abzuwarten, sagte er: »Ihr Busen ist genauso falsch wie beim Original, das ganze Präsidium witzelt darüber.« Beide mussten lachen. Noch im Lachanfall nahm er die Akte zur Hand und begann zu lesen. Und was er las, ließ seine Miene wieder versteinern. Nachdem er die Akte durchgeblättert hatte, sagte er mit heiserer Stimme »Scheiße! Frau Engel, verdammte Scheiße, wir müssen wohl unsere Ermittlungen neu strukturieren und überdenken.«

Kapitel 11

Nachdem er sich abgetrocknet hatte und sich eine Shorts angezogen hatte, ging er zu seinem Fenster, von wo er einen Blick auf eine der Hauptverkehrsstraßen hatte. Er sah gerade noch wie ein Pärchen verliebt umschlungen durch den Schnee stapfte und um eine Häuserecke verschwand. Ein Gefühl von Verliebtheit oder gar Liebe kannte er nicht. Er hatte schon so etwas wie eine Beziehung gehabt, das stand außer Frage, nur Gefühle hatte er nie empfunden. Er hatte alle Arten von zwischenmenschlichen Beziehungen ausprobiert. Schlanke hübsche Frauen, dicke hübsche Frauen, hässliche schlanke Frauen, hässliche dicke Frauen…, sogar mit Männern hatte er es ausprobiert. Nur ein Gefühl, was man als »Liebe« hätte deuten können, fand er nie. Er hatte nur Sex. Mehr nicht. Aber ansonsten hatte er keine Freunde, keine Kollegen, keine Familie, niemanden. »Left outside alone«.

Die Sozialarbeiter vom Jugendamt hatten immer bei Gesprächen mit potenziellen Pflegeeltern über ihn gesagt, dass er eine große »Heimkarriere« hinter sich hätte. Damals wusste er nicht, was sie meinten, heute wusste er es aber. Nachdem er seinen Erzeugern weggenommen wurde und in eine Kindernotaufnahme gesteckt wurde, hatte er sämtliche anderen Heime und Pflegefamilien durchlaufen, bis er 16 Jahre alt wurde und endlich in eine Verselbstständigungsgruppe kam, wo er, er selbst sein konnte. Als er 18 wurde, bekam er eine eigene kleine Wohnung. Er musste zahlreiche Therapien durchlaufen, schon als Kind. Die Diagnose war »Beziehungsunfähigkeit«, dies wusste er. Benötigte er aber dafür eine ganze Armada von Sozialarbeitern, Erziehern, Psychologen, Psychiatern und Gesprächstherapeuten? Ganz sicher nicht, dessen war er sich sicher. Er wollte aber niemanden mehr, er wollte sich nicht schon wieder auf Dinge einlassen, die ihn früher oder später wieder verletzen konnten. Bei einer Familie hatte er sich sehr wohl gefühlt, ihnen gegenüber hatte er sich auch geöffnet und seine dunkle Seite gezeigt. Ja, er hatte ihnen erzählt, was er alles erlebt hatte. Familie Reuter. Aber dann bekam sein neuer Vater Edwin die Diagnose: Lymphdrüsenkrebs. Nach Bekanntgabe der Diagnose hatte Edwin noch knapp vier Wochen zu leben und verstarb, noch bevor er seine Chemotherapie beginnen konnte. Pflegemutter Tanja Reuter, hatte ihm damals unter Tränen gesagt, dass sie es unmöglich schaffen könnte, ihn und ihre leiblichen drei weiteren Kinder groß zu ziehen. So kam er wieder in ein Heim. Danach weigerte er sich kontinuierlich, mit diesem Stab von Sozialleuten zusammenzuarbeiten, wofür auch? Sie würden ihn ohnehin wieder enttäuschen. Geweint hatte er damals schon nicht. Heute auch nicht.

Er starrte noch immer auf die Stelle, wo das Pärchen um die Ecke verschwunden war.

Er hatte die ganze Nacht in seinem kleinen VW-Polo verbracht und diese Sozialarbeiterin beobachtet. Wozu dachte er sich. Sie

war anders, dieses Gefühl wollte ihn nicht mehr verlassen. Sie hatte einen Hund, einen kleinen Husky, Amy. Als sie im Haus verschwunden war, hatte er sich in ihren Garten geschlichen und sie beobachtet. Nachdem sie den Hund in ihren Garten gelassen hatte, war er augenblicklich zu ihm gerannt und hatte ihn beäugt. Zuerst hatte er Angst bekommen, dass der Hund ihn verraten könnte. Er tat es aber nicht. Amy beschnupperte ihn und wollte augenblicklich mit ihm schmusen. Er wusste, dass der Heilige Vater ihm wieder ein Zeichen gesandt hatte. Die Sozialarbeiterin war sehr liebevoll zu dem Hund. Nachdem sie ihn wieder hineingerufen hatte, hatte sie mit dem Hund geschmust. Sie schmuste mit ihm, sie hatte ihn nicht getreten oder gar geschlagen, nein.
Nur, was sollte er von dieser Frau halten? Er hatte gesehen, wie sie, als sie augenscheinlich mit der Polizei vor dem Haus dieses Pissers und seiner Schlampe redete, weinte. Oder zumindest geweint hatte. Er hatte noch nie zuvor diese Gefühlsmaschinen, die Sozialleute, weinen gesehen. Noch nie. Sie tat es aber ungeniert. Er musste noch mehr über sie erfahren, es genügte nicht, ihr gefolgt zu sein und sie dann von ihrem eigenen Grund und Boden aus zu beobachten. Er musste weiter gehen. Es könnte zwar sein ganzes Unterfangen gefährden. Er konnte aber nicht anders. Das nächste Mal musste er unbemerkt ihr Haus betreten. Er sah weiterhin auf die Straße, es hatte aufgehört zu schneien.

Kapitel 12

Als Tanja auf den Parkplatz des Polizeipräsidiums trat, bemerkte sie, dass es aufgehört hatte zu schneien. Driesslers Worte hallten ihr durch den Kopf, als er ihr einen Auszug aus der Akte vorgelesen hatte. Johan war tatsächlich ein amtlich registrierter Pädophiler, nur noch schlimmer, als sie es sich ausmalte. Umso mehr sie darüber nachdachte, umso heller wurden ihre Erinnerungen. Vor knapp vierzehn Jahren wurde im Großraum Essen und Umgebung ein Kinderpornoring ausgehoben. Und Johan war einer der Hauptdrahtzieher, so wusste man. Da aber zum damaligen Zeitpunkt grobe Fehler bei der Ermittlung begangen wurden, sowie

Fehler bei der Festnahme, kamen Johan und vier weitere Leute schnell wieder auf freien Fuß.
Tanja fuhr auf schnellstem Weg wieder in ihr Büro ins Jugendamt.
Ohne sich bei Monika zu melden, ging sie in ihr Büro und startete ihren Computer. Sie klickte das Icon, welches ihr den Weg ins Internet anbot an und ließ sich mit dem Internet verbinden.
Nachdem sie sich durch mehrere Online Zeitungsarchive geklickt hatte, wurde sie bei einer großen Zeitung fündig, sie las:

»Kinderpornoring ausgehoben:
Am gestrigen Vormittag nahm die Essener Kriminalpolizei in Kooperation mit der Bochumer- und Gelsenkirchener Kriminalpolizei im Raum Essen, Bochum und Gelsenkirchen 16 Leute fest, die unter dringendem Tatverdacht stehen, pornografische Aufnahmen mit Kindern gemacht zu haben und diese über ein Pädophilennetzwerk vertrieben zu haben.
Der Essener Staatsanwalt Dr. Edmund Sommer: »Es ist uns gelungen, ein komplettes Netzwerk von Kinderschändern auszuheben und dingfest zu machen,…, wir werden ab diesem Zeitpunkt bemüht darum sein, den Opfern, also den entsprechenden Kindern, zu helfen, damit diese nun ausgiebig betreut werden können«.
Zu den genauen Personenangaben der Täter wollte sich Staatsanwalt Dr. Sommer jedoch noch nicht äußern, dies könnte anhaltende Ermittlungen gefährden.«

Ein weiterer Artikel wenige Tage später:

»Pannen bei der Überführung

…, der Essener Staatsanwalt Dr. Sommer, sagte bei der gestrigen Pressekonferenz:
…, wir sind untröstlich, aber ich muss einräumen, dass die ermittelnden Kriminalbeamten einige Fehler begangen haben, aber ich bin mir sicher, dass wir die Täter, komme was wolle, ins Gefängnis bringen werden. Einer der Täter, wie uns aus Insiderkreisen

berichtet wurde, Peter J. aus Bochum, hat Klage gegen die Staatsanwaltschaft Bochum und Essen eingereicht, da er nach eigenen Angaben bei einem Verhör zu seiner Aussage gezwungen worden sei. Des Weiteren wurde uns mitgeteilt, habe J. zwar zugegeben Sex mit einigen Kindern gehabt zu haben, aber er sei selbst dazu gezwungen worden. Es ist damit zu rechnen, so der Insider, dass mehrere Klagen folgen werden.«

Wieder einige Tage später.

»Peter Johan und drei weitere Personen aus Untersuchungshaft entlassen, wegen Fehlern bei der Ermittlung. Was seit einigen Tagen spekuliert worden war, ist nun durch Dr. Sommer, den Oberstaatsanwalt der Stadt Essen, bestätigt worden. Die vier Tatverdächtigen mussten wegen fehlerhafter Ermittlungen laufen gelassen werden. Der Oberstaatsanwalt ließ aber verlauten, dass zwar ein Verfahren wegen Pornografie mit Minderjährigen nicht mehr zustande kommen wird (für diese vier Personen, alle zwölf Mitbeschuldigten warten in der Essener Krawehlstr. auf ihren Prozess), aber die im Laufe der Ermittlung bekannt gewordenen Details lassen auf einen weiteren Prozess wegen Sexualvergehen an Minderjährigen…warten.«

Tanja bekam eine Gänsehaut als sie die Artikel las. Jetzt fiel es ihr auch wieder ein. Damals steckte sie schon mitten in ihrem Studium, wobei sie in ausgiebigen Diskussionsgruppen das Thema behandelt hatten.
Sie scrollte mit der Maus die Einträge weiter hinunter, was sie hier las, verursachte in ihr erneute Übelkeit, an diese Details konnte sich nicht erinnern:

»Johan frei, Strafe für sich und Mitangeklagte auf Bewährung.

Der wegen mehreren Sexualvergehen an Minderjährigen verurteilte Peter Johan und seine drei weiteren Angeklagten wurden gestern vom Essener Landgericht jeweils zu einer Geldstrafe von 30 Tagessätzen zu je 28 DM verurteilt. Der Essener Oberstaatsanwalt Dr. Sommer reichte direkt nach der Bekanntgabe des Urteils seine fristlose Kündigung ein und stand uns für ein Interview nicht mehr zur Verfügung. Lesen sie nun ein Interview mit dem verurteilten Peter Johan:…«

Tanja war fassungslos. Hier hatte sie den Beweis schwarz auf weiß. Im Internet. In diesem Augenblick fragte sie sich, warum die Polizei nicht schon im Laufe der letzten 24 Stunden ihre Recherche in diesen Bereich gemacht hatte. Und warum fand sie im Jugendamt keinen Eintrag im Computer, im Laufe der Zeit wurden doch alle wichtigen Akten digitalisiert und in den Computer eingegeben, da vor 14 Jahren noch alles mit Schreibmaschine getippt und im Aktenkeller verwahrt wurde. Und was ist wichtiger für ein Jugendamt, was zum Schutze der Kinder da ist, als über amtlich bekannte Pädophile im Bilde zu sein? Sie griff zum Hörer und wählte die Nummer vom Polizeipräsidium, es klingelte 2-mal als jemand abnahm.
»Polizeipräsidium Essen, Witzel.«
»Tanja Engel, Jugendamt Essen Borbeck, können Sie mich bitte mit Kriminalhauptkommissar Driessler verbinden?« fragte Tanja in ihrer Geschäftsstimme, die immer etwas härter klang als normal. »Ja, ich verbinde, einen Augenblick bitte«, sagte der Beamte mit leicht zitteriger Stimme, sie bemerkte seine Unsicherheit, er war sicherlich noch jung, dachte sie sich, als jemand am anderen Ende den Hörer abnahm.
»Driessler hier.«
»Tanja Engel, Jugendamt Essen Borbeck. Herr Driessler, ich will es kurz machen, können Sie mir sagen, in welchen Jugendamtsbereich die Fälle damals fielen?«
»Ich dachte, das hätten Sie schon selbst herausbekommen und dachte Sie wollten mich deshalb anrufen«, sagte er mit einem Lächeln in der Stimme.
»Wie meinen sie das?«
»Jugendamt Bochum und Gelsenkirchen haben ja nix mit zu tun, aber das zuständige Jugendamt war Ihres, in Essen Borbeck.«
Tanja schluckte und atmete tief durch, dann bedankte sie sich und legte den Hörer auf.

Kapitel 13

Es war kurz nach 15 Uhr und Carsten Dräger saß an seinem Schreibtisch im Axel-Springer-Gebäude in Essen-Kettwig. Auf dem Weg vom Jugendamt in die Redaktion war er mehrere Male deutlich ins Schlittern gekommen, da die Meisenburgstraße noch immer nicht vom Streudienst geräumt worden war. Er hatte um 17.45 Uhr Redaktionsschluss, die Zeit drängte. Er schaute aus dem Fenster und bemerkte, dass es aufgehört hatte zu schneien. *Verdammte Scheiße* dachte er sich, *jetzt musste ich mich durch das Gewühle bahnen und nun sitze ich hier im Warmen und es hört einfach auf zu schneien.* Aber nicht nur diese Gedanken rauschten ihm durch seinen Kopf. Die letzten 30 Stunden waren für ihn mehr als ereignisreich gewesen. Erst dieser grausame Mord, der ihm wie ein Geschenk vorkam, denn an einer guten Story hatte es ihm gefehlt. So war er überaus glücklich, als er gestern Vormittag einen Anruf von einem Informanten aus dem Polizeipräsidium bekam und dieser ihm über einen brutalen Mord an einer ganzen Familie berichtete. Das brachte ihm die »Headline« ein, der Aufmacher auf der Titelseite. Viel hatte er zu dem Mord in der heutigen Ausgabe nicht schreiben können, sondern nur die nackten Fakten. Das Bild für die Titelseite war schon wesentlich spektakulärer, es zeigte genau den Zeitpunkt, als die tote Familie in Alusärgen aus dem Haus getragen wurde. Ein kleines Familienfoto hatte er sich auch noch besorgt, eines auf der die glückliche Familie Johan zu sehen war. Die Krönung war die große Überschrift »Mord-in-Essen, ganze Familie brutal ermordet!« Er hatte wirklich Glück gehabt. Aber ab diesem Punkt geschahen seltsame Dinge, er fragte eigentlich nur sporadisch im Jugendamt an, ob er ein Interview mit der Sozialarbeiterin, die die Leichen gefunden hatte, ausmachen könnte. Zu seiner Verwunderung bekam er dann auch dieses gleich am heutigen Tag. Noch interessanter war, dass er gleich gestern Abend, als er noch in der Redaktion war, um Hintergrundinformationen über das Internet zu recherchieren, einen Anruf bekam. Der anonyme Anrufer teilte ihm weder seinen Namen oder andere persönliche Details mit, sondern nur, dass Vater Johan ein amtlich bekannter Kinderschänder war. Dann hatte der anonyme Anrufer aufgelegt, ehe er eine Frage stellen konnte. Darauf hin durchsuchte er das Internet akribisch und wurde auch schnell fündig. Die nächsten Arbeitsschritte waren reine Routine für ihn, er rief seine bekannte Pamela Anders an, die im Polizeipräsidium im Archiv arbeitete und ihm schon des Öfteren die eine oder andere Information besorgt hatte. Schon heute Morgen hatte er die komplette Akte Johan als E-Mail in seinem Postfach. Auf Pamela war immer Verlass gewesen.

Seine Verwirrung wurde zu allem Überfluss noch gesteigert, als er heute Vormittag im Jugendamt war. Tanja Engel, die Sozialarbeiterin hatte anscheinend keine Details zu dem Fall, jedenfalls wollte sie es ihn glauben lassen. Und er glaubte es ihr. Sie hatte sich übergeben, so spontan hätte sie ihm nichts vorspielen können, oder? Und wenn, welchen Sinn hätte es gehabt, er hatte eh die Informationen, die er brauchte. Oder hatte sie einfach schlampig den Fall bearbeitet und ihr wurden nun ihre Fehler bewusst? Er wollte hierzu noch genauere Recherchen betreiben, dies könnte jedenfalls eine neue Schlagzeile werden »Schlamperei im Jugendamt« oder »Jugendamt- ahnungslos«, obwohl er doch ein wenig Mitleid mir ihr empfand. Wenn es so war, dass sie ahnungslos gewesen ist, oder es gar nicht ihr Fehler war? *Wer weiß das schon*, dachte er sich. Er nahm sich einen Kugelschreiber zur Hand und schrieb sich »Tanja Engel anrufen« auf seine Papierschreibtischunterlage.

Das war der nächste Punkt, der ihn nachdenklich stimmte, warum hatte die Jugendamtsleiterin, diese Nesser, ihm die Privatnummer von Frau Engel gegeben, für eventuelle Rückfragen, die er hätte haben können? In der Vergangenheit hatte er immer größte Probleme gehabt, wenn es um Auskünfte, die das Jugendamt betrafen, ging. Und jetzt bekam er urplötzlich die Privatnummer der betreffenden Sozialarbeiterin. Warum war diese Nesser ihm gegenüber so aufgeschlossen gewesen? Warum? Noch konnte er sich keinen Reim darauf machen. Er drehte sich wieder an seinen Schreibtisch und begann zu tippen. Jede Minute war ab jetzt kostbare Zeit und diese durfte er nicht verlieren.

Kapitel 14

Simon schaute auf die Uhr, es war schon fast halb vier. Um 16 Uhr fing seine Vorlesung in der Universität an. Er zog sich schnell eine Jeans und einen Pullover über. Seine Haut war noch immer taub vom heißen Wasser. Er spürte nichts, er wollte nichts spüren. Nachdem er sich seine Jacke übergeworfen hatte, eilte er aus der Wohnung und zog die Tür einfach nur zu. Auf dem Treppenabsatz unter seiner Wohnung stand eine ältere Nachbarin, die er so um die 75 Jahre schätzte. Frau Griesbert.

»Herr Neumann, wie oft muss ich Ihnen noch sagen, dass Ihre Musik zu laut ist. Ich verstehe meinen Fernsehapparat gar nicht mehr. Dieses Affengeheule halte ich nicht länger aus, ich werde mich wohl bei Frau Brausekämper beschweren müssen.« Er grinste sie nur an und eilte an ihr vorbei. Er hatte heute noch viel vor und konnte es sich nicht leisten, seine kostbare Zeit mit zwei senilen alten Weibern, wobei die eine zwar die Hausbesitzerin war, zu vertrödeln. Er eilte zu seinem schwarzen VW-Polo und fuhr in Richtung Universität. Seine Mittelaltervorlesung hatte heute den trefflichen Namen: die Pest. Oh ja, er frage sich, wann er von seiner Pest befreit werden würde. Der Schneematsch blieb fest am Boden liegen und ließ ihn einige Male mit seinem Wagen schliddern. Aber er verlor nie seine Ruhe und Konzentration.

Er schaffte es noch pünktlich zu seiner Vorlesung, denn sein Dozent stand noch mit einer Zigarette in der Hand vor dem Hörsaal, als er das Audimax, das Hörsaalzentrum der Uni, betrat.

Sechs Minuten vor achtzehn Uhr beendete der Dozent die Vorlesung. Simon hatte sich einige Notizen zu diesem Thema gemacht und kramte nur schnell seine losen Zettel zusammen und rollte sie zusammen. Er würde sie später einordnen. Aber erst hatte er noch Großes vor. Sein erster Halt war das Haus in der Schlossstraße. Er parkte seinen Wagen einige Meter vor dem Haus in der Straße hinter einem 5er BMW. Es wirkte, als ob der Wagen immer hier stehen würde. Die Abenddämmerung hatte eingesetzt, sodass die Laternen die Straße teilweise beleuchteten. Die Stellen, die von der Laterne ausgespart wurden, waren bei diesen Lichtverhältnissen schwer zu erkennen. Er beobachtete das Haus. Es sah so aus, als ob niemand im Haus wäre. Alle Fenster waren dunkel. Er wollte aber, um ganz sicher zu gehen, noch einige Minuten warten, bis die Finsternis regierte.

Kapitel 15

Tanja saß an ihrem Schreibtisch und atmete tief durch. Zuerst begriff sie nicht, was Driessler ihr gerade am Telefon gesagt hatte. Langsam, ganz langsam setzte sich der Gedanke. Sie starrte auf ihren Computerbildschirm und öffnete das Suchfenster für das Archiv. Sie tippte erneut im Suchfeld: Johan* ein. Aber wieder erschien die Nachricht, dass sie unter dem angegebenen Namen keine Einträge fand. Sie versuchte es mit Peter Johan*, dann mit Johan, u.s.w. nach 10 Minuten und unzähligen Versuchen gab sie auf. Sie dachte an einen peinlichen Fehler, der sich hier eingeschlichen hatte, jemand hatte wohl beim Digitalisieren, also beim Eingeben der alten Akten in den Computer, die Akte Johan vergessen! Es gab nur eine Möglichkeit, sie musste persönlich im Keller nachschauen, um die Akte zu finden. Sie stellte ihren Anrufbeantworter ein und ging in das Erdgeschoss, von wo aus eine Metalltür in den Keller führte. Sie hasste den Keller, er war schlecht beleuchtet, manche Ecken lagen teils ganz im Dunklen, Krabbeltiere, schlechte Luft, wie sie ihn hasste. Es half nichts, sie öffnete mit einem lauten »Klack« die Kellertür und verschloss sie wieder hinter sich mit dem Gedanken, jemand könnte auch in den Keller kommen und sie erschrecken. Sie war sehr schrecksam. Nachdem sie die Regale nach dem Buchstaben »J« absuchte und ihn schließlich fand, begann sie systematisch nach der Akte zu suchen. Tanja bemerkte nicht, wie viel Zeit sie im Keller verbrachte, indem sie die Akte suchte. Sie begann von Neuem die Akten zu durchsuchen, ohne fündig zu werden.
Jemand musste sie wohl falsch einsortiert haben, vielleicht ein Praktikant, der die betreffenden Akten einsortieren sollte. Dies könnte auch der Grund dafür gewesen sein, dass sie nicht im Computer eingegeben war. Sie fing erneut an zu suchen, nur dieses Mal fing sie ganz vorn bei »J« an und schaute sich jede Akte

an. Es waren Hunderte, die sich in den Jahren angesammelt hatten. Nachdem Tanja sich jeden Ordner aus dem Regal geholt hatte, schaute sie auf die Uhr. Sie war erschüttert. Es war mittlerweile kurz nach halb sieben. *Scheiße*, dachte sie. Zum einen hatte sie die Zeit aus den Augen gelassen, zum anderen wartete Amy schon seit fast anderthalb Stunden darauf, ihre Notdurft zu verrichten. Sie hastete den Treppenaufgang, der aus dem Keller ins Erdgeschoss führte, hinauf. Als sie die Kellertür mit einem lauten »Klag« zugeworfen hatte, hörte sie eine ihr vertraute Stimme:
»Ja, Liebes, was machst Du denn da unten?« Es war Monika Nesser. Tanja hätte vieles erwartet, nur nicht Monika um diese Uhrzeit noch hier im Amt zu treffen.
»Wir müssen reden, es scheint, dass wir ein riesengroßes Problem bekommen werden.«
Tanjas Erstaunen wurde immer größer, zuerst sprachlos, aber dann nach wenigen Augenblicken, in denen sie Monika nur angestarrt hatte, fragte sie
»Was gibt es denn für ein Problem?«
»Ich hatte bis vorhin Besuch von der Staatsanwaltschaft, es scheint, dass Dir einige Details zum Fall Johan durch die Lappen gegangen sind und ich habe versucht, Dich zu erreichen, konnte Dich aber nirgends finden.«
In Tanja stieg Wut hoch. Sie merkte, wie sie langsam aber sicher aus ihrer Magengegend Richtung Kopf kletterte. Was sollte das bedeuten? Ihr wären einige Details durch die Lappen gegangen? Es war nicht ihr Fall, sie hatte ihn nur zugewiesen bekommen. Nämlich von Monika persönlich, aber das wusste sie doch! Was war hier eigentlich los? In diesem Augenblick hatte Tanja Amy schon vergessen, denn in ihr wuchs die Wut.
»Was soll das heißen, ICH habe einige Details übersehen?«
»Johan war amtlich bekannt, er hat Kinder missbraucht, das hättest Du wissen müssen, wenn Du diese Familie besuchst!« Ihre Stimme war nicht mehr lieblich und freundlich. Auch diese netten Bemerkungen wie: Liebes, Schätzchen etc. waren verschwunden.
»Aber Monika, Du hast mir den Fall kurzfristig zugeteilt und Du hast vorhin mit mir selbst in der Datenbank nachgeschaut und gesehen, dass wir keinen Eintrag darüber haben, was soll dieses

Theater? Ich verstehe das nicht?«
»Frau Engel, Sie kommen am besten umgehend mit in mein Büro und ich werde Ihnen die nicht ganz unwichtigen Details erläutern und zwar sofort!«
Unverstehen, Schwindel und eine Vorahnung, dass etwas folgen würde, bereiteten ihr Angst. Was für ein Spiel spielte Monika hier? Noch konnte Tanja nicht erahnen, dass das Geschehene nichts dagegen war, was jetzt folgen würde. Ihr schlimmster Albtraum hatte gerade erst begonnen.

Kapitel 16

Er hatte knapp zehn Minuten in seinem Auto gewartet. Die Dunkelheit breitete sich unaufhörlich aus. Das einzige Licht, welches die Straße erhellte, waren die Straßenlaternen und das Licht aus den Häusern. Nur aus einem Haus drang kein einziger Lichtstrahl, es lag nur ein wenig von einer Laterne beleuchtet in sonst gnadenloser Dunkelheit. Simon stieg aus seinem Auto und verschloss die Fahrertür fast lautlos. Im Schatten der Häuser schlich er auf das schiefergetäfelte Reihenhaus zu. Sobald er das Gartentörchen geöffnet hatte, meldete sich seine neu gewonnene Freundin wieder, der Husky, Amy. Sie erkannte ihn wieder. Der Volksmund behauptet zumindest immer, dass Tiere, besser gesagt Hunde, schlechte von guten Menschen unterscheiden können. Er war ja ein guter Mensch und das wusste sie. Als er an der gläsernen Terrassentür angekommen war, sah er Amy, wie sie sich schwanzwedelnd vor der Tür über die Fliesen rollte. Im Laufe der Jahre, die er in den verschiedensten Heimen, Kindernotaufnahmen etc. verbracht hatte, hatte er ein Talent an sich entdecken können. Viele Erzieher in den Heimen nannten dies kriminelle Energie. Er besaß die Fähigkeit, überall hinein und hinauszukommen, ohne großen Aufwand betreiben zu müssen. Er erkannte Schwachstellen von abgeschlossenen Häusern und Räumen sofort und konnte sich dadurch unbemerkt Zutritt zu ihnen verschaffen, oder aus Heimen abhauen, in denen er sich unglücklich fühlte, weil er mit den dort angewandten Erziehungsmethoden nicht übereinstimmte. Die sogenannten Erziehungsmethoden waren teilweise breit gefächert, von nachts im Türrahmen stehen, damit er nicht mit seinen Zimmergenossen reden konnte, über Zimmerarrest, weil er als Sechszehnjähriger geraucht hatte. Bis hin zur körperlichen Züchtigung hatte er alles erlebt. Seine damalige zuständige Sozialarbeiterin Sabine Sawitzki hatte ihm bei Hilfeplangesprächen des Öfteren unterstellt, dass seine Fantasie mit ihm durchgehen würde. Er wusste es aber besser, sie wusste es auch. Sozialarbeiterin Sawitzki hatte seinen Fall von Anfang an betreut, seit dem er vier Jahre alt war. Sie hatte aber nichts unternommen. Erst nachdem die Polizei und Staatsanwaltschaft die Ermittlungen aufgenommen hatte, hatte sie den Spieß umgedreht und sich als fürsorgliche Sozialarbeiterin ausgegeben, die den armen, mittlerweile siebenjährigen Simon per Inobhutnahme aus seiner Familie genommen hatte. Er wusste noch immer den Paragrafen, den sie seinen Eltern genannt hatte, er hörte noch immer ihre Stimme, ruhig aber bestimmend »Herr Neumann, laut Gesetzgeber bin ich dazu verpflichtet, Simon nach Paragraf § 42 des VIII. Sozialgesetzbuches, dem sogenannten Kinder- und Jugendhilfegesetz, in meine Obhut zu nehmen. Sollten Sie sich weigern, so muss ich die Polizei bitten, Simon aus Ihrer Familie zu holen!« Simon wusste aber, das dies alles nur eine Art Show gewesen war, die sie vor ihrem Berufspraktikanten des Sozialarbeitsstudiums durchgeführt hatte, sie wollte ihn eigentlich nicht aus der Familie nehmen. Sie wollte ihn eigentlich bei seinen Erzeugern und Peinigern lassen. Aber er gehorchte ihr damals. Sobald er in der Kindernotaufnahme von ihr abgegeben wurde, zischte sie ihm bei ihrer Verabschiedung ins Ohr: »Egal, was Du behauptest, man wird Dir nie glauben, sondern nur, und das meine ich auch so, mir!« Danach nahm sie ihn in showgerechter Manier in den Arm und verabschiedete sich bei den zuständigen Erziehern und der Heimleitung. Sie gab seinen Fall nie ab, bis zu seinem vierzehnten Geburtstag. Da erklärte seine Pflegefamilie ihm, dass sich die liebe und herzensgute Frau Sawitzki neuen Aufgaben stellen werde. Seit diesem Tag und Stunde hatte er von ihr nichts mehr gehört. Er wusste aber, dass sie da war. Sie war nie wirklich weg. Mit einem kleinen Schraubenzieher war er in das Haus in der Schlossstraße durch ein kleines Kellerfenster gelangt. Und wurde schließlich von Amy schwanzwedelnd in Empfang genommen wurde. Er öffnete ihr die Terrassentür, denn er bemerkte, dass der Husky dringend pinkeln musste. Wenn er früher dringend zur Toilette musste, hatte man ihn nicht aus seinem Zimmer gelassen, sodass er seine Notdurft auf die Laderampe eines gelbroten Plastiklasters entrichten musste. Als seine Erzeuger einmal mitbekamen, dass er auf die Laderampe des kleinen Lasters gepinkelt hatte, folgte umgehend die Strafe.

Amy sprintete an ihm vorbei in den Garten, er konnte beobachten, dass sie richtige Hacken schlug, hier schnüffelte und dort. Er begann, sich im Haus umzusehen. Seine kleine Maglite leuchtete die Räume sehr gut aus, aber nicht so stark, dass man von der Straße hätte vermuten können, dass sich jemand im Haus befinden würde. Die Räume, die zur Straße gelegen waren, wurden vom Schein der Straßenlaternen ausreichend ausgeleuchtet, sodass er die Taschenlampe ausschalten konnte. Es war modern eingerichtet. Es gefiel ihm. Alles war auf das Nötigste begrenzt, aber nicht unpersönlich. Die Sozialarbeiterin besaß eine Vielzahl von CDs. Es hätte auch seine Sammlung sein können, Anastacia, Madonna, Jennifer Rush, Phil Collins etc., ein breit gefächertes Spektrum an Musik, sogar einige Klassik CDs waren dabei, allerdings leicht aufgepeppt wie zum Beispiel »Vanessa Mae: The Violin Player«. Dann entdeckte er ihre große Sammlung an DVD´s, diese hätte nicht von ihm sein können. Er mochte Fast Food und Action Filme, abgedrehte Kifferkomödien und so ein Zeug. Diese Sammlung hier bestand fast ausschließlich aus Liebesfilmen, einige mit Tom Hanks, Schlaflos in Seattle, E-Mail für Dich, Cast Away, hier drehte es sich auch im Hintergrund um Liebe, Ghost Nachricht von Sam etc. Die Sozialarbeiterin, die er hier sah, passte nicht in sein Weltbild. Diese Frau, die hier wohnte, war anders als die, die er kannte. In einem Bücherregal standen Bücher von Nicholas Sparks, Rosamunde Pilcher, Hera Lind und Gedichtbände von Schiller. Aber auch eine Menge Fachliteratur, wie z. B. Konzeptentwicklung in der Sozialarbeit, Gesetze für Sozialberufe. Die Sehnsucht dieser Frau nach Liebe wurde nur allein durch die Aura, die diese Räume versprühten, fühlbar. Konnte diese Frau

hier böse sein? Konnte sie eine Sabine Sawitzki sein? Definitiv nicht. Wer war sie, was war sie? Eines stand fest, sie war anders, als er sie sich vorgestellt hatte.
Er bekam einen heftigen Stoß gegen seine Kniekehle und flog vornüber auf den Laminatfußboden, auf dem nur gelegentlich kleine Teppiche lagen. Mit einem Satz sprang etwas auf ihn hinauf und leckte ihm den Kopf ab. Amy. Er zitterte am ganzen Körper. Er hatte um ein Haar einen Herzschlag bekommen. Die graue Hündin rollte sich nun von ihm herunter, wälzte sich auf den Rücken und zeigte ihm demonstrativ ihren Bauch. Er war gezwungen, sie zu kraulen. Sie gab eindeutig seltsame Geräusche von sich, die ihm sagten: Mach bloß weiter, ich mag das. Er lächelte in sich hinein. So lag er bestimmt einige Minuten neben dem Hund auf dem Wohnzimmerboden, als ein Auto vor dem Haus hielt. Er schreckte hoch, mit ihm der Husky. Er geriet in Panik und war gerade dabei die Terrassentür zu schließen, als er hörte, wie jemand am Haus vorbei ging. Wahrscheinlich nur ein Nachbar. Die Zeit war ihm förmlich weggerannt und er wollte seine Erkundigungen im Haus ein anderes Mal fortsetzen. Deshalb schlich er sich wieder in den Keller und verließ das Haus auf demselben Wege, wie er gekommen war. Ohne eine Spur zu hinterlassen. Es war kurz nach sieben Uh,r als er sich wieder in seinen Wagen setzte. Das, was er jetzt vor sich hatte, würde allerdings nicht so angenehm werden, wie der Besuch bei der Sozialarbeiterin.

Kapitel 17

Monika baute sich wie der Big Boss hinter ihrem Schreibtisch auf. Tanja durfte auf dem unbequemen Besucherstuhl aus Kunststoff Platz nehmen. Sie hatte das Gefühl, welches sicherlich die Lämmer fühlen mussten, wenn sie zur Schlachtbank geführt werden.
»Also, ich will es kurz machen, schmerzlos wird es allerdings nicht, soviel kann ich Dir sagen.« Tanja wich sämtliches Blut aus ihrem Körper, an einen Ort, den sie bis zu diesem Punkt nicht kannte. »Wie ich Dir unten schon sagte, war die Staatsanwalt-

schaft eben hier, eins sei gewiss, die sind stinksauer auf Dich, da Du Deine Arbeit mehr als schlampig ausgeführt hast!« Da war er wieder, dieser unverschämt bestimmende, ungerecht anklagende Tonfall.
»Wie bitte? Was soll das heißen?« brachte Tanja mit zitteriger Stimme hervor.
»Das ist doch nicht Dein Ernst! Du hast bei Deinem Fall Fakten übersehen, die Du nicht übersehen durftest. Johan war amtlich bekannt und Du hättest es wissen müssen, so einfach! Ich bekomme wegen Dir die Hölle heißgemacht, weil ich angeblich meine Leute nicht im Griff habe!« fauchte sie.
Tanja schluckte »Aber Monika, welche Fakten? Wir hatten nichts im Computer, im Keller befindet sich auch keine Akte darüber. Du warst doch dabei, als wir nachgeschaut haben!«
»Ich weiß zwar nicht, was Du meinst, aber als die Staatsanwaltschaft hier war, haben die mir Fakten vorgelegt, die eindeutig dafür sprechen, dass Du Fehler gemacht hast. Tanja, wie konnte Dir das passieren?«
Was war los? Tanja ging ohne Aufforderung an Monikas Computer und tippte wie von Sinnen in das Suchfeld: Johan* ein. Schwindel. Unverständnis breitete sich wie ein Lauffeuer in ihr aus, in grüner Schrift stand: Suchresultat: Positiv 1 Eintrag gefunden. Das, was Tanja den ganzen Tag gesucht hatte, stand plötzlich wie von Geisterhand geschrieben auf dem Desktop von Monikas Computer. Die ganze Wahrheit. Die Wahrheit über Peter Johan.
»Tanja, ich denke die letzten Stunden waren für Dich mehr als schlimm und das habe ich den Leuten von der Staatsanwaltschaft schon gesagt. Trotzdem hättest Du im Vorfeld besser recherchieren müssen!« Tanja versagte jetzt endgültig die Stimme. Kaum verständlich sagte sie
»Monika, was soll das hier? Du hast mit mir vorhin nachgeschaut und es war definitiv kein Eintrag über Johan im Computer! Auch im Keller sind keine Akten über den Fall zu finden!«
»Und woher meinst Du, kommt dieser plötzliche Eintrag? Sind die Akten genauso verschwunden wie die Einträge im System? Oder, ich möchte dem Kindchen einen Namen geben. Tanja, wo hast Du die Akten, wenn sie verschwunden sind, hin verschwin-

den lassen, um Deine eigene Inkompetenz zu verschleiern? Noch kann ich Dir aus dieser Misere hinaus helfen!‹ Tanja war fassungslos. Was für ein Spiel spielte Monika hier? Was sollte das. Wieso und weshalb. Sie wusste keine Antwort darauf.

»Tanja, mir fällt diese Sache nicht leicht, denn mein guter Name wird dadurch genauso in den Dreck gezogen wie Deiner, mit der kleinen Ausnahme, dass ich nicht Schuld daran bin, ganz im Gegenteil zu Dir. Genau diese Sache mit dem Interview hättest Du nicht anleiern dürfen. Mir sind zu diesem Zeitpunkt die Hände gebunden, deshalb bleibt mir nichts anderes übrig, als Dich für die nächste Zeit zu beurlauben, bis die Sache vom Tisch ist!«

Monika stand auf und schob Tanja wie einen ungebetenen Gast zur Tür hinaus. Tanja war nicht mehr Herr über ihren Körper, geschweige denn über ihre Stimme. Sie war von den Geschehnissen wie betäubt.

Als sie vor ihrem Smart stand, war ihr das Geschehene noch nicht ganz bewusst. Als sie sich in ihren Wagen setzte, begann sie zu weinen. Noch ahnte sie nicht, dass dies erst der Anfang war.

Kapitel 18

Tanja war wie gelähmt, als sie aus ihrem Smart ausstieg. Während der Fahrt hatte sie fast nichts mitbekommen. Sie war wie in Trance, als sie ihren Wagen vor ihrem Haus parkte.

Sie schloss ihre Haustür auf und ging ins Haus. Amy schoss wie eine Rakete aus dem Dunkeln auf sie zu und sprang an ihr hoch:

»Ja, ich lasse Dich jetzt pinkeln, ich hatte so einen beschissenen Tag und muss Dir gestehen, dass ich Dich in der ganzen Aufregung vergessen habe, tut mir leid.« Sie hatte sich zum Hund hinuntergebeugt und kraulte dem Husky die Ohren und den Kopf. Sie stand auf, ging in die Küche und öffnete die Terrassentür. Amy stand vor ihr und schaute sie nur an, um ihr anschließend mit einem Schnaufen zu signalisieren, dass sie keine Lust hatte, hinaus in die Kälte zu stapfen. Tanja nahm die Pfotenabdrücke im Schnee, von Amy nicht wahr, welche sie bei ihrem Ausflug in den Garten, den Simon ihr ermöglicht hatte, hinterlassen hatte.

Tanja schob den Hund, der sich sträubte, in den Garten hinaus.
»Los, jetzt geh pinkeln.«
Tanja lehnte die Tür nur an und ließ sich auf einen, Küchenstuhl aus Rattan fallen. Ihr flogen Gedanken durch den Kopf. *Was war soeben im Amt passiert? Warum schob Monika ihr die Schuld in die Schuhe? Was sollte das alles bedeuten*?
Monika wusste es!
Es war kurz vor acht Uhr, als das Telefon klingelte. Tanja schreckte auf. Sie war ganz in ihren Gedanken verloren gewesen. Die Terrassentür stand einen Spalt weit offen und Amy wälzte sich über den weiß gekachelten Küchenboden. Sie hatte noch nicht einmal ihre Schuhe ausgezogen. Das Telefon klingelte weiter. Tanja ging in die Diele und nahm das schnurlose Telefon aus der Ladeschale.
»Ja, bitte?« sagte sie leise, ihre Gefühle fuhren noch immer Achterbahn.
»Dräger hier, Carsten Dräger von der Bild.« Er wartete ihre Reaktion ab. Und auch Tanja stutzte.
Woher hatte er ihre Telefonnummer?.
»Herr Dräger, es ist zurzeit gerade etwas ungünstig, ich fühle mich nicht wohl, können Sie es morgen bitte wieder versuchen?« sagte Tanja mit zitternder Stimme.
»Frau Engel, ich weiß, dass Sie Schlimmes durchgemacht haben, aber ich denke, ich habe einige Informationen für Sie, die Ihnen weiterhelfen können, und Sie können auch einiges für mich tun.« Er klang sehr aufgeregt.
»Schon gut, aber nur ganz kurz. Wie gesagt, fühle ich mich nicht gut.«
»Punkt eins ist, dass was ich Ihnen zu sagen habe, wird Ihnen noch mehr Übelkeit bereiten, als Sie jetzt eh schon haben. Punkt zwei ist, dass ich dies mit Ihnen persönlich besprechen muss, nicht am Telefon.«
Die Aufregung in seiner Stimme wuchs von Wort zu Wort.
»Wann und wie?« fragte Tanja, er hatte ihr Interesse geweckt, und ganz im Ernst, was könnte noch schlimmer kommen, als das was sie bis jetzt erlebt hatte.
»In einer halben Stunde bin ich bei Ihnen, wo wohnen Sie?«

Tanja nannte ihm ihre Adresse. Er legte auf, ohne sich zu verabschieden oder eine Antwort von ihr abzuwarten.

Es war noch keine halbe Stunde vergangen, als es an Tanjas Tür läutete. Sie hatte gar nicht mitbekommen, wie ein Wagen vor ihrer Tür gehalten hatte. Sie öffnete die Tür, nachdem sie Carsten Dräger durch die in der Tür eingelassene Milchglasscheibe erkannte. Sie ließ ihn hinein und führte ihn in ihr Wohnzimmer. Mittlerweile hatte sie sich einen Jogginganzug angezogen, es war ihr egal, was er von ihr halten mochte in diesem Aufzug, Hauptsache es war für sie bequem.

»Möchten Sie etwas trinken?«

»Waren wir nicht eigentlich beim Du?« lächelte er sie an. Trotz der erschütternden Umstände regte sich in ihr, bei der Betrachtung seines Lächelns, eine Art Erregung.

»Na gut, fangen wir noch einmal an, ich bin Tanja, was möchtest Du trinken? Vielleicht einen Wein? Ich brauche jetzt etwas Alkoholisches.« Sie lächelte nicht. Er erkannte in ihrem Gesicht die Anspannung und auch Angst.

»Um es perfekt zu machen, ich bin Carsten und hätte liebend gerne ein Glas Wein.«

Er sah verdammt gut aus, dieser Gedanke drängelte sich wieder durch die Finsternis in ihrem Kopf.

Tanja ging an einen Barschrank im Wohnzimmer und nahm eine Flasche 97´er Chablis aus dem eingelassenen Weinregal. Sie öffnete die Flasche. Als sie die passenden Rotweingläser aus dem Schrank nahm, fiel ihr Blick auf den Stapel mit ihren CDs. *Komisch* dachte sie, ich hatte doch gestern Madonnas neustes Album gehört. Aber an oberster Stelle lag jetzt Anastacia. Jetzt merkte sie erst wie zerstreut sie gewesen war und wie sehr sie die ganze Sache wirklich mitnahm. Tanja bemerkte, wie ihr normales Leben an ihr vorbei zog, ohne dass sie es bemerkt. Sie nahm die Gläser und schenkte Carsten und sich jeweils ein Glas voll ein.

»Also fang an mit dem, was so wichtig ist, da es jetzt und hier sein musste.« Ihre Stimme klang trocken und hart.

»Ich weiß,« sagte er »dass in alle Richtungen ermittelt wird. Es tauchte die Frage auf, warum in Deiner Akte nichts von Johan´s

Vorleben stand. Die Polizei weiß zwar, dass Du nichts mit dem Mordfall zu tun hast. Es könnte aber sein, dass Dir so etwas wie ein Disziplinarverfahren bevorsteht, oder noch schlimmer, eine Strafanzeige wegen grober Fahrlässigkeit«, erzählte er ihr mit ernster Mine.

»Bevor wir anfangen, ich kenne Dich nicht und ich kann Dir nicht wirklich vertrauen. Eines musst Du mir versprechen, was ich Dir sagen werde, muss unter uns bleiben, ich möchte nichts davon in der Zeitung lesen, verstanden?«

Komischerweise hatte Tanja ein Gefühl der Vertrautheit in sich. Was Carsten anging, begann sie wieder einmal einen Fehler, den sie bitter bezahlen müsste? Sie sagte zu sich im Inneren: *Was soll´s ein Fehler mehr oder weniger macht den Kohl auch nicht fett.*

»Ich verspreche Dir es. Nur Du musst mir auch versprechen, was ich Dir gleich sagen werde, muss auch unter uns bleiben.« Er schaute ihr tief in die Augen.

Sie nickte.

»Als Erstes, ich kenne die Akte Johan«, wieder der tiefe Blick in ihre Augen. Sie wagte nicht zu fragen, woher er die Akte hatte. Er würde es ihr ohnehin nicht sagen. Sie hörte angestrengt zu und trank dabei ihren Wein. »Der nächste Punkt ist, dass ich weiß, dass es nicht Deine Schuld ist, dass nichts über Johan in der Akte steht. Und bis heute 15.13 Uhr stand auch nichts in eurem Computersystem über ihn. Die Daten wurden nachträglich hinzugefügt.«

Sie schaute ihn mit weit aufgerissenen Augen an. Er fuhr fort. »Es ist allerdings nicht nachzuvollziehen, dass der neue Datenstamm heute nachträglich eingegeben wurde, da der- oder diejenige, die diese Manipulation herbeigeführt hat, die Systemzeit genauso manipuliert hat!« Er sah sie an als erwartete er eine Antwort von ihr. Sie leerte ihr Glas in einem Schluck und schenkte nach.

»Es ist nur ein Intranet, auf welches von außen nicht zugegriffen werden kann. Es gibt nur eine Person, die Zugriff darauf hat, aber wieso sollte sie es tun?« Tanja leerte ihr zweites Glas wieder in einem Schluck. Der Wein begann, seine Wirkung bei ihr zu zeigen.

»Monika Nesser«, sagte er und leerte sein Glas in einem Schluck. »Tanja, es ist ganz einfach, sie hat Mist gebaut und benötigt einen Sündenbock. Ich habe mich den ganzen Nachmittag gefragt, warum ich ein Interview mit Dir bekomme, noch bevor Du Deine zweite Aussage bei der Polizei machen konntest.«

Tanja füllte sein Glas erneut.

»Carsten, warum tust Du das für mich? Es wäre doch eine tolle Story für Dich, so was wie: Manipulation im Jugendamt oder so einen Scheiß.« Er grinste sie wie ein kleiner Junge an. Erst jetzt erkannte sie, dass er Grübchen hatte. Sie liebte Grübchen.

»Wer sagt denn, dass ich keine Story daraus machen werde? Nur jetzt noch nicht, erst wenn alles wasserdicht ist, deshalb brauche ich Deine Hilfe. Ich helfe Dir und Du mir.« Seine Grübchen wurden durch sein Grinsen immer größer.

»Ich möchte Dir Deine Freude nicht nehmen, aber woher weißt Du, dass Du mir vertrauen kannst, oder ich Dir?« Er sah die Verunsicherung in ihrem Gesicht.

»Es bleibt uns nichts anderes übrig. Du willst Deinen Namen reinwaschen, oder zumindest Schadensbegrenzung betreiben und ich kann Dir dabei helfen. Ich will diese Story haben und dabei kannst nur Du mir helfen. Es bleibt uns wohl nichts anderes übrig als uns gegenseitig zu vertrauen!«

Und das tat sie.

Sie mochte seine Stimme, sein Aussehen, einfach alles an ihm.

»Und um Dir zu zeigen, dass ich es ernst meine, werde ich jetzt etwas tun, was ich noch nie im Leben getan habe.« Carsten sah sie aufmerksam an und wartete eine Reaktion in ihrem Gesicht ab.

»Und was wäre das?« fragte Tanja mit großer Neugier in der Stimme.

»Deine Akte habe ich von Monika Nesser bekommen.« Er zog einen braunen Papierumschlag aus seiner Tasche und übergab ihn ihr.

Schwindel, eigentlich hätte sie es wissen müssen. Aber die Wahrheit und das Erwachen kamen wie ein Schlag ins Gesicht. *Wozu?* Diese Frage hatte sie sich mehrfach gestellt, jetzt fiel es ihr wie Schuppen von den Augen, er starrte sie an. Ohne seine Antwort abzuwarten, sagte sie umgehend »Sie hat alles geplant. Sie wollte

mich von Anfang an zum Sündenbock machen, noch schlimmer, sie wollte mich mit Deiner Hilfe öffentlich als schlampige Sozialarbeiterin an den Pranger stellen.«
Er nickte nur. Dies waren auch seine Gedanken gewesen. Deshalb das Interview, deshalb die Akte.
»Nur sie hatte nicht damit gerechnet, dass Du ihr Spiel durchschaust und den Spieß umdrehst.«
Nach einer zweiten Flasche Wein und drei weiteren Stunden war er nach Hause gefahren. *Es war besser so, obwohl er den Wein getrunken hatte*, dachte Tanja sich. Denn mindestens anderthalb Flaschen hatte sie allein geleert.
Tanja legte sich auf ihre Couch und schlief umgehend ein. Amy legte sich an ihr Fußende. In dieser Nacht schlief sie durch, ohne zu träumen.

Kapitel 19

Er hatte nicht weit fahren müssen. Nachdem er das Haus der Sozialarbeiterin verlassen hatte, war er nur knapp zehn Minuten gefahren mit dem Ziel Trifftstraße. Es war ähnlich der Kappenbergstraße eine kleine Straße mit kleinen Eigenheimen. Er parkte seinen Wagen unauffällig an einer angrenzenden Hauptsraße. Es war gerade zwanzig Minuten nach sieben, als er an seinem Ziel vorbei schlenderte. Es war niemand zuhause. Dies erkannte er umgehend daran, dass der dekadente goldfarbene 500er Mercedes nicht in der mit Kopfstein gepflasterten Einfahrt stand. Hans Harald Herten lebte allein in diesem etwas von der Straße zurückgelegenen Haus. Seine Frau hatte ihn damals verlassen, als sie erfuhr, welches »Hobby« ihr Mann und seine Kollegen führten. Er hatte Gitta Herten vor knapp fünf Jahren einmal getroffen. Er hatte sie wiedererkannt. Es war Sommer gewesen und er musste einige Besorgungen in der Essener City machen. Damals hatte er sie angesprochen und sie war direkt in Tränen ausgebrochen und hatte ihn mehrfach umarmt. Danach waren sie in ein Café gegangen und sie hatte ihm ihre Sicht der Dinge erzählt. Sie hasste ihren Ex-Mann. Damals beim Prozess hatte sie zwar gegen ihren

Nochmann ausgesagt. Die Aussage wurde aber nicht verwendet, da man ihr Befangenheit gegen ihren Mann vorwarf und dass sie ihm nur Schaden zufügen wolle. Dies stimmte natürlich nicht und Simon wusste dies.

Nach diesem Gespräch hatte er sie nie mehr wieder gesehen, dafür aber ihn. Schon mehr als seit einem Jahr beobachtete er ihn. Das Schwein. Das gesamte Vermögen, welches der Drecksack besaß, hatte er ausschließlich mit Kinderpornografie verdient. Aber selbst das konnte ihm nicht nachgewiesen werden. Und so lebte Herten von dem Geld der gequälten Kinderseelen. Er hatte eine Internetfirma gegründet, wahrscheinlich um weiterhin…, Simon versuchte diesen Gedanken schnellst möglich zu verdrängen. In dem Augenblick, als er sich unbeobachtet fühlte, stieg Simon über das Gartentor. Er hatte dies schon öfter gemacht. Er wusste auch schon, wie bei Johan, wie er unbemerkt ins Haus gelangen konnte und umgekehrt. Die weit ausladende Dachrinne bot ihm einen schneefreien Weg um das gesamte Haus. Genau dorthin, wo er hin musste. Auf der Rückseite war ein kleines Badezimmerfenster, welches das Arschloch immer offenstehen ließ. Er stieg durch jenes ein. Seit geraumer Zeit hatte er sich diesen Abend herbeigesehnt. Er hatte alles geplant. Jeden Freitagabend ging das fette Schwein mit seinen abartigen Kollegen in eine Tabledance Bar im Essener Bahnhofsviertel. Natürlich waren die Mädchen der Garde erst achtzehn, offiziell. Er wusste es aber besser, die Mädchen wurden unter anderem von Herten und seinen Kollegen aus der Ukraine nach Deutschland geholt, mit dem Versprechen, hier eine große Karriere zu machen, was halt immer so versprochen wird. Er hatte sich informiert, Nachforschungen angestellt mit dem Ergebnis, dass die meisten Mädchen zwischen fünfzehn und siebzehn Jahren alt waren für diesen Zweig der Geschäfte. Auf Wunsch, so hieß es in Insiderkreisen, konnten auch wesentlich jüngere »Objekte« besorgt werden. Es war nur eine Frage des Geldes. Simon hatte den Abend minutiös geplant. Gegen halb elf in der Nacht kam Herten immer nach Hause, checkte E-Mails, legte sich anschließend auf seine extragroße Couch und schlief vor dem Fernseher ein. Schon mehrmals hätte er einfach ins Haus gelangen können und die dreckige Ratte abstechen

können. Nein, es sollte nicht so einfach sein. Das wäre zu nett gewesen. Simon hatte Großes vor und der Heilige Vater stand ihm bei.
Er setzte sich, in absoluter Dunkelheit, in eine Ecke in Hertens Privatbüro. Er wartete. Er hatte so lange auf diesen Augenblick gewartet und bald würde er kommen. Das Warten bereitete ihm Freude.

Fast pünktlich um 22.34 Uhr fuhr Herten in seinem Mercedes in seine kopfsteingepflasterte Einfahrt. Er knallte die Wagentür mit einem lauten Schlag zu und schaltete mit einem »Piep, Piep« seine Autoalarmanlage ein. *Tja*, dachte sich Simon, *hättest Du mal eine für Dein eigenes Haus gehabt*, er lächelte. Er faltete seine Hände zum Gebet und betete das Vaterunser.
Herten betrat sein Haus durch die Vordertür. Er legte seinen Mantel an seiner Garderobe ab. Er pfiff. Er musste gut gelaunt sein. Simon hörte die schweren, fetten Schritte auf der Treppe, die hinauf zum ersten Stock führte. Die Holzdielen quietschten unter der schweren Last.
Herten betrat sein Arbeitszimmer wie gewohnt. *Es läuft alles nach Plan,* dachte sich Simon. Das fette Schwein betrat sein Arbeitszimmer, ohne in die hintere Ecke zu schauen, setzte sich an seinen Computer und schaltete ihn ein. Während der Computer unter Klackern startete, nahm er sich eine Flasche Whisky aus einer Schublade und nahm einen großen Schluck.
Als die Windows Startmelodie ertönte, stand Simon schon hinter ihm. Herten wusste nicht, was ihm geschah. Er legte dem fetten schwitzigen Mann in Blitzgeschwindigkeit einen dünnen Draht um den Hals und zog zu, allerdings nicht zu fest. Der Dicke versuchte auf seinem fetten, extra gepolsterten Bürostuhl herumzuwirbeln, verlor aber seine Kraft und fast augenblicklich die Besinnung.

Herten erwachte. Es war dunkel. Er wusste nicht, wo er sich befand, denn er bemerkte nur, dass er gefesselt, aber nicht geknebelt, auf einem harten, kalten Betonboden lag. Augenblicklich wurde ihm klar, wo er sich befand. Er nannte den Ort immer sei-

ne »Spielwiese«. Der Ort, der ihm seit eh und je ermöglicht hatte, das zu tun, was er tat. Sein Keller. Es war aber kein gewöhnlicher Kellerraum. Der Raum wurde unter seiner Anleitung nicht nur schallisoliert, sondern auch mit schweren großen Filmscheinwerfern ausgestattet.
Panik übermannte ihn. Er begann zu schreien, obwohl ihm sogleich bewusst wurde, dass es keinen Zweck hätte, denn keiner konnte ihn hören. Er selbst wollte nicht, dass ein Ton aus diesem Raum drang.
»Schrei so laut Du kannst, Du dreckiges fettes Miststück« sagte eine männliche Stimme aus dem Dunkeln.
»Wer ist da? Lassen Sie mich los!« stammelte er. Wie ein Blitz schlug ihm ein Gedanke durch den Kopf. Er musste den Mann kennen, der ihm das antat. Nur Freunde kannten diesen Raum. Er war durch eine Art Geheimtür gesichert gewesen. Niemand Fremdes kannte diesen Ort.
»Ich habe Geld in meinem Safe. Viel Geld. Ich gebe Ihnen alles, wenn Sie mich gehen lassen!« er japste vor Angst nach Luft.
»Aber, aber, Fettsack, ich will doch gar kein Geld von Dir«, sagte Simon, der auf einem Stuhl in einer Ecke saß. Er hatte, auch wie bei Johan einen schwarzen Kunststoffanzug mit Kapuze an und trug entsprechende Handschuhe, um keine Beweise zu hinterlassen. Bei Johan hatte er sich nicht mehr unter Kontrolle gehabt und ihn angespuckt. Er hatte alle Mühe gehabt, seinen Speichel zu entfernen. Hier und heute würde er keinen Fehler machen.
»Was wollen Sie dann von mir?«, weinte er. Simon dachte augenblicklich an ein kleines Kind, welches Angst im Dunklen hatte.
»Pass mal auf, es gibt nur einen Grund, warum ich hier bin und das bist Du!«, sagte er mit einem entspannten Lachen in der Stimme. Er hatte Zeit, genügend Zeit, erst gegen Viertel vor neun kam seine Haushälterin.
»Aber was wollen Sie von mir?« kreischte Herten mit voller Panik in der Stimme.
»Mhm, also zuerst möchte ich Dich gleich zu meinem Star in meinem Film machen. Verstanden? Deine Rolle ist die, dass Du nett in die Kamera lächelst und allen erzählst, was Du so beruflich machst, okay?« Simon schaltete mit einem lauten »Klag« die

Scheinwerfer an, ging um Herten herum und hielt eine Digitalvideokamera auf ihn. Herten war geblendet vom hellen Scheinwerferlicht. Er konnte die in schwarz gekleidete Person nur schemenhaft erkennen.
»Pass auf, Du dickes, fettes Schwein, ganz einfach, sobald das rote Licht blinkt, Action! Du erzählst von A bis Z alles, was Du in Deinem miesen, dreckigen, kleinen Leben so gemacht hast. Nur eine Warnung vorab. Solltest Du lügen oder etwas nicht erzählen, wird es sehr, sehr schmerzhaft werden. Fang am besten ganz vorne an und sage, dass Du als schuldiger Mann damals freigekommen bist. OK? Und…ACTION!«
Herten erzählte. Simon merkte, dass Herten dachte, dass er so seine Haut retten könne. Er erzählte wirklich alles. Nachdem der dicke alte Mann alles erzählt hatte, stellte Simon die Kamera aus.
»Danke das war´s, – für diesen Teil.«
»Lassen sie mich jetzt gehen? Ich habe getan, was sie von mir wollten«, winselte er.
»Tja, das war erst der erste Streich und der zweite folgt sogleich. Ich möchte Dir entgegenkommen.« Simon holte eine kleine braune Flasche aus seiner Tasche. »Ich werde Dir hiervon einen Schluck zu trinken geben. Dies ist ein gut gemeinter Rat.« Simon stellte sich über ihn.
»Nichts werde ich machen, gar nichts Du mieser, kleiner Wichser. Wenn ich hier loskomme, werde ich Dir die Scheiße aus dem Leib prügeln.« Schaum trat aus seinem Mund und lief an seinen Mundwinkeln hinunter.
Simon wunderte sich über diesen Akt der Anstrengung, aber so kannte er ihn noch. Sehr jähzornig und bösartig durch und durch.
»Okay, dann schneide ich Dir Arschloch, die Eier eben bei vollem Bewusstsein ab. Du hattest die Wahl.« Er nahm sein großes Messer und schlitzte ihm die Hose auf. Den Rest zerriss er, sodass Hertens Penis und Hoden freilagen. Herten schrie wie um sein Leben. Simon sah ihn voller Unverständnis an.
»Was machst Du Pisser hier für einen Aufstand? Hat es Dich je gestört, wenn ein Kind hier unten geschrien hat? Es hat Dich doch immer so, wie hast Du immer gesagt ›geil gemacht‹ wenn ich aus Angst geschrien habe. Ach übrigens, Du kennst mich

doch sicher noch, Dein kleiner Simon Neumann!«
Herten schrie. Er riss sich hin und her, sodass sich seine Fesseln tief in sein Fleisch einschnitten. Simon aber war schneller gewesen. Er setzte seine Klinge an und schnitt den Penis samt Hoden ab. Blut spritzte. Simon nahm die kläglichen Überreste, dessen was Herten zum Mann gemacht hatte, in seine linke Hand. Mit seiner rechten Hand drückte er seine Wangen ein und stopfte Herten seine Männlichkeit in den Mund. Mit einem schwarzen Klebeband verklebte er dem fetten Schwein den Mund und stellte sich über ihn.
»Hättest Du mal das Tramal genommen, dann wäre Dir das jetzt wie eine kleine Party vorgekommen. Ich werde mich jetzt mal auf den Weg machen. Übrigens, das was Du jetzt erlebt hast, wird nichts im Gegenzug dazu sein, was Dich beim großen Gericht erwarten wird.«
Simon drehte sich um und verließ das Haus über die Hintertür im Garten. Zu diesem Zeitpunkt hatte Herten schon das Bewusstsein verloren und blutete langsam, aber sicher aus.
Nachdem Simon sichergestellt hatte, dass ihn niemand sehen konnte, streifte er seine Schutzkleidung ab, spazierte zu seinem Wagen und fuhr heim.
Zuhause legte er sich wieder in die Badewanne und reinigte seinen Körper mit fast kochend, heißem Wasser.
Dabei betete er.

Kapitel 20

Als Carsten Dräger gegen 7.30 Uhr erwachte, fühlte er sich wie in einem Albtraum. Es war Wochenende, er müsste erst gegen Mittag in der Redaktion sein, aber er war wach. Das Kissen wurde von ihm hin und her gewälzt. Er schmiss sich von der rechten auf die linke Seite. Er konnte aber nicht wieder einschlafen. Gegen Viertel vor acht ging er in seine Küche und machte sich einen Kaffee, natürlich schwarz. Er wohnte in Essen Frohnhausen, in einer kleinen Seitenstraße, die zu einer Sackgasse wurde. Es war zwar nur eine Zweieinhalbraumwohnung, in der er sich aber

wohlfühlte. Das war das Wichtigste für ihn. In den letzten sieben Jahren war er achtmal umgezogen. Hier wollte er aber bleiben.
Als er aus seinem Küchenfenster über den Balkon hinaus in den Garten sah, bemerkte er, dass es wohl heftigst geschneit hatte in der letzten Nacht. Er schätzte, dass der Schnee bestimmt fünfzehn Zentimeter hoch war. Dies sollte jetzt nicht mehr sein Problem sein. Der gestrige Abend taumelte durch seinen Kopf. Tanja. Er hatte in den sieben Jahren mehr Frauen als Wohnungen gehabt. Viel mehr. Jetzt saß er allein in seiner kleinen Küche und dachte an eine Frau, die er erst vor wenigen Tagen kennengelernt hatte. Er mochte sie, denn sie war anders als alle Frauen, die er bis jetzt hatte. Sehr selbstsicher, nicht arrogant, keine Sexbombe, sehr intelligent, redegewandt usw. Auf einmal wurde ihm klar, was gerade in seinem Kopf passierte. Er suchte nach Erklärungen, warum er diese Frau haben musste. Nicht nur für ein Abenteuer, sie war mehr. Er lächelte. War das der Augenblick gewesen, dem seine Mutter ihm immer prophezeit hatte: »Carsten, eines Tages triffst Du die Frau, die Du heiraten wirst, wenn Du sie das erste Mal sehen wirst, weißt Du, dass es diejenige welche ist!«. Schwachsinn hatte er immer gesagt. Und jetzt? Jetzt saß er hier und glaubte, dass seine Mutter recht gehabt hatte.
Rinnnnnnnnnnnng, Rinnnnnnnnnnnnng, das Telefon klingelte. *Welcher Idiot ruft hier halb in der Nacht an*, schoss es ihm durch den Kopf, noch ehe er am Telefon war.
»Dräger«, meldete er sich.
»Carsten hier ist Sabine, ich bin schon in der Redaktion und hier ist etwas, was Du Dir unbedingt anschauen solltest«, sagte sie.
»Sabine, was ist los, was muss ich mir anschauen? Hast Du eine Ahnung, dass wir Wochenende haben? Und dass es Leute gibt, die länger schlafen?« Seine Stimme klang gereizt.
Sie klang weinerlich, als ob sie Angst hätte: »Bitte glaube mir, ich würde Dich nicht stören, wenn es nicht wirklich wichtig wäre. Hier ist etwas, was nicht in Ordnung ist, Carsten komm bitte schnell…ich habe Angst«. Sabine Sabsen legte den Hörer auf. Was sollte das? Sie hat Angst? Wovor, in der Redaktion wimmelt es selbst jetzt um diese Uhrzeit von Leuten, sagte er sich.
Er zog sich schnell an, wusch sich und putzte sich die Zähne.

Dann rannte er durch das Treppenhaus und fuhr in die Redaktion, denn er machte sich wirklich Sorgen. Er bemerkte nicht mal, dass er auf der Straße mit seinem Wagen hin und her schlidderte. Die Meisenburgstraße war an diesem Samstagmorgen noch komplett überfroren und wie immer war kein Streufahrzeug in Sicht. Als er seinen Wagen direkt vor dem Gebäude des Axel-Springer-Verlages parkte, verließ er seinen Wagen ohne ihn abzuschließen, so sehr hatte der Anruf von Sabine Sabsen ihn in Aufregung versetzt.

Es war 8 Uhr 17, als er die Tür zur Redaktion aufriss, sich beim wachhabenden Beamten anmeldete und zu Sabines Schreibtisch rannte. Sie saß auf einem Stuhl und ihr fehlte jegliche Gesichtsfarbe, sie war kreidebleich.

»Was ist los, Sabine?« krächzte Carsten, der kaum Luft bekam durch diese Hektik am Morgen und die Rennerei.

»Das hier ist los«, sagte sie mit zitternder Stimme und deutete auf eine durchsichtige Plastiktüte, in der sich ein Dina 5 Pappumschlag befand, auf dem in braun etwas geschrieben stand. Sie reichte ihm die Tüte. »Dafür rufst Du mich am Samstag in Herrgottsfrühe an? Das…«, er unterbrach sich selbst, nachdem er den Umschlag in die Hand genommen hatte und ihn, während er sie anmaulte, sich genauer betrachtet hatte, er wurde bleich »Ist das mit Blut geschrieben? Sabine, das ist doch Blut«, stammelte er.

»Warum meinst Du, rufe ich Dich so früh an? Doch nur, weil ich meine, dass dieser Umschlag, auf dem Dein Name steht, der mit, wie es aussieht, Blut geschrieben wurde, dreh ihn bitte mal um.«

Er drehte unverzüglich den Umschlag um. Es sah aus, als ob jemand wieder mit Blut »Nur zu öffnen von Carsten Dräger, persönlich, ein Geschenk« geschrieben hätte.

Ansonsten war der Umschlag mit dunkelbraunen Spritzern übersäht. »Sabine, hol mir sofort einen Verbandskasten, ich brauche die Latexhandschuhe daraus, es müssen ja nicht unbedingt meine Fingerabdrücke drauf, und wer hat ihn schon alles angepackt?«

»Der Sicherheitsmann hat den Umschlag gegen 5.30 Uhr vor dem Haupteingang gefunden, nachdem er seine Runde um das Gebäude gedreht hatte, deshalb hat er auch niemanden gesehen, der den Umschlag abgelegt hatte. Tja, und dann hat er ihn mir direkt gegeben, als ich hier um ca. Viertel nach sieben eintraf. Sonst hat ihn, so glaube ich, niemand angefasst.«

Sie gab ihm den grauen Verbandskasten und er holte zwei Gummihandschuhe aus dem Kasten. Er zog sie sich über und holte vorsichtig den Pappumschlag aus der Plastiktüte heraus um keine eventuellen Spuren zu vernichten.

»Carsten, sollen wir nicht lieber die Polizei anrufen? Ich meine, wenn das Blut ist? Carsten, was ist, wenn das von dem Familienmörder ist?«

Er starrte sie an. »Wenn das so ist«, sagte er voller Erregung in der Stimme »dann ist das ein Geschenk, die Bullen können wir noch immer einschalten.«

Mittlerweile hatte er den Umschlag aus der Plastiktüte geholt und öffnete ihn, er schaute hinein.

»Eine CD, nur eine CD«, sagte er. Sabine schaute ihn verdutzt an.

»Leg sie mal in den Rechner, mal sehen, was passiert. Irgendetwas muss ja drauf sein und ich denke, dass es keine Musik sein wird.«

Carsten nickte und legte die CD in das Computerlaufwerk. Das Laufwerk startete per Autostart mit einem lauten Surren und kurz darauf startete im Automodus ein Videoabspielprogramm. Er drückte den Play-Knopf. Auf dem Bildschirm öffnete sich ein neues Fenster.

Kapitel 21

Das Bild auf dem Computermonitor stellte sich langsam scharf. Dicht gedrängt saßen Carsten und Sabine vor dem Bildschirm und starrten tonlos auf das Unfassbare, was sie nun sehen sollten. Ein dicker verschwitzter Mann lag gefesselt auf nacktem Beton. Im Hintergrund war ein großes französisches Bett mit großen schwarz-roten Blumen zu erkennen. Das Bild war sehr gut ausgeleuchtet, ganz ähnlich einer Theaterbühne.

Der dicke alte Mann zuckte einwenig zusammen, seine Augen sahen angstvoll in die Kamera, dann begann er zu sprechen:

»Soll ich beginnen?« fragte der Dicke, mit vor Angst sprudelnder Stimme, anscheinend bekam er ein Zeichen, anzufangen.

»Ich heiße Hans Hermann Herten und befinde mich gerade in meinem Haus in der Triftstraße in Essen. Der Raum, in dem ich mich hier befinde, ist ein geheimer Kellerraum, der absolut schalldicht ist. Also hier kommt kein Laut oder so was heraus. Ich habe den Kellerraum ausbauen lassen, um hier…«. Er schluckte, die Angst nahm zu, man konnte sehen wie der dicke, alte Mann einen Tritt vor sein Bein bekam, als er nicht sofort weiter erzählte. Der Alte stöhnte auf.
»Ich bin heute Abend in meinem Haus überfallen und als Art Geisel genommen worden. Ich werde dazu gezwungen, Sie am Fernsehbildschirm über meine illegalen Geschäfte aufzuklären. Ich soll Ihnen beichten. Ich werde dieses tun, um mein Leben zu retten. Wie gesagt, der Kellerraum ist absolut dicht, hier unten im Keller ist ein kleines Filmstudio eingerichtet, in dem wir Pornofilme drehen.« Er rang mit Tränen in den Augen nach Luft.
»Mit Kindern.« Er hustete, rang weiter nach Luft.
»Diese Filme haben wir für viel, ganz viel Geld an Kinderficker verkauft. Allein mit den Fotos und Filmen haben wir in den letzten 18 Jahren 7,8 Millionen Euro gemacht. Wir sind alle steinreich damit geworden.« Langsam redete er sich warm. Sabine schaute kurz Carsten an, dann blickte sie kreidebleich wieder auf den Monitor.
»Aber die Kinderpornografie war nur ein Teil meiner Geschäfte. Ich habe mich auch schuldig gemacht, Kinder aus der Dritten Welt und Schwellenländern nach Europa zu holen, um sie hier an Pädophile zu verkaufen. Was dann mit ihnen gemacht wurde, entzieht sich meinem Wissen. Wenn ich schätzen soll, gehe ich davon aus, dass viele der Kinder, nachdem sie benutzt worden sind, einfach entsorgt wurden.« Sabine begann zu würgen, Carsten wischte sich den plötzlich auftauchenden Schweiß von seiner Stirn.
»Aber nicht nur Kinder habe ich nach Europa verkauft, auch Jugendliche für Prostitution und Pornografie und so. Mit diesem Geschäft habe ich allein in den letzten 6 Jahren 23 Millionen Euro verdient. Das Geld lagert auf einem Schweizer Nummernkonto. Aber diese Geschäfte habe ich nicht allein begangen. Ich hoffe, dass man mir verzeihen wird und mir vor Gericht meine

offene Aussprache anrechnen wird. Viele Geschäftspartner außerhalb Europas sind per Computer festgehalten, von mir. Auf meinem privaten Computer hier im Haus. Die Datei heißt« Toydealer«, hier sind alle Auslands- und Inlandskontakte festgehalten, die mit dem Einkauf von Kindern und Jugendlichen im Zusammenhang stehen. Die Datei war, ich meine ist, so etwas wie eine kleine Versicherung. Man weiß ja nie in diesem Geschäft. Die Filme und Fotos wurden im wesentlich kleineren Kreis aufgenommen, als Nebeneinnahme. Die Aufnahmen und Geschäfte haben mit mir drei weitere Personen begangen. Das Ehepaar Johan, das ermordet worden ist und eine weitere Frau, Sabine Sawitzki.«

Sie sahen sich gegenseitig an. Carsten notierte sich, während der Film flimmerte, alle wichtigen Namen, Zahlen und Details auf einem Notizblock, um gegebenenfalls weitere Recherchen anzustellen.

»Da haben wir sie die direkte Verbindung« sagte Sabine. Carsten nickte.

»Des Weiteren habe ich mich in zig Fällen selbst schuldig gemacht, indem ich mich für die Pornofilme an den Kindern verging.« Er begann zu weinen. Sein Wimmern wurde immer lauter. Carsten und Sabine lief es eiskalt den Rücken hinunter, da Herten direkt in die Kamera schaute, als ob er sie direkt ansprechen würde.

»Bitte, ich bitte Sie, ich gebe Ihnen den Zugang zu meinen Konten, aber bitte lassen Sie mich leben. Ich bin es doch gar nicht wert, dass Sie mich töten.« Er röchelte diese Worte, schien sie direkt an die Person hinter der Kamera zu richten. Er hatte Angst. Er keuchte. Ein Rinnsal aus Schweiß floss von seiner Stirn herab, an seiner Schläfe entlang, wobei er sich mit den Tränen des dicken alten Mannes vermengte und gemeinsam im Haaransatz verschwand. Er bettelte den Mann oder die Frau hinter der Kamera an, ihn leben zu lassen. Was nun geschah, ließ den beiden das Blut in den Adern zu Eis gefrieren. Herten starrte weinend in die Kamera und bettelte um sein Leben. Die Kamera wackelte ein paar Mal von rechts nach links, als ob sie ihn verneinen wollte. Dann stoppte der Film.

»Wir müssen ihn umgehend der Polizei übergeben, den Film«, sagte Sabine um Fassung ringend.
»Pass mal auf. Als Erstes kopierst Du den Film dreimal. Eine Kopie schließen wir in den Redaktionssafe ein, eine nehme ich an mich und die andere behältst Du bei Dir. Du darfst sie aber niemandem zeigen. Das Original bringe ich zu Driessler von der Kripo. Fang schon mal an, beeile Dich. Ich rufe Driessler an.«
Sabine begann umgehend mit dem Kopieren der CD. Ihr war übel. Sie hatte Angst, was war, wenn der dicke alte Mann die Wahrheit gesprochen hatte und all die schrecklichen Dinge getan hatte? Sie wollte den Gedanken zur Seite schieben, aber er hing wie festgeklebt in ihrem Kopf. Was, wenn der dicke alte Mann tot war?
Carsten nahm den Hörer in die Hand und rief Driessler von der Polizei an. Natürlich nicht im Präsidium, denn es war Samstagmorgen und da war Driessler noch zu Hause im warmen wohligen Bettchen. Durch einen früheren Fall, den er bearbeitet hatte, hatte er den Hauptkommissar kennen gelernt. Ihr Verhältnis war immer rein professionell geblieben, er war Zeitungsredakteur und Driessler Polizist. Sie halfen sich dann und wann mal mit Informationen aus. Sie hatten auch schon manche Dinge bei dem einen oder anderen Glas Bier besprochen. So kam es auch, dass sie ihre Privatnummern ausgetauscht hatten.
Es klingelte in der Leitung.
Driessler wälzte sich auf die rechte Seite, um das Telefon zu ergreifen. Er nahm den Hörer ab. »Welcher Halbgescheite weckt mich an meinem dienstfreien Wochenende mitten in der Nacht?« Er gähnte.
»Wow, was für eine Begrüßung. Guten Morgen Dietmar, ich bin es Carsten Dräger. Ich will es kurz machen. Steh auf und komme ins Polizeipräsidium, wir treffen uns in 30 Minuten vorm Eingang. Ich habe etwas für Dich. Die Zeit eilt.« Carsten redete, ohne Luft zu holen. Mittlerweile war der Hauptkommissar nicht mehr müde, er saß kerzengerade auf seiner Bettkante und lauschte, was Dräger zu erzählen hatte. Seine Frau wälzte sich murmelnd von der einen auf die andere Seite.
»Übrigens, lasse sofort mehrere Polizeieinheiten in die Triftstraße

zu einem gewissen Hans Herman Herten schicken. Entweder ist er schon tot, oder lebt noch. Tippe aber darauf, dass er schon tot ist. Alles verstanden?« Er atmete tief durch.
»Was redest Du denn da?« Der Hauptkommissar wusste nicht, ob er richtig verstanden hatte. Es ergab alles keinen Sinn. Dräger hatte, während er seine Gedanken sortierte, den Hörer aufgelegt. *Verdammte Scheiße* dachte der Hauptkommissar, das alles am Samstagmorgen. Er drückte die »Auflegen« Taste an seinem schnurlosen Telefon und wählte die Nummer der Einsatzzentrale. Es dauerte nur knapp eine halbe Minute, bis er den zuständigen Beamten alle wichtigen Instruktionen gegeben hatte. Jetzt erst wälzte er sich komplett aus seinem Bett. Erst jetzt bemerkte er, dass Renate, seine Frau, ihn beobachtete.
»Das war unser gemeinsames Wochenende«, ihre Stimme war erfüllt von ernsthafter Traurigkeit. Renate war leitende Internistin in einer großen Essener Klinik.
»Ich weiß, Schatz. Ich beeile mich, gegen Mittag bin ich aber wieder da.« Er küsste sie zärtlich auf den Mund und nahm sie in den Arm. Noch wusste er nicht, dass er zu Mittag nicht zu Hause erscheinen würde. Sie würden sich erst viel später wieder begegnen.

Kapitel 22

Es war kurz vor halb neun als Tanja erwachte. Amy hatte ihr die Bettdecke weggezogen. Oh, es war das absolut sichere Zeichen dafür, dass sie zu mindestens in den Garten gelassen werden wollte. Die kleine Huskyhündin legte ihren Kopf auf die Matratze und schaute sie mit riesengroßen bettelnden Hundeaugen an. Tanja schaute zurück.
»Gut, Du hast gewonnen, ich ziehe mich an und wir gehen eine große Runde durch den Park, das hast Du Dir verdient Du armer vernachlässigter Hund.« Sie rubbelte Amys Kopf. Nachdem Tanja sich grob übergewaschen hatte, schlüpfte sie in ihren grauen Jogginganzug, legte Amy die Leine an und verließ das Haus. Carsten Dräger. Sie hatte von ihm geträumt und was für Träume. Als sie in ihren Gedanken den Traum Revue passieren ließ, wurde sie

rot. Was sie nicht alles in ihren Träumen gemacht hatten. Sie atmete tief durch und schüttelte den Kopf, als ob sie ihre Gedanken verscheuchen wollte. Als sie gerade um die Ecke bog, der Hund zerrte und sie in Gedanken nackt auf Carsten Dräger lag, stieß sie mit einem jungen Mann zusammen, an dem Amy direkt hochsprang und ihn abschleckte. Sie war zwar ein sehr zutrauliches Tier, aber so eine spontane Zuneigung war ihr neu. Sie zog den Hund zurück und entschuldigte sich bei dem jungen Mann und ging weiter. Sie war so in ihren Gedanken vertieft, dass sie den jungen Mann nicht wiedererkannt hatte. Am Tag, als sie die Leichen gefunden hatte, hatte sie sich kurz mit ihm unterhalten. Aber der nackte Redakteur in einem weißen riesigen Himmelbett bestimmte ihre Gedanken. In ihre eigene erregende Welt zurückgezogen lief sie. Sie lief mit ihrem Hund eine knappe dreiviertel Stunde in einem nahe gelegenen Park. Als sie mit nassen und eiskalten Füßen vom Schnee wieder zuhause ankam, bemerkte sie, dass ein kleiner weißer Brief unter ihrer Tür hindurchgeschoben worden war.
Tanja zog sich die nassen Schuhe und Strümpfe aus, zog ihre Pantoffeln über und setzte sich vor ihre Heizung, um sich aufzuwärmen. Sie öffnete den Brief. Weder ein Name noch eine Adresse war auf dem Umschlag geschrieben worden. Nachdem sie den Umschlag geöffnet hatte, holte sie ein Din A 4 Blatt Papier heraus. Der Brief war mit Computer geschrieben, sie las:

»Tanja,
Du kennst mich nicht, aber ich denke, dass ich Dich kenne.
Wir leben in einer Welt, in der Grausames geschieht, es geschieht, wo wir dabei sind!!!
Kann ich Dir vertrauen? Es ist schwer, aber Du kannst es mir.
Deshalb vertraue ich Dir Wichtiges an:
Peter Johan und seine Frau waren schlechte Menschen, sie haben gemeinsam mit einem Mann namens Hans Hermann Herten, Kinder für Pornografie missbraucht. Nun sind sie alle tot. Sie haben aber bei Weitem nicht das bekommen, was sie sich verdient hätten. Sie hätten die Qualen durchmachen müssen, die ihre Opfer durchmachen mussten. Aber wie will man das Leid, das hun-

derten Kindern, die unter der Schirmherrschaft des Jugendamtes missbraucht worden sind, wieder gut machen? Jetzt wunderst Du Dich, wie das Jugendamt? Ja, das Jugendamt hat es gewusst. Besser gesagt, eine Frau. Eine Sozialarbeiterin. Diese Frau hatte sich komplett an den Geschäften beteiligt. Sie war schlimmer als Johan, seine Schlampe oder dieser miese kleine Wichser Herten. Ich denke mir, wenn Du diesen Brief liest, werden Beamte der Polizei seine fette ekelhafte Leiche aus seinem Pornokeller, oder wie er es nannte »Toy-Area«, holen. Ich habe wohl etwas zu heftig mit dem alten Mann gespielt. Nun ja.
Nun zu meinem Anliegen an Dich. Ich mag Dich, hätte es früher mehr von Dir gegeben, dann wäre vielen Kindern eine Menge Leid erspart worden. Ich bitte Dich, halte Dich trotzdem aus dieser Sache heraus. Es gab genügend Leid. Du hast nichts Schlimmes getan. Du möchtest doch noch in Zukunft für Deinen Hund da sein, oder? Wie heißt sie eigentlich? Vertraue mir und Dir wird kein Leid geschehen. Übrigens, Du kannst, wenn Du magst, mit diesem Brief zur Polizei gehen, sie werden nichts finden.
Jede Nacht kommen die Schatten wieder und wieder über mich. Sie kreisen um mich, bis sie vollkommen über mir stehen und tief in mich eindringen. Plötzlich, ganz plötzlich verschwinden sie und lassen mich allein. Wieder ganz allein. Und ich stehe mit meinem Schmerz und meiner Angst wieder allein im Hier und Jetzt. Ich weiß, dass die Schatten nie von mir weichen werden. Sie werden erst Ruhe geben, wenn ich mich ihnen für immer entzogen habe. Noch werden sie kommen. Aber bald ist der Tag, an dem sie mich für immer verlassen werden.

Gott schütze Dich
Dein Freund«

Tanja schluckte. Sie zitterte am ganzen Körper. Es bestand keine Frage, der Brief war sicherlich vom Mörder der Familie Johan und er hatte noch jemanden getötet. Einen Herten. Sie musste die Polizei informieren. Alles andere war ihr in diesem Augenblick egal. Sie sprang auf, vielleicht war es noch nicht zu spät. Sie holte ihre Handtasche aus dem Flur und kramte dort die Visitenkarte

des Polizisten heraus. Sie rannte in die Küche zum Telefon, wobei sie um ein Haar gestürzt wäre. Sie wählte die Nummer im Präsidium. Es klingelte, tüt-tüt-tüt. *Es ist Samstag Du blöde Kuh, da ist eh niemand im Dienst.* Da hörte sie die ihr vertraute Stimme.
»Driessler.«
»Herr Driessler, gut, dass ich Sie erreiche, es gibt Anhaltspunkte dafür, dass jemand sterben wird, oder schon tot ist, Sie müssen mir helfen.«
»Frau Engel? Sind Sie das?«
»Entschuldigen Sie, ja, ich bin es.« Sie war außer Atem.
»Was sagen Sie da, wer wird sterben? Und woher wissen Sie das?« er klang erregt.
»Ein gewisser Hans Herman Herten, er soll mit Johan, Johan´s Frau und einer Sozialarbeiterin Kinder sexuell missbraucht haben«, ihre Stimme wankte.
»Woher wissen Sie das? Herr Herten wurde vor wenigen Minuten tot in seinem Haus aufgefunden. Er wurde auf brutalste Art und Weise ermordet. Frau Engel, es ist besser, wenn sie umgehend ins Präsidium zu mir kommen. Ich schicke Ihnen einen Wagen, geben Sie mir bitte ihre Adresse und der Wagen ist in wenigen Minuten bei Ihnen.«
Sie nannte ihre Adresse und legte auf. Erst jetzt begriff sie. Der Mörder war hier gewesen. Er kannte sie. Wieder überkam sie Übelkeit.
Wenige Minuten später parkte ein Streifenwagen vor ihrem Haus. Sie lief hinaus und stieg ein. Der Wagen verließ die Schlossstraße in Richtung Polizeipräsidium. Wieder einmal bemerkte sie und auch der Polizist den kleinen schwarzen VW-Polo nicht, der einige Meter vom Haus entfernt geparkt stand.
Nachdem der Streifenwagen vorbeigefahren war, stieg Simon aus und ging zum Haus.

Kapitel 23

Simon schlich um das Haus herum, durch den Garten direkt zur Tür. Er kannte den Weg genauestens. Seine neue Freundin, der Hund, stand schon schwanz-wedelnd hinter der Tür, um ihn zu begrüßen. Er wusste selbst nicht so recht, was er hier jetzt zu diesem Zeitpunkt wollte. Er hatte zuvor nur beabsichtigt, der Sozialarbeiterin den Brief zu hinterlassen und anschließend wieder zu verschwinden. Heute würde es sehr, sehr lang werden. Das wusste er. Denn heute wollte er sein Vorhaben beenden. Er würde sich SIE holen. Aber erst später, am Abend. Und jetzt stand er wieder bei der Sozialarbeiterin in der Küche. Nachdem er den Hund ausgiebig begrüßt hatte, indem er sich zu ihr auf den Boden legte und sie schmuste, ging Simon an den Kühlschrank, um sich etwas Trinkbares herauszunehmen. Eine Flasche stilles Wasser stand in der Kühlschranktür. Er nahm sie heraus und trank aus der Flasche. Es war ja niemand da, der es ihm hätte verbieten können.
Er rechnete damit mindestens eine Stunde oder länger sich im Haus aufhalten zu können, denn er hatte beobachtet, wie sie mit einem Streifenwagen mitgenommen worden war. So hatte er es sich auch gedacht. Sie liest den Brief, um anschließend die Polizei zu verständigen. Sie war ehrlich, dass wusste er.
Er ging in die erste Etage und betrat ihr Schlafzimmer. Sie hatte ihr Bett nicht gemacht. Das Bettzeug lag verwühlt halb im Bett und halb auf dem Boden. Die Vorhänge nur halb aufgezogen. Simon öffnete den großen weißen Kleiderschrank und schaute hinein, nichts. Nichts Außergewöhnliches. Er schob die Kleider, Pullis, Hosen, Mäntel u.s.w. beiseite. Was er nun sah, überraschte ihn schon. Spielzeug. Im Schrank standen mehrere Kartons mit Spielzeug. Ein Physikexperimentierkasten, eine Barbie Puppe im Schmetterlingsoutfit und ein ganzer Stall lila und pinker Ponys mit wallendem glitzernden Haar. Passend dazu Walt Disney Geschenkpapier mit Donald Duck darauf. *Sie hat doch keine Kinder*, schoss es ihm durch den Kopf, *oder doch*? Nein, definitiv nicht. Er schloss den Schrank wieder. Nirgendwo fand er den Hinweis auf Kinder, kein Foto oder Ähnliches, auf dem die Sozialarbeiterin

mit einem Kind ist. Er kramte weiter. Als er an dem linken kleinen weißen Ikea Nachtkonsöhlchen angekommen war, öffnete er die Schublade. Da lag es. Ein kleines beigefarbenes Buch mit Stoffbezug, auf dem eine gelbe dicke Sonne abgebildet war. Ihr Tagebuch. Er setzte sich auf die Bettkante, legte das Buch vorsichtig in seinen Schoß und betrachtete es. Es waren ihre Gedanken. Es war unrecht, es sich durchzulesen, das wusste er. Er wollte sie aber näher kennenlernen, er wollte sie verstehen. Simon atmete tief ein, dann klappte er das Tagebuch auf. Er blätterte es schnell durch. Es war dreiviertel voll beschrieben. Er begann auf der ersten Seite. Jemand hatte eine Widmung hineingeschrieben:

»Liebe Tanja,
das Leben ist hart und ungerecht. Wir erleben jeden Tag auf´s Neue viele böse Dinge. Dinge, die wir manchmal nicht unbedingt verstehen können. Dinge, die uns verzweifeln lassen. Ein japanisches Sprichwort besagt: Wenn Du ein Problem hast, lege es in eine Schublade und hole es erst wieder hinaus, wenn Du in der Lage bist, es zu behandeln.
Schreibe hier in dieses Tagebuch alle Probleme, alle Dinge, die Du jetzt und hier nicht verarbeiten kannst. Später kannst Du auf diese Probleme zurückgreifen und sie vielleicht verstehen.

Alles Liebe und Gute
Monika«

Mhm, gar nicht mal so dumm diese Monika, dachte er sich. Er blätterte direkt weiter und las Tanjas ersten Eintrag in ihr neues Tagebuch.

»Liebes Ich,
wenn Du dieses hier später einmal wieder liest, sollst Du Dich auf Deine Probleme konzentrieren können und nicht Deine Energie in Gedanken, die die Zeit angehen, verschwenden. Deshalb, nur um Dir das in Erinnerung zu rufen, schreibe ich hier alles ohne ein Datum auf. Denn Zeit ist, wie man so schön sagt relativ und Probleme sind zeitlos.
Heute habe ich wahrscheinlich die schlimmste Entdeckung mei-

nes Lebens gemacht. Ich musste eine Familie besuchen, weil der Verdacht vonseiten des Kindergartens geäußert wurde, dass das Kind, die kleine vierjährige Jasmin, von ihren Eltern geschlagen wird.
Lieber Gott hilf mir. Als ich die Wohnung betrat, fand ich ein Kind vor, welches wimmernd in der Ecke saß. Die Mutter betrunken, mit einem Auge, was kein Auge mehr war. An der Stelle, wo ihr Auge hätte sein sollen, war nur eine blau-lila-braune Masse. Ihr Mann hatte sie so verprügelt, weil sie sich zwischen ihn und das Kind gestellt hatte. Er hatte das Mädchen so stark verprügelt. Ein vierjähriges Kind. In ihrem Gesicht war ein mehrere Tage alter Handabdruck des Vaters zu erkennen. Ich habe das Kind direkt in Obhut genommen, die Mutter in ein Frauenhaus gebracht. Noch als die Frau bei mir im Auto saß, rief ihr Mann an und bedrohte sie. Er ist Polizist. Sie ging nicht mal ins Frauenhaus. Vor der Tür rannte sie davon. Das Kind weinend und schreiend im Auto. Als ich mit der Kleinen in der Kindernotaufnahme des Kinderschutzhauses ankam, war der Vater schon vor Ort und wollte das Kind an sich nehmen. Ich hatte solche Angst. Dann die Tränen des Kindes. Warum tun manche Menschen so etwas? Warum sind Menschen so? Wie es weiter geht, kann ich jetzt noch nicht sagen. Das Kind ist vorläufig in Sicherheit vor diesem Monster. Noch ein paar Stunden lang. Bis ein Richter entscheidet. Werde ich es jemals verstehen?«

Simon saß vor dem Tagebuch und schluckte erneut. Tränen rannen über sein Gesicht. Nein, er hatte sich nicht in dieser Frau getäuscht. Sie war so, wie er sie sich vorgestellt hatte. Natürlich waren nicht alle Sozialarbeiter so, das wusste er auch. Er kannte ja die andere. Die Frau, die ihn zu dem gemacht hatte, was er war. Krank. Allein. Aber nicht hilflos. Nicht mehr. Er wollte mehr wissen von den Tiefen, die diese Frau empfand. An diesem Punkt waren alle Zweifel verschwunden, was das Lesen des Buches anging. Sein Kopf fuhr herum und sein Körper zuckte zusammen. Der Hund war zu ihm auf das Bett gesprungen und hatte sich seitlich fallen gelassen. Nun schmiegte sie ihren Kopf an Simons Oberschenkel. Er streichelte ihr mit der linken Hand über den

Kopf, während er mit der Rechten das Buch fest hielt. Indem er so da saß, schaute er sich weiter im Zimmer um. Sein Blick traf sich mit seinem eigenen in einer Spiegelkomode, die neben dem Bett stand. Die Haut war grau, tiefe Schatten umspielten seine sonst so schönen blauen Augen. Die Wangen waren hohl. *Wie lange hältst Du das noch aus* fragte er sich, indem er laut zu sich selbst sprach. Er antwortete sich selbst, ohne den Blick von seinem eigenen Bild zu nehmen. Er starrte sich selbst in die Augen. Ein Gefühl der Leere breitete sich in ihm aus *ich weiß es nicht, ich weiß es nicht.* Einige Minuten saß er noch auf dem Bett, starrte sich selbst in die Augen und streichelte den Kopf des Hundes, als er sich ruckartig erhob, seinen Blick wieder durch den Raum wandern ließ und zur Zimmertür ging. Das Buch hielt Simon aber noch immer fest umklammert.

Er verließ das Schlafzimmer und betrat einen Raum direkt neben dem Schlafzimmer. Er war klein und dunkel. Dieser Raum hatte kein Fenster, er betätigte den Lichtschalter, der sich rechts neben der Tür befand. Auch hier ließ er seinen Blick kreisen und er wusste sofort, dass dieser Raum so etwas wie ein Privatbüro war. Eigentlich wollte er diesen Raum sofort wieder verlassen, aber etwas sagte ihm *Simon schau Dich um!* Was wollte er hier nur? Er hatte nicht den leisesten Schimmer. Auf dem Schreibtisch stand ein aufgeklapptes Sony Vaio Notebook und rechts, links, dahinter, auf dem Boden einfach überall lagen Akten verstreut. Erneut suchte er alles mit seinen Blicken ab. Er trat näher an den Schreibtisch heran und schob vorsichtig einige Akten zur Seite, weil er einen Bilderrahmen darauf bemerkt hatte, der von Akten fast komplett bedeckt war. Er zuckte zusammen. Er schmeckte die bittere Gallenflüssigkeit in seinem Mund, die aus seinen Tiefen emporstieg. Schwindel überkam ihn. Er griff nach dem Bild, um sich zu vergewissern, dass er sich nicht täuschte. Als er die bittere Wahrheit erkannte, ließ er vor Schreck das Bild fallen. Mit einem lauten »KLIERR« zerschellte das Glas auf dem Parkettboden. Er bückte sich und entfernte von dem inne liegenden Foto die Glasrestanten und steckte es ein. Das Foto zeigte Tanja in dem Arm der Frau, die er heute Nacht töten wollte.

Kapitel 24

Der Streifenwagen hatte gerade Tanjas Straße verlassen, als es ihr wie Schuppen von den Augen fiel. »Stopp«, rief sie. Der Beamte hinterm Steuer machte eine scharfe Bremsung, sodass der Wagen ins Schliddern geriet. »Haben Sie etwas vergessen, Frau Engel?« fragte der mitfahrende Beamte.
»Nicht ganz, aber mir ist gerade eingefallen, dass wir noch einmal am Amt vorbei fahren müssten, ich würde gern die Akte mitnehmen, es wäre mir sehr wichtig, es ist in Borbeck Mitte.« Sie setzte ihr Liebmädchengesicht auf, als sie sich zu den beiden Polizisten nach vorn beugte. Beide waren zusammen höchstens 45 Jahre.
»Mhm, na gut, können wir machen«, er nickte bestimmend.
»Das ist superlieb von Ihnen, wie heißen Sie beiden eigentlich? Ich will nicht so sein und mache den Anfang, ich heiße, wie Sie ja wissen, Tanja Engel, aber nennen Sie mich ruhig Tanja.«
Sie lächelte und kramte in ihrer Tasche, um den Schlüssel für das Amt hervorzuholen.
Der Fahrer begann: »Ich heiße Markus Renz«, er grinste wie ein kleiner Junge »Du darfst mich Markus nennen«, er gluckste. Der Beifahrer grinste auch. »Dann mache ich es kurz, habe eh einen schwierigen Namen, den sich keiner merken kann, ich bin Dirk.«
»Ok Jungs.« Sie grapschte nach ihrem Schlüssel »Ihr könnt mich vorne vor dem Amt raus lassen und ich springe kurz hinein. Ich brauche höchstens zwei Minuten.«
Dirk drehte sich zu ihr um »Sollen wir nicht mitkommen? Ich weiß zwar nicht, worum es geht, aber der Hauptkommissar hat uns gesagt, dass wir Dich auf dem schnellsten Wege zum Präsidium bringen sollen.« Sein Gesicht wirkte ernster. Tanja lachte auf.
»Aber auch nur, weil wir was Wichtiges zu besprechen haben. Es geht schon.«
»So hörte es sich aber nicht an, was der Hauptkommissar zu uns gesagt hatte. Er meinte auch, dass eventuell Gefahr bestehen könnte, weil Du Kontakt zu dem Familienmörder gehabt haben könntest.« Tanja holte tief Luft.
Sie wusste nicht, was sie dazu sagen sollte. Klar er hatte Recht, aber was sollte ausgerechnet hier und jetzt passieren? Am Sams-

tag, im geschlossenen Jugendamt? Sollte etwa eine Putzfrau sie mit einem Mob erschlagen, oder gar mit einem Putztuch erwürgen? Abwegig. »Es besteht wirklich keine Gefahr, ich fitsche eben allein.«

Der Streifenwagen hielt direkt vor dem Eingang des Jugendamtes. Alles war dunkel in dem Flur, soweit man schauen konnte. Passanten, die den Weg am Jugendamt vorbeischlenderten, um in die Fußgängerzone zu gelangen, beäugten den Streifenwagen neugierig. Sie gafften Tanja förmlich an, als sie den Wagen verließ und sich die Tür zum verschlossenen Jugendamt öffnete.

Markus und Dirk störten sich nicht an den gaffenden Passanten. Sie beobachteten Tanja, wie sie zur Tür ging, sie aufschloss, um dann im Dunkel eines Flures zu verschwinden.

Tanja rannte die Treppen im fast ganz dunklen Treppenhaus hoch. Einen Lichtschalter gab es hier nicht, das Licht in den Gängen konnte nur von der Zentrale ein-und ausgeschaltet werden, aber dafür hatte sie keine Zeit, oben war genügend Licht von den Fenstern.

Tanja trat aus dem Dunkel ins helle Licht des Ganges. Sie rannte zu ihrem Büro, wollte die Tür aufschließen, doch zu ihrer Verwunderung stand ihre Bürotür einen Spalt weit offen.

»Hallo? Ist hier jemand? Monika?« rief Tanja mit ihrer fast festen Stimme, man hörte, wie sie vor Angst vibrierte. Ohne eine Antwort abzuwarten, trat sie in ihr Büro.

Ein alter Mann klopfte mit seinem Gehstock vor das Fenster des Streifenwagens. Plok, Plok, Plok. Dirk riss umgehend die Tür auf und sprang aus dem Wagen, fast hätte er den alten Mann umgerissen, da er zu dicht am Wagen stand.

»Hören Sie auf, unseren Streifenwagen mit dem Stock zu malträtieren, was gibt es denn?«

Der alte Mann fragte mit ganz lauter Stimme:

»Was haben Sie gesagt?«

»Ich habe Sie gefragt, was Sie wollen«, fragte Dirk in angemessener Lautstärke.

»Ich höre zurzeit sehr schlecht, Sie müssen mit mir schon lauter sprechen«, blökte der alte Mann.

Dirk trat näher an den Mann heran und rief in sein linkes Ohr
»Was wollen Sie denn?«
»Das ist mein böses Ohr, Sie müssen in das andere Ohr sprechen, und das ziemlich laut« rief der alte Mann so laut, dass sich sämtliche Passanten umdrehten und schauten. Markus saß im Wagen und amüsierte sich königlich.
»Was wollen Sie«, rief Dirk in das rechte Ohr des alten Mannes.

»Hallo« rief Tanja wieder. Wieder reagierte niemand. Sie trat in ihr Büro ein und schaute sich um. Nichts, niemand. *Die Putzfrau*, schoss es ihr durch den Kopf. *Also doch. Immer diese Putzfrauen, fast hätte sie mich wirklich auf dem Gewissen gehabt, nur nicht durch Tod durch Mob, sondern durch einen Herzschlag.* Tanja grinste und trat um ihren Schreibtisch, um sich die Akte der Familie Johan vom Stapel zu nehmen. Da bemerkte sie, dass ihr Computer hochgefahren war. Sie staunte. Tanja wackelte an der Maus und der Bildschirm wurde hell. Sie erschrak. Mitten auf dem Bildschirm waren Daten zum Fall Johan aufgerufen, die vorher nicht da gewesen waren. Sie überflog die Einträge. Jeder Eintrag, der gemacht wurde, war mit dem Kürzel: TE versehen. Tanja Engel. Sie rannte zum Fenster und klopfte vor die Scheibe. Unten knapp 12 Meter entfernt, stand der Streifenwagen und Dirk unterhielt sich mit einem Rentner. Die Polizisten nahmen sie nicht wahr. Verdammte Scheiße, das mussten sie sich ansehen. Tanja grapschte sich die Akte, die ganz oben auf dem Stapel lag, und rannte los. Sie hatte keine Zeit zu verlieren. Jemand war hier gewesen. Oder war der Jemand noch hier? Panik überkam sie. Sie rannte in das dunkle Treppenhaus.

»Da hinten trinken ein paar Jugendliche Alkohol«, rief der alte Mann.
»Wir werden den Kollegen Bescheid geben, wir haben gerade einen Einsatz, die werden sich umgehend darum kümmern«, rief Dirk in das gute Ohr des Rentners.
»Och wat, immer die anderen, Sie stehen hier doch nur rum, das ist direkt dort drüben« der alte Mann wurde etwas wütend. Martin machte seine Tür auf, und sagte

»Dann geh da eben hin und schau mal nach, ich warte hier, das dauert eh nicht lange, eine Minute.« Die Tür knallte wieder zu.

Tanja rannte wie vom Teufel besessen die Treppen hinunter. Noch wenige Stufen. Sie hatte es geschafft. Sie konnte durch die Glastür schon den Streifenwagen sehen. Dirk setzte sich mit dem alten Mann in Bewegung.

»Dirk«, rief Tanja. Er hörte sie nicht. Noch knapp 10 Meter hatte sie über den dunklen Flur zu rennen, bis sie endlich die Tür erreicht hatte. Plötzlich nahm Tanja direkt hinter sich eine Bewegung wahr. Ein brennender Schmerz traf sie mit aller Wucht am Kopf. Es wurde umgehend schwarz vor ihren Augen. Ihr Schädel knallte auf den harten Steinfußboden.

Beide Polizisten bekamen von den Dramen, die sich im Inneren des Jugendamtes abspielten, nichts mit. Dirk ging zu den Jugendlichen, wobei sich allerdings herausstellte, dass sie nicht mehr ganz so jugendlich waren. Es war eine Kleingruppe von Obdachlosen im Alter von 45 bis 60. Die Augen des Rentners hatten also auch keinen guten Tag gehabt.
Als Dirk zurück zum Streifenwagen kam, wunderte er sich, Tanja nicht im Inneren oder wenigstens davor zu sehen. Es waren seit ihrem Verlassen knapp sieben Minuten vergangen.

Kapitel 25

Dirk und Markus sahen sich fragend an, mittlerweile waren zehn Minuten vergangen und Tanja hatte das Gebäude nicht verlassen.
»Sollen wir nachschauen gehen? Die Sache passt mir überhaupt nicht, da stimmt doch etwas nicht!« fragte Dirk, stark verunsichert.
Markus erwiderte: »Ohne vorher Verstärkung zu rufen? Ich weiß nicht so recht«, er zog die Augenbrauen zusammen.
»Scheiß drauf, ich geh rein, Du wartest hier«, sagte Dirk, indem er die Autotür öffnete.

»Vergiss es«, rief Markus. »Wir rufen Verstärkung und gehen dann rein, wir beide, verstanden?«
Aber Dirk war schon aus dem Wagen gesprungen und schlug die Wagentür zu. Er ging geradewegs auf die Tür des Jugendamtes zu, als Markus aus dem Wagen spurtete, per Funk den Wagen verriegelte und neben ihm stand.
»Dann gehen halt wir beide rein. Mein Gefühl sagt mir, dass etwas nicht in Ordnung ist«, sagte er.
Dirk öffnete die Eingangstür, die nicht verschlossen war, Tanja hatte sie offen gelassen.
Der Eingangsbereich lag vollkommen im Dunkel, nur ein paar Lichtstrahlen drangen von außen hinein.
»Verdammte Scheiße, mach mal Deine Taschenlampe an«, fluchte Markus.
In dem Augenblick, als sie eingetreten waren, einige Meter gelaufen waren und Dirk gerade seine Taschenlampe einschaltete, gab es einen lauten Knall und einen Aufschrei von Markus.
Er war ausgerutscht.
»Scheiße, ich bin in irgendwas Feuchtem ausgerutscht.« Er rappelte sich hoch. Dirk beleuchtete die Stelle, auf der sein Kollege ausgerutscht war. Ein rot- brauner Film bedeckte den Boden.
»Markus, es ist hier alles voller Blut.«
Die beiden Polizisten reagierten blitzschnell. Sie zogen ihre Dienstwaffen und sicherten ihren Rückzug ab.
Nichts geschah. Als die beiden Polizisten am Wagen wieder angekommen waren, orderten sie Verstärkung und informierten Hauptkommissar Driessler über diesen schrecklichen Vorfall.
»Bitte Was?« schrie Driessler ins Telefon »Ihr habt sie ganz allein ins gottverdammte Jugendamt gehen lassen? Keiner von Euch Idioten ist mitgegangen? Was habe ich Euch gesagt, lasst sie nicht allein! Und was macht ihr Idioten als Erstes?« Er japste nach Luft. Hauptkommissar Driessler war purpurrot angelaufen. Seine Augen traten aus seinen Augenhöhlen hervor, seine Hauptschlagader zeichnete sich deutlich an seinem Hals ab. Sie pochte. Ohne eine Antwort am Telefon abzuwarten, blökte er gleich wieder los, sodass Spucketröpfchen im Licht der Schreibtischlampe wie feiner Sprühnebel niedergingen,

»Ihr lasst sie mutterseelenallein ins verlassene dunkle Jugendamt gehen, prima!«
Sie bekamen noch kurze und knappe Anweisungen: Vorort bleiben, auf Verstärkung warten und dann alles weiträumig absperren, niemand sollte nur in die Nähe des Jugendamtes kommen, oder gar aus ihm verschwinden.
Er knallte den Hörer auf.
Carsten Dräger sah den Hauptkommissar verängstigt an.
»Was ist denn genau passiert?« seine Stimme klang zitterig.
Driessler erklärte es ihm.
Eine Mischung aus Angst, Hilflosigkeit, Panik und schreckliche Wut breiteten sich im Hauptkommissar wie eine Wolke aus. Es war unfassbar. Dräger war alle Farbe aus dem Gesicht gewichen, er starrte Driessler an und wiederholte immer nur eine Frage:
»Wie konnte das passieren? Und vor allem warum?« Der Hauptkommissar schaute ihn ahnungslos an:
»Renz und Woitzkowski haben mir beteuert, dass sie diesen Entschluss, noch ins Jugendamt zu fahren, kurzfristig beschlossen hatten. Und sie hätten den Eingang nicht eine Sekunde aus den Augen gelassen, zumindest Renz, da Woitzkowski sich mit Pennern und alten Säcken rumgeärgert hatte.« Jetzt klang seine Stimme gequält, sogar leicht verzweifelt.
»Was sollen wir jetzt machen?« fragte Dräger kaum wahrnehmbar.
»Zieh Dich an, wir fahren da selbst hin!« sagte Driessler jetzt mit fester und ruhiger Stimme.
Die beiden Männer zogen ihre Jacken über und verließen das Büro in Richtung Aufzüge. Als Driessler bei seiner Sekretärin vorbei kam, sagte er ihr, dass sie die Leiterin des Jugendamtes umgehend in ihre Geschäftsstelle schicken solle, mit allen nur erdenklichen Schlüsseln. Ohne dass sie einen Einwand entgegnen konnte, waren die beiden Männer schon im Aufzug verschwunden und kurz darauf saßen sie schon in Driesslers zivilem Dienstwagen, einem 5er BMW mit städtischem Kennzeichen und einem mobilen Blaulicht auf dem Dach.

Kapitel 26

Gegen kurz nach zehn Uhr trafen die beiden Männer am Jugendamt ein. Die Straßen waren mittlerweile abgesperrt worden. Mindestens fünf Streifenwagen und doppelt so viele Polizisten waren um das Gebäude verteilt. Ein junger Streifenpolizist kam auf die Beiden zu, als sie den Wagen verlassen hatten.
»Hauptkommissar Driessler«, sagte der junge Beamte mit leicht zittriger Stimme. »Ich bin Markus Renz, ich war der Fahrer, der Frau Engel hierher gefahren hat!«
»Ist schon irgendetwas gefunden worden? Irgendein Anhaltspunkt«, fragte Driessler mit fester Stimme?
»Nein, Herr Hauptkommissar, die Spurensicherung ist anscheinend noch in einen schweren Mordfall verstrickt, sie wollen aber umgehend kommen, sobald sie fertig sind!«
»Verdammte Scheiße«, schrie Driessler los. »Sie schwingen sofort Ihren klapprigen Arsch ans Funkgerät und beordern jemanden von der Spurensicherung hierher, egal ob jemand sein Wochenende hierfür unterbrechen muss. In spätestens 15 Minuten ist jemand hier, verstanden? Oder reicht Ihnen der Mist nicht, den Sie heute schon verzapft haben?« Er drehte sich um und ging zum Eingang des Jugendamtes. Carsten Dräger blieb ihm dicht auf den Fersen.
Markus Renz rannte zum Streifenwagen und orderte jemand mit der höchsten Dringlichkeitsstufe von der Spurensicherung zum Jugendamt.
Der Redakteur bemerkte ein lautes Streitgespräch zwischen einer Passantin und einem Streifenbeamten.
»Und wenn Sie der Papst höchst persönlich sind, meine Dame, bewahren sie die Ruhe und stören sie unsere Arbeit hier nicht, sonst werde ich sie mit einem Bußgeld verwarnen müssen«, sagte der junge Polizist in einem sehr energischen Ton.
»Sagen Sie mal, sind Sie nur so schwer von Begriff, oder tun Sie nur so? Ich sagte Ihnen doch, dass ich die Leiterin des Jugendamtes Essen Borbeck bin und hier hinein muss!«
»Madame, Sie stören hier erhebliche, polizeiliche Ermittlungen, gehen Sie, oder ich muss Sie wegen Behinderung von polizeili-

chen Ermittlungen festnehmen lassen!«
»Sie werden sich dafür zu verantworten haben, vor Ihrem Obersten, ich bin hier her bestellt worden, ich bin auf POLIZEILICHER ANWEISUNG hier«, keifte die Frau. »Ich bin Monika Nesser, die Jugendamtsleiterin, verdammt noch mal, stellen Sie sich nicht so bescheuert wie nur irgend möglich an und lassen Sie mich durch.« Monika Nesser war purpur angelaufen in ihrem Gesicht.
»Entschuldigen Sie junger Mann, Frau Nesser ist auf Anweisung von Herrn Driessler hier, der nicht gerade bei bester Laune ist«, sagte Carsten Dräger, der nun neben dem Polizisten hinter der Absperrung stand.
»Wenn das so ist, dann müssen Sie ja sogar rein kommen. Warum sagen Sie so etwas denn nicht gleich?!« stammelte der junge Beamte mit nun zittriger Stimme.
Ohne ein Wort mehr zu sagen, bückte sich die Leiterin des Jugendamtes unter der Absperrung hindurch und lief direkt auf Hauptkommissar Driessler zu, der ihr den Rücken zuwandte. Sie sah Carsten Dräger leicht verwirrt an.

In dem Augenblick als Monika Nesser bei Driessler und Dräger ankam, begann es wieder zu schneien. Monikas Haar wirkte leicht zerzaust, ihr roter Damenparker mit kardinalspurpurnem Fellkragen war knubbelig. Nichts passte an ihr zusammen, was sogar dem sonst nicht sehr modebewussten Hauptkommissar auffiel.
»Haben wir sie gestört, Frau Nesser?«, fragte er mit angespannter Stimme.
»Bei nichts Wichtigem, was ist hier passiert? Wurde im Amt eingebrochen?«, fragte sie mit unsicherer Stimme.
Durch den neu begonnenen Schneefall, der immer stärker wurde, entschieden sie sich das Gespräch im Inneren von Driesslers Wagen fortzuführen.
Er schaltete die eingebaute Standheizung an und drehte sich zum Wageninneren um, wo Monika Nesser neben Carsten Dräger saß. Sie sah verloren aus. Erst jetzt bemerkte er, dass sie tief schwarze Augenringe hatte, die bis zu ihren Wangenknochen zu reichen schienen. Die violette Leinentasche, welche mit indischen Moti-

ven bestickt war, fest an sich gedrückt.
»Also Frau Nesser, ich will nicht lange um den heißen Brei herumreden.Vor knapp 30 Minuten, also um kurz vor 10 Uhr, verschwand Frau Engel aus dem Jugendamt.« Er machte eine kurze Pause, um ihre Reaktion abzuwarten, aber Monika Nesser zeigte keine Regung, sie saß, wie versteinert im Heck des Wagens und starrte ihn an.
»Frau Engel war in Begleitung von zwei Streifenpolizisten, die sie zu mir ins Präsidium bringen sollten.«
Ihr Mund öffnete sich einen Spalt. »Warum? Heute ist Samstag und warum in Begleitung von zwei Polizisten? Ich verstehe das nicht!«, sagte sie mit zittriger Stimme.
»Können Sie auch nicht«, entgegnete Driessler, »aber aus Gründen, die ich jetzt nicht nennen kann, sollte Frau Engel wie gesagt zu mir ins Präsidium gebracht werden. Unterwegs wollte sie kurz einige wichtige Unterlagen aus dem Jugendamt abholen, die Kollegen warteten vor dem Amt, während sie in ihr Büro ging. Irgendjemand muss sie im Amt überrascht und verschleppt haben.«
Monika Nesser sah ihn weiter wie versteinert an, ohne etwas zu sagen.
»Die einzige Spur, die wir haben, ist eine kleine Blutlache im Eingangsbereich. Ob das Blut aber von Ihrer Kollegin stammt, muss noch geklärt werden, alle verfügbaren Einsatzkräfte sind informiert. Warum ich Sie hierher gebeten habe«, sagte er mit ruhiger, aber bestimmender Stimme, als er sah, dass das Team der Spurensicherung in ihrem Ford Transit anrückte, er war erleichtert. »Ich würde Sie bitten, den untersuchenden Beamten alle benötigten Räume aufzuschließen, und den Kollegen, was ihre Ortskenntnis angeht, zur Verfügung zu stehen, damit wir schnellst möglich Licht ins Dunkel bekommen. Ist das in Ordnung für Sie?«
Sie sah ihn ein paar Sekunden an, dann sagte sie mit bebender Stimme und Tränen in den Augen. »Seien sie ehrlich, ist sie tot?« Jetzt rannen ihr Tränen übers Gesicht und sie begann zu schluchzen.
»Wir wissen es nicht Frau Nesser, wir müssen jetzt alle unser Bestes tun, um diese Situation aufzuklären, können Sie den Kollegen behilflich sein?«

»Ich werde alles, was in meiner Macht steht tun, um zu helfen, sie ist meine Freundin, meine einzige Freundin.« Sie öffnete die Wagentür, stieg aus und kramte nach ihrem riesigen Schlüsselbund, an dem ein kleiner hellblauer Stoffelefant hing und ging zu den Beamten, die an der Tür zum Jugendamt warteten.
Mittlerweile war die Einheit der Spurensicherung mit großen Alukoffern im Amt verschwunden. Nachdem Monika einige Wörter gewechselt hatte, verschwand auch sie im Amt.
»Und was können wir jetzt tun?«, fragte Carsten.
»Ich würde sagen, Du kannst jetzt nichts hier vor Ort tun, ich lasse Dich zu Deinem Wagen bringen, und ich rufe Kresse an«, sagte Driessler.
Carsten nickte und sagte, dass er umgehend verständigt werden wolle, sobald es etwas Neues geben würde. Er stieg aus dem Auto aus.
»Warte bitte«, rief Driessler zu ihm herüber, bevor er die Autotür zugeschlagen hatte. »Bleib bitte doch noch etwas, Du kannst uns vielleicht doch noch behilflich sein, zuerst muss ich noch mit Kresse reden, geht das?«
Der Schnee schmolz auf dem Wagen des Hauptkommissars, mittlerweile hatte sich eine wohlige Wärme im Inneren ausgebreitet, die bis nach außen drang.
»Hier drüben um die Ecke herum ist das Borbecker Café ›Conrad‹ ein alt eingesessenes Senioren Café. Sollen wir uns hier einen Tisch nehmen und alles in Ruhe besprechen? Von dort aus kannst Du auch Kresse anrufen, es ist bestimmt gemütlicher, als in dem Wagen, außerdem gibt es dort verdammt guten Kaffee«, sagte Carsten.
Bevor die beiden Männer in das Café gingen, hinterließ Driessler bei den wartenden und arbeitenden Beamten letzte Instruktionen und sagte ihnen, dass er zu einer Besprechung im Café Conrad um die Ecke herum wäre.

Kapitel 27

Mittlerweile war es zwanzig vor elf, als die beiden Männer sich in einer gut abgeschirmten Ecke im Café Conrad niederließen. Das Café versuchte den Charme eines bekannten Wiener Cafés wiederzugeben, was ihm auch fast gelang. Die Einrichtung war aus den siebziger Jahren, hochglänzende dunkelbraune Holzpaneele verzierten einen Teil der Wände. Weiße Spitzendeckchen verzierten die auf Barock gemachten Tische und Fahrstuhlmusik untermalte die leicht skurrile Atmosphäre, während draußen der Schneefall immer stärker wurde und der Himmel sich Zusehens verdunkelte. Eine Kellnerin mit Spitzenhaube und Spitzenschürze kam an ihren Tisch, die beiden Männer bestellten eine große Kanne Kaffee und belegte Brötchen.

Der Hauptkommissar nestelte sein Sony Ericsson Handy aus der Manteltasche und tippte immer nervöser werdend darauf herum.

»So, jetzt ist es an der Zeit die Frau Oberstaatsanwältin anzurufen. Sie wird sich freuen, wenn ich sie aus ihrem verdienten Wochenende zurückrufe! Aber sie will es ja nicht anders«, sagte Driessler mit Schweißperlen auf der Stirn.

»Nimmt sie sich den Fall persönlich an?« wollte Dräger wissen.

Driessler antwortete ihm nicht sofort, sondern schaute erst einen Moment aus dem Fenster und beobachtete das Schneegestöber, bis er endlich antwortete.

»Sie wollte eigentlich an diesem Wochenende weder etwas hören noch sehen, hat sie mir gestern gesagt, außer die Welt geht unter, und wie das da draußen aussieht«, mit dem Kopf Richtung Jugendamt zeigend »geht die Welt gerade unter und sie verpasst es.«

Carsten Dräger nickte verständnisvoll. Der Hauptkommissar drückte die Anruftaste seines Handys und wartete das Klingeln des Freizeichens ab. Die Oberstaatsanwältin meldete sich nach dem siebten Tuten.

»Geht die Welt unter?« sagte eine sehr lieblich klingende Frauenstimme, die schon jenseits der fünfzig klang.

»Fast«, antwortete Driessler, der sich den Schweiß mit einem Stofftaschentuch, welches mit altrosafarbenem Schriftzug »Café Conrad« bestickt war, die Stirn und Schläfen abtupfte.

»Die Sozialarbeiterin, die die tote Familie gefunden hat, hat heute einen Brief vom vermeintlichen Mörder erhalten, sie sollte inklusive Brief zu mir ins Präsidium gebracht werden, aber sie wollte noch aus dem Jugendamt wichtige Papiere holen, um sie mir zu zeigen«, er schnaufte. »Tja, wie soll ich es sagen, jetzt haben wir im Jugendamt eine Blutlache, viel Trubel, aber keine Sozialarbeiterin mehr, die ist verschwunden und bestimmt nicht von allein.« Er holte tief Luft und rubbelte mit dem Taschentuch weiter über seine Stirn, bis sie rot wurde.
»Was soll das heißen, verschwunden? Und der Brief? Wie kann eine Frau, die in Begleitung von Polizeibeamten ist, so einfach verschwinden?« Sie klang zornig.
Carsten Dräger beobachtete den Hauptkommissar genau. Er wusste, dass die Oberstaatsanwältin eine sehr cholerische ältere Dame war, die stetig vor einem Herzinfarkt stand.
»Die genauen Geschehnisse werden zur Minute noch untersucht, das heißt, die Ermittlungen sind gerade in vollem Gange. Soll ich Sie weiter auf dem Laufenden halten?«, fragte er mit zittriger Stimme, in der Angst und Verunsicherung mitklangen.
»Quatschen Sie doch nicht so einen wirren Mist, soll ich hier etwa auf meiner Couch vergammeln? Oder wie stellen Sie sich das vor? Das ist verdammt noch mal mein Fall und das heißt, dass ich binnen der nächsten halben Stunde bei Ihnen sein werde, ich denke so gegen zwölf Uhr!« sagte sie in einer Stimmlage, die Driessler nicht deuten konnte. Sie wirkte auf seltsame Weise erregt.
»Soll ich Ihnen einen Wagen schicken, oder kommen Sie persönlich her? Jugendamt Essen Borbeck, Ecke Marktstraße, Fußgängerzone«, sagte Driessler jetzt in einem sichereren Ton als zuvor.
»Ach, bevor ich es vergesse, ich würde gerne die Presse über diesen Fall informieren, vielleicht kann jemand Angaben hierzu machen, jede Sekunde kann entscheidend sein.«
»Berufen Sie eine Pressekonferenz für Punkt 12 Uhr ein, ich komme dann dahin, die Presse soll sich direkt vorm Jugendamt postieren!« sagte sie mit einer ungeheuren Schnelligkeit in der Stimme. Driessler wollte gerade noch etwas sagen, da hatte die Oberstaatsanwältin aber schon den Hörer aufgeknallt.
Driessler hielt sein Mobiltelefon noch immer an sein Ohr und

schüttelte den Kopf, seine Gesichtsfarbe wechselte von rot auf purpur.
»Was sagt sie, was will sie als Nächstes tun?« fragte Carsten Dräger direkt, ohne den Blick von dem Gesicht des Hauptkommissars zu nehmen.
»Was sie will?« Driessler fing an zu lachen, sodass ihm Tränen in seine Augen traten. »Was sie will? Sie will binnen einer halben Stunde eine Pressekonferenz einberufen haben, hier direkt vor dem Jugendamt, der Schnee störe sie nicht, wie soll ich das machen? Sag es mir, ich weiß es nicht«, sein Lachen klang immer verzweifelter.
»Scheiße, diese verdammte Idiotin, das ist normalerweise nicht zu schaffen«, grinste der Redakteur.
»Was heißt ›normalerweise‹«, fragte Driessler, sein Interesse war geweckt.
»Normalerweise heißt, dass die Alte Dich durch den Wolf drehen wird, weil Du keine so kurzfristige Konferenz einberufen kannst, es sei denn, Du arbeitest im Vatikan und hast wichtige Dinge des Papstes zu verkünden, aber so? Allerdings hast Du mich hier bei Dir, und wenn nicht ich, wer sollte Dir dann helfen?« Sein Grinsen wurde immer breiter.
»Spann mich nicht so auf die Folter, was meinst Du damit?«
»Ich meine damit, ich werde ein paar Telefonate führen und noch vor 12 Uhr wimmelt es hier nur so von Presseleuten, willst Du alles haben? Zeitung, Fernsehen, Radio und Internet? Wenn ja, kostet Dich das eine Menge, wenn Tanja gefunden wird, mindestens einen Abend frei trinken für mich!«
»Wenn das klappt, dann kannst Du eine Woche auf meine Kosten saufen, versprochen.«
Die Anspannung war aus seinem Gesicht gewichen und seine Hautfarbe hatte sich fast wieder normalisiert.
Dräger grinste Driessler an. »Bin ich in der Position Ansprüche an Dich zu stellen?« Ohne eine Antwort abzuwarten, sagte er »Also ich habe mir überlegt, dass ich doch gern eine Story darüber machen würde, allerdings ohne mich auf Dich zu berufen, nur auf das alles von der Pressekonferenz, keine Infos über den Brief, keine Infos über Infos, die geheim sind, versprochen.«

Dräger japste nach Luft. »Allerdings würde ich gern einen Zusammenhang herstellen zwischen den Morden und dem Verschwinden, das bringt Auflage und ich tue so, als ob ich die Fäden selbst gezogen hätte«, Dräger grinste.
Nach wenigen Sekunden nickte Driessler.

Kapitel 28

Es war kalt in der kleinen Kirche, die er immer aufsuchte. Im Winter wie im Sommer. Große Ahornbäume waren um das uralte Backsteingebäude herum aufgereiht, sodass ihre Kronen wie schützende Hände über der Kirche wirkten. Nur der Schnee ließ sich nicht von den blätterlosen schützenden Händen der Bäume abhalten, das kleine Haus Gottes über und über mit einer weißen Decke zu überziehen. Schneeverwehungen sammelten sich wie weißer Puderzucker in den großen bunten Kirchenfenstern, welche jetzt allerdings nur braun aussahen. Hier war er gern. Hier fühlte er sich immer wohl behütet, in diesen heiligen Mauern. Schon als Kind kam Simon hier her, heimlich auf seinem Fahrrad, um leise auf der letzten Bank zu beten. Hier war er nie allein. Gott der Herr, sein Herr, war immer zugegen. Als er mit neun Jahren die heilige Kommunion erhielt, musste er davor das erste Mal in seinem Leben beichten. Er bekam mit, wie sich andere Eltern darüber ausließen: »Was hat ein Kind denn schon zu beichten?« oder »Wenn meiner dran ist, kommt der alte Priester erst wieder heraus, wenn er schon vor seinem Herrn steht, so viel Scheiß baut er jeden Tag«. Er wusste aber schon damals, was er zu beichten hatte, er hatte schon damals Schuld auf sich geladen, viel Schuld. Der alte Priester ließ ihn damals dreimal das Vater Unser beten und erteilte ihm dann die Absolution.
Nur hatte Simon niemals erfahren, dass der alte Priester seine Worte nicht verstehen konnte, aber er bekam die Absolution.
Seitdem kam er jede Woche hierher, hier in seine Kirche, nicht die, in der er die Kommunion erhielt. Jede Woche beichtete er, egal ob er mit seinem Auto über eine rote Ampel gefahren war, oder der Kassiererin im Supermarkt unwissentlich zu wenig Geld

gegeben hatte. Jetzt waren allerdings knapp zwei Wochen seit seiner letzten Beichte vergangen und was er heute zu sagen hatte, war weit mehr als er in seinem bisherigen Leben zu sagen hatte.
Als er vor der Kirche stand, sah er, dass nur ein paar Fußspuren in die Kirche hineinführten und keine hinaus. So hatte er es schon geträumt, er, der Priester und Gott allein. Er trat ein.
Der Geruch von Kälte, Feuchtigkeit und altem Holz stieg ihm in die Nase. Er bekreuzigte sich im Eingang mit Weihwasser und betrat den Gang zum Beichtstuhl. Zu seiner Verwunderung saß der Priester schon im Inneren. So wie er es alles geträumt hatte. Nachdem er am Altar vorbei gegangen war und sich dort noch einmal bekreuzigt hatte, zog er den schweren Samtvorhang des Beichtstuhles auf, trat hinein und zog ihn wieder zu.
Nun kniete er sich hin, faltete die Hände zum Gebet und senkte seinen Kopf.
Mit einem leisen Klackern wurde der Vorhang auf der Seite des Priesters geöffnet.
Es war alles ganz still, er konnte den Priester atmen hören. Sein eigenes Herz klopfte sehr laut, aber langsam. Er atmete noch einmal tief ein und aus.
»Vater, ich habe gesündigt, seit meiner letzten Beichte sind zwei Wochen vergangen.«
Seine Stimme war ganz ruhig. Nur er, der Priester und Gott waren hier.
»Vater, ich habe gegen eines von Gottes Geboten verstoßen.«
Mit sehr ruhiger Stimme antwortete ihm der Priester: »Gegen welches mein Sohn?«
»Vater, ich habe gegen das 5. Gebot verstoßen, Du sollst nicht töten.« Seine Stimme war ruhiger denn je.
Der Priester atmete jetzt hörbar aufgeregter »Wie meinst Du das, mein Sohn?«
»Ich habe zwei Männer, eine Frau und ein Kind ermordet. Sie waren alle voller Sünde. Sie nahmen den Menschen alles, was sie besaßen, ihr Leben, nur um sich zu bereichern. Nur das Kind sollte nicht sterben, es war Gottes Fügung.«
Den Priester überkam ein Gefühl von Schwindel, er reckte seinen Kopf gen Himmel und betete, dass sein Herr ihm das nicht an-

tun solle. War dies ein Scherz des jungen Mannes? Eine Einlösung von Wettschulden, viele Dinge schossen dem Priester durch den Kopf, was sollte er nun machen?
»Bist Du derjenige, der DIE Familie getötet hat?«, sagte er mit zitternder Stimme.
»Ja, das bin ich.« Simon war höchst konzentriert, seine Schuld strömte geradezu aus ihm heraus.
»Mein Sohn, das waren drei Menschen, nicht vier.« Er wollte so behutsam wie möglich vorgehen, er wollte ihn nicht verscheuchen, aber auch nicht wütend machen. Er bekam Angst.
»Ich habe vergangene Nacht einen weiteren Menschen getötet.«
Der Priester atmete tief ein, er war jeden Tag auf alles gefasst, wenn er den Menschen die Beichte abnahm. Auf alte Frauen, die sich im Drogeriemarkt einen Deoroller klauten, auf Vielweiberei, Rumhurerei, vieles hatte er hier erlebt, aber einen Mord? Die Angst fraß sich wie ein bösartiger Dämon von außen durch seinen Talar, um sich danach einen Weg mit seinen scharfen Krallen in seinen Körper graben zu wollen.
Simon fuhr fort: »Und heute Vater, werde ich noch einen Menschen töten.«
Der Priester wollte aus dem Beichtstuhl fliehen, er wollte weg, lieber sollte sich der Boden auftun und ihn verschlucken, als hier weiter ruhig zu sitzen. Er überlegte weiter, was zu tun war.
»Mein Sohn, Du darfst nicht mehr gegen die Gebote des Herrn verstoßen, töte nicht!« sagte er als Antwort. Er wusste, dass es zwecklos war, so etwas zu sagen, es viel ihm aber nichts anderes ein.
»Vater, das kann ich aber nicht. Es ist mein Auftrag. Gottes Auftrag.«
»Gott verteilt keine Aufträge, die Dich in Sünde fallen lassen«, schoss es aus ihm heraus. Schon bereute er, das gesagt zu haben. Aber der junge Mann war weiterhin ruhig und rührte sich nicht.
Simon schwieg. Der Priester überlegte kurz, um schließlich geradlinig zu bleiben, er musste ihn davon abbringen.
»Mein Sohn, Gott stellt uns zwar Prüfungen, er lässt uns aber nicht morden. Mord ist das Werk von Luzifer, er hat viele Gestalten und vermag uns manchmal zu täuschen und sich als jemand

anderes auszugeben. Du bist geblendet mein Junge, lass...«, er hatte sich nicht mehr unter Kontrolle, er redete sich um sein Leben, Simon hörte einfach nur zu »...nicht zu, dass Du ein Werkzeug des Teufels wirst. Sei ein Diener Gottes.«
»Vater, ich vermag nicht, Ihnen zu widersprechen, aber Sie sind nur ein Mensch. Und ich bin nicht wahnsinnig. Vater, ich werde dieses beenden müssen«, seine Stimme klang jetzt nicht mehr ruhig, sondern eher hart und bestimmend.
Jetzt war dem Priester alles egal, er musste das Übel abwenden. »So höre mich an, Du darfst nicht töten, egal was diese Menschen getan haben, sie werden sich dafür verantworten müssen, ob in dieser Welt oder vor unserem Schöpfer, ihr Tag wird kommen.«
»Vater, ich möchte von Ihnen kein Verständnis erwirken, Sie können mich nicht verstehen, was ich aber von Ihnen verlangen kann, ist, dass Sie mir die Absolution erteilen, und darum bitte ich Sie.«
Simon hatte seine Fassung wieder erlangt, jetzt spürte er, dass der Priester, dem er so vertraute, Angst hatte. Er wollte keine Angst sähen, vor allem nicht bei einem Diener Gottes.
»Mein Sohn, ich werde Dir die Absolution erteilen, es liegt nicht an mir zu entscheiden. Dies ist Dein Recht und ich werde es Dir nicht nehmen, nur nimm Dir meinen Rat an, töte nicht. Nimm kein Leben, denn dass kann nur der Herr.« Der Priester konnte nichts mit dem plötzlichen Wandel, der den jungen Mann durchlaufen hatte, anfangen. Seine Angst wuchs. Im Inneren betete er das Vaterunser. Er wollte über seiner Angst stehen, er wollte hier heraus. Er spürte aber auch die Angst, die von dem jungen Mann ausging. Er spürte seinen Zwiespalt, den er ausstrahlte. Auf der einen Seite seine Härte und Bestimmtheit, auf der anderen Seite Angst und Verzweiflung.
»Nun, mein Sohn, Gott sei Dir gnädig und stärke Deinen Glauben! Du sollst gewiss sein, dass die Vergebung, die ich Dir zuspreche, Gottes Vergebung ist. In der Vollmacht, die der Herr seiner Kirche gegeben hat, spreche ich Dich los. Dir sind Deine Sünden vergeben. Im Namen Gottes, des Vaters und des Sohnes und des Heiligen Geistes. Amen. Bete dreimal das Vaterunser und bitte den Herrn um die Vergebung Deiner Sünden, denn sie

sitzen so tief, dass ich mehr für Dich nicht machen kann. Ich möchte Dich zum Abschluss bitten, mit mir Psalm 139, Absatz 1-4 und 23- 24 zu beten.«
Simon schlug die Bibel, welche in einer Ecke bereitlag auf, der Priester und er lasen gemeinsam:

»Herr, Du erforschest mich und kennst mich.
Ich sitze oder stehe auf, Du weißt Du es; Du verstehst meine Gedanken von ferne. Ich gehe oder liege, so bist Du um mich und siehst alle meine Wege. Denn siehe, es ist kein Wort auf meiner Zunge, das Du, Herr, nicht schon wüsstest. Erforsche mich, Gott, und erkenne mein Herz; prüfe mich und erkenne, wie ich's meine. Und sieh, ob ich auf bösem Wege bin, und leite mich auf ewigem Wege.«

Simon bekreuzigte sich und verließ den Beichtstuhl auf demselben Wege, wie er gekommen war. Priester Kalkmann war nass geschwitzt. Was sollte er tun? Würde der junge Mann wieder zurückkommen und auch ihn ermorden? Er saß still und schweigend auf seinem Platz, ohne sich zu bewegen. Er lauschte den Schritten des jungen Mannes, die sich vom Beichtstuhl entfernten und auf Höhe des Altares zum Stehen kamen. Er lauschte:
»Vater Unser im Himmel, geheiligt werde Dein Name, Dein Reich komme,...«
Es war die Stimme des jungen Mannes, die leise aber bedacht sprach. Nachdem er drei Mal das Vaterunser gebetet hatte, hörte er wieder Schritte, die sich immer weiter von ihm entfernten. Bis er das leise Klacken der Tür hörte, dann war es totenstill. *Was soll ich jetzt tun?* schoss es ihm durch den Kopf. Ihm kam eine Idee, der Bischof. Er müsse ihm einen Rat erteilen können. Er eilte aus dem Beichtstuhl hinaus, am Altar vorbei hinein in die Sakristei, in der sein Mantel mit seinem Handy bereitlag. Nur, was sollte er dem Bischof erzählen? Er hatte den jungen Mann nicht einmal gesehen? Wieder zweifeln. Plötzlich brachen alle Gefühle, die in ihm tobten aus ihm heraus. Er begann zu weinen. Nach einigen Minuten hatte er sich wieder gefasst und schaltete sein Handy an. Durch das Fenster sah er, dass der Schneefall immer heftiger wur-

de. Er suchte die Nummer des Bischofs heraus und drückte auf die Ruftaste.

Kapitel 29

Es war dunkel. Nichts. Kein Licht. Nur ein fernes Surren war zu hören, wahrscheinlich von einer Art Stromgenerator. Tanja lag halb auf dem Rücken, halb auf der Seite verdreht. Ihr Kopf schmerzte, genauso wie ihr Rüchen, ihre Handgelenke, Fußfesseln, einfach alles. Zuerst kam die Verwirrung, was war passiert? Schweiß rann an ihrem gesamten Körper entlang und sammelte sich in ihrer Kleidung, die den Boden berührte.
Schemenhaft kam die Erinnerung, langsam, ganz langsam. Die Polizei, das Jugendamt, dann Schwarz. Umso verkrampfter sie nachdachte, umso stärker schmerzte ihr Schädel. Sie schmeckte eine Mischung aus Schweiß und Blut in ihrem Mund. In einer plötzlichen Panikattacke wollte sie aufstehen, sich aus dieser grausigen Zwangshaltung befreien, aber mit einem Mal stieg ihre Panik ins Unendliche, als sie mit dem Kopf, den sie gerade einmal fünfundzwanzig Zentimeter angehoben hatte an die Decke ihres Gefängnisses stieß. Jetzt erst bemerkte sie, dass die Schmerzen an Händen und Füßen von straff gezogenem Klebeband hervorgerufen wurde. Sie war verschnürt wie ein Paket. Sie versuchte zur Seite zu rutschen, aber auch hier war nach wenigen Zentimetern Schluss. Sie lag in einem Verschlag, der kaum größer war als sie selbst. Wie in einem Sarg, schoss es ihr durch den Kopf. Die bisherige Panik wurde verdrängt von einer noch größeren Panik, sie wollte aus ihrer Körperhülle entfliehen, alle Muskeln, Sehnen, Knochen alles hier zurück lassen und raus hier. Die Panik zerriss sie innerlich. Durch diese Anspannung ihres Körpers schnitt das Klebeband noch stärker in ihre Haut ein, sodass das vorherige Brennen nun nur noch einem unaufhaltbaren Druck wich. Sie begann zu schreien, mit den Füßen trat sie nach unten aus, immer und immer wieder. Nichts. Ihr Geschrei wurde von ihrem Gefängnis verschluckt. Ihre Kehle brannte. Sie bemerkte nicht einmal mehr, wie die klaffende Wunde auf ihrem Hinterkopf von

ihren Tränen ausgespült wurde. Das Gefühl des Erstickens packte sie, ausgelöst durch die schlechte Luft, die sich schneller verbrauchte, als es von ihrem Peiniger gedacht war. Hinzu kam der Schleim, der sich aus ihren Nebenhöhlen löste und bei ihrer schnellen Atmung mit in ihre Lungen gesogen wurde. Nach mehreren Minuten Kampf gab sie auf. Ihre Atmung verlangsamte sich auf ein Minimum und ihr Gehirn schaltete ab. Zu diesem Zeitpunkt hatte sie keine Ahnung von dem gehabt, wo sie sich befand und was außerhalb ihres Gefängnisses passierte.

Er hörte ihr Schreien leicht und gedämpft, nahm die Erschütterungen aus dem Inneren der Kiste war, sie waren stark, sehr stark. Aber er hatte keinen Grund zur Sorge. Denn er hatte den kleinen Verschlag selbst gebaut. Und alles, was er selbst anfasste, funktionierte auch. So alt der »Ruheraum«, wie er ihn immer nannte auch war. Noch nie war jemandem die Flucht daraus gelungen, wie auch? Sie bestand aus Hartholz, verschalt mit Fieberglas, die Kanten waren stahlverstärkt und das Beste war, alles war schallisoliert. Er sah aus wie ein Sarg 1,80 Meter lang, 0,50 Meter breit und hoch. Und das Tollste daran war, er war in der gleichen Farbe angestrichen wie der Rest des Kellers. Unscheinbar. Genauso wie er selbst. Er stand über die Kiste gebeugt und lächelte. Warum hatte sie sich auch eingemischt? Warum musste die dumme Gans sich in Dinge einmischen, die sie nichts angingen? Das wollte er sie später selbst fragen, aber erst später. Er drehte die Sauerstoffzufuhr zum »Ruheraum« wieder an. Denn sterben, sollte sie jetzt noch nicht. Sie besaß noch Informationen, die er brauchte. Worüber hatte sie mit diesem beschissenen Reporter gesprochen? Und noch so viel mehr. Aber zuerst gab es wichtigere Dinge, um die er sich zu kümmern hatte. Der Junge. Was wusste er? Wusste er von ihm? Eines war ihm aber ganz klar, er würde sich von so einem kleinen Jungen nicht überwältigen lassen, ganz bestimmt nicht. Denn er war ihm immer einen Schritt voraus. Er wusste von ihm, aber nicht umgekehrt. Er lachte, er hätte niemals gedacht, dass der Junge zu so etwas fähig wäre. Allerdings bestätigte dies seine Theorie davon, dass man die benutzten Objekte besser entsorgen sollte, als ganz unscheinbar zurück ins Leben zu lassen.

Er war auch so bei seinen eigenen Projekten verfahren. Er hatte geheime Projekte, von denen niemand etwas ahnte. Filme nur für sich. Mit Objekten, an denen sich niemand mehr bereichern konnte. Er fühlte sich gut. Er fühlte sich stark. Ohne ihn wäre niemals die Sache angelaufen. Keiner von den ganzen Idioten hätte doch den Mumm gehabt, so etwas durchzuziehen. Aber sie hatte Skrupel. Skrupel, für die sie jetzt die Rechnung zu begleichen hatten. Er lachte wieder laut auf, er hatte es ja gewusst. Er würde aber alles wieder ins Lot bringen. Heute Abend würde er Simon Neumann einen Besuch abstatten und eines war für ihn gewiss, auf eine Gnade wie den Ruheraum konnte Simon sich nicht freuen. Er schaute auf seine gefälschte Rolex, die er in Thailand gekauft hatte. Es war kurz vor zwölf. Noch hatte er Zeit. Er ging in sein Büro, setzte sich vor seinen Computer und sah sich seine Filme an, die eigenen. Er zog den Reißverschluss seiner Hose auf und onanierte.

Kapitel 30

Der Schnee peitschte durch die Luft als Driessler das Café Konrad verließ. Es war schon fast 12 Uhr. Mit schnellen Schritten kam das »Vieh«, wie er die Oberstaatsanwältin auch insgeheim nannte, auf ihn zu. Ihre Mine war nicht mehr eisern, sondern eher gelöst. Eiskaltes Wasser drang durch seine Schuhe, als er stehen blieb und sie auf sich zukommen ließ.

»Ich weiß zwar nicht wie Sie das gemacht haben, aber es zeigt mir wieder einmal mehr, dass Sie gut sind, Driessler«, sagte sie mit einem Singsang in der Stimme. Er grinste nur wie ein Schuljunge.

»Kommen Sie kurz mit in meinen Dienstwagen und sagen Sie mir, was die Spurensicherung ergeben hat und so weiter.«

Auch jetzt wieder grinste er nur und folgte ihr zu ihrem Wagen.

Sie hatte die Standheizung kontinuierlich laufen, sodass eine wohlige Wärme im Inneren herrschte. Er setzte sich zu ihr auf die Rückbank.

»Also genauso genommen haben wir nichts!« sagte er ihr und ihre Miene wurde ernst.

»Gar nichts?« fragte sie, seine gute Laune verflog
»Wir haben ein paar Faserreste gefunden, eine Fußspur im Blut, wovon wir ausgehen, dass es von Frau Engel stammt, es aber nicht mit Gewissheit sagen können, allerdings können Sie gleich einfach etwas bluffen, wenn Sie mit der Presse reden«, sagte sie ohne Atem zu holen und schaute ihm direkt in die Augen.
»Stopp, Frau Kresse, was heißt ICH? Sie wollten die Konferenz leiten!« sagte er in einem angespannten Ton.
»Papperlapapp, ich habe es mir anders überlegt. Sie machen das schon. Sie können das, außerdem was soll ich denn schon dazu sagen? Sie kennen sie wenigstens ein bisschen! Hauen sie etwas auf die Kacke, von wegen Spuren gefunden, nur eine Frage der Zeit, bis wir den Täter haben und so, Sie können das! Außerdem, wollten Sie die Presse doch informieren und das dürfen Sie jetzt auch.« Sie schaute nun verlegen aus dem Fenster und beobachtete die Pressemeute, die frierend im Schnee stand und auf eine Sensation wartete, die es nicht gab.
Er wusste, was sie vorhatte. Sie hatten nichts, keinen Beweis, und er sollte es, wenn es hart auf hart kommen würde, ausbaden müssen.
»Mhm«, raunte er und holte Luft. »Ich möchte Sie nicht verärgern Frau Oberstaatsanwältin.« Zorn stieg in ihm auf, er wusste, dass er das, was er sagen wollte, bitter bereuen würde, wenn er es gesagt hätte. Aber er musste es. Sie schaute ihn aufmerksam an, denn auch sie wusste, dass das Eis unter ihren Füßen immer dünner wurde.
»Halten Sie mich für blöd?« sie schluckte »Oder gar für dumm? Wir haben nichts!« Seine Stimme wurde lauter und begann zu beben. »Sie wollten diese beschissene Pressekonferenz, ich habe mir dafür den Arsch aufgerissen, aber jetzt wo es nichts zu sagen gibt, soll ich rausgehen und für Sie den Karren aus dem Dreck ziehen? Habe ich das richtig verstanden? Ich wollte nur die Öffentlichkeit über das Verschwinden informieren mit einer formlosen Bekanntmachung ohne Konferenz und so.« Er war dunkelrot geworden und sie weiß. Sie schluckte und rang nach Worten und wurde ganz ruhig und zurückhaltend.
»Ich will nicht lange um den heißen Brei herum reden.« Sie

schluckte und kratzte sich nervös am Hals. »Sie haben recht, kurzum das haben Sie, tun Sie mir den Gefallen?« Mit dieser Offenheit hatte er nicht gerechnet. Er war sprachlos, was sollte er darauf sagen? Und prompt wurde ihm wieder bewusst, dass sie ihn wieder einmal hatte. Er konnte nichts anderes als zuzustimmen, hinauszugehen und mit der Presse zu reden, aber so einfach wollte er es ihr nicht machen.
»Sie kommen mit, sagen ein paar Worte und lassen mich dann die Untersuchungsergebnisse, die es zwar nicht gibt, mitteilen, okay?« Sie wirkte nervös. »Ich weiß zwar nicht was das soll, aber na gut, wir werden beide den Karren aus dem Dreck ziehen.«
Sie nahmen die Aktenordner und gingen Richtung Presse. Es war fünf Minuten nach zwölf.

Kapitel 31

Simon saß wieder in seiner kleinen Wohnung. Er schaute aus dem Fenster und sah, wie eine Unzahl von Schneeflocken vor sein Fenster geweht wurde. Er sah dies als ein Vorzeichen für das, was heute noch passieren würde. Alles würde dichter werden, bald war jedes einzelne Puzzleteil zusammengefügt und er hatte seine Erfüllung gefunden.
Er saß zusammengekauert mit angezogenen Beinen, die er mit seinen Armen umschlang, auf seinem Bett und wippte vor und zurück, immer wieder. Ein Gedanke ließ ihn nicht los. Das Foto. Hatte er sich so getäuscht in der Frau, zu der er schon fast so etwas wie Vertrauen gefunden hatte? Hatte sie mit den schrecklichen Dingen zu tun, die ihm wiederfahren waren?
War sie einer derjenigen Schatten, die ihn Nacht für Nacht heimsuchten? War sie eines der gesichtslosen Wesen, die immer wiederkehrend Furcht einflößend sich über ihn beugten, wenn er wach in seinem Bett lag und darauf wartete, dass die Morgendämmerung hereinbrach?
Er hätte es doch gespürt, als er sie das erste Mal sah. Oder täuschte er sich so sehr?
Er musste es herausfinden. Er musste es wissen. Aber wie? Sein

Plan durfte durch nichts und niemanden gefährdet werden.
Weitere Angst durchfloss ihn. Er hatte in der Kirche das Gefühl gehabt, allein zu sein, aber wie konnte das sein? Der Ort, an dem er sich immer zu Hause gefühlt hatte, an dem er niemals allein war. Der Priester hatte Angst vor ihm gehabt, er hatte es doch gespürt. Aber warum? Der Priester hätte doch Verständnis für ihn haben müssen. Statt ihm direkt zu helfen, hatte er Angst vor ihm. Er wollte einem Diener Gottes keine Angst einjagen.
Was hatte er falsch gemacht? Wieso wollte ihn keiner verstehen. Erst jetzt spürte er die Kälte, die in seiner kleinen Wohnung herrschte. Es war eisig. Und dunkel. Durch den vielen Schnee, der vor seinem Fenster tanzte, drang kaum Licht hinein. Aber diese Dunkelheit machte ihm nichts aus, denn dies war nicht die Dunkelheit der Nacht, sondern eine freundlichere Dunkelheit, eine Dunkelheit, die ihm Sicherheit gab. Jetzt konnten sie noch nicht kommen, sich über ihn beugen, ihn berühren und Schmerzen zufügen. Er begann zu weinen. Leise. Er weinte immer leise. Wie damals, als er noch ein Kind war. Und mit den Tränen kam ein Stück der Erleichterung. Er stand auf und ging ins Badezimmer. Er fühlte sich dreckig. Der Schmutz des Erlebten musste abgewaschen werden. Das Wasser aus dem Duschkopf dampfte vor Hitze. Das Bad füllte sich binnen kürzester Zeit mit einem feinen weißen Nebel.
Die Frau von dem Foto musste sterben. Heute Abend. Die Schatten sollten ein für alle Mal aus seinem Leben verschwinden.

Kapitel 32

Er war nass bis auf die Unterhose und komplett durchgefroren. Er konnte seine Füße kaum noch spüren, als er die Treppen des Jugendamtes bestieg. Die Pressekonferenz war zu seiner und zur Zufriedenheit der Oberstaatsanwältin verlaufen. Er hatte gut geblufft. Zwar hatte er gesagt, dass die Untersuchungen der Spurensicherung noch anhielten, aber trotzdem schon einige interessante Beweise ans Tageslicht gebracht hatten. Dies war natürlich alles gelogen, sollte aber den Täter in Bedrängnis bringen. Er hielt das

Foto von Tanja Engel in der Hand, das er von Monika Nesser bekommen hatte. Das Foto war für die Presse bestimmt gewesen, damit diese schnellst möglich die mediale Suchmeldung starten konnte. Das Foto zeigte die beiden Frauen gemeinsam auf dem Bild, wahrscheinlich war es bei einer Weihnachtsfeier aufgenommen worden. Sie sahen darauf aus wie zwei Freundinnen.

Die Beamten der Spurensicherung waren noch immer im ganzen Haus verteilt, als er an die offene Bürotür von Monika Nesser klopfte. Sie saß zusammengesunken in ihren Gedanken an ihrem Schreibtisch. Driessler wartete nicht darauf, dass ihm Einlass gewehrt wurde, sondern betrat das Büro ohne Aufforderung. Sie schreckte aus ihren Gedanken hoch, als er eintrat.

»Ich wollte Ihnen nur kurz das Foto wiedergeben, nochmals danke«, sagte er mit angespannter Stimme. Er beobachtete sie genau, besser gesagt, er taxierte sie. Sie sah auf und schaute ihm direkt in die Augen.

»Glauben Sie, dass Sie sie finden?« sagte sie in ruhiger Stimme. Er bemerkte trotzdem ein leichtes Beben in ihrer Stimme.

»Ganz bestimmt, wir haben die komplette Presse informiert, innerhalb der nächsten 30 Minuten werden genaue Personenbeschreibungen veröffentlicht. Außerdem befragen zu diesem Zeitpunkt Beamte der Polizei sämtliche Anwohner des Jugendamtes, ob ihnen ein Fahrzeug aufgefallen ist, worin Frau Engel verschleppt worden sein könnte. Denn eines ist sicher, im Gebäude befindet sie sich nicht mehr. Und anders kann sie das Gebäude von allein nicht verlassen haben, denn vorn standen die Polizeibeamten, die sie zu mir bringen sollten«, erklärte er in einem sachlichen Ton. War er überzeugend gewesen?

Ihr Blick wurde ernster »Glauben Sie, dass sie tot ist?« Ihre Stimme versagte.

»Frau Nesser, wenn ich das glauben würde, würde ich nicht Himmel und Hölle in Bewegung setzen, um Frau Engel zu finden. Wenn jemand vorgehabt hätte sie zu töten, hätte er es auch hier im Amt machen können, oder etwa nicht?« Er machte eine bedeutungsvolle Pause.

»Und das ist nicht geschehen, deshalb gehen wir davon aus, dass der Entführer kein Interesse daran hat, sie zu ermorden.« Ihm wurde schwindelig, er fühlte sich nicht wohl dabei, Monika Nesser direkt ins Gesicht zu lügen. Sehr wohl musste er davon ausgehen, dass sie Opfer einer Gewalttat werden würde, wenn nicht hier im Amt, dann an einem ruhigeren Ort. Denn die anderen Morde, so wusste er, waren eine Art Ritualmord gewesen, dafür blieb dem Täter hier keine Zeit mit den wartenden Polizisten direkt vor der Tür, aber das sagte er ihr nicht.

Aber irgendetwas störte ihn an ihrem Verhalten, er konnte es nicht einordnen, aber sie machte auf ihn den Eindruck, dass sie mehr wusste als sie sagte.

»Frau Nesser, in den nächsten Stunden werden wir auch das private Umfeld von Frau Engel befragen müssen. Das heißt, wir werden auch Sie befragen müssen, was Sie während der Tatzeit getan haben, oder über irgendwelche Informationen verfügen, die uns hilfreich sein könnten, bei der Aufklärung der Tat. Denn uns allen ist ja daran gelegen, Frau Engel unbeschadet wiederzufinden.« Er schaute sie freundlich an und wartete auf ihre Reaktion.

Ihre Hände zitterten, als sie sich eine Marlboro Gold ansteckte. Sie sah mit starrem Blick an ihm vorbei, als sie den blaugrauen Qualm aus ihren Lungen presste. Ein Augenblick verging, bis sie ihm antwortete. »Aber natürlich, Herr Driessler, ich werde alles in meiner Macht stehende tun, um Tanja zu helfen und wenn es nur ein paar Informationen sind.« Ihr Blick schweifte durch den Raum, wieder ohne ihn anzusehen.

»Ich war den ganzen Vormittag zu Hause, lag auf dem Sofa und habe gelesen.« Jetzt schaute sie ihm fest in die Augen.

»Kann das jemand bestätigen? Ihr Ehemann oder Ihr Freund? Sind Sie verheiratet Frau Nesser?« Seine Stimme war fest wie aus Stein. Auch er schaute ihr direkt in die Augen, ohne seinen Blick zu lösen.

»Ja, bin ich, aber Sebastian war ab circa 9 Uhr zum Einkaufen unterwegs, er macht immer samstags den Wocheneinkauf, ich hasse es, in einer Schlange mit wartenden Menschen zu stehen. Große Menschenmassen machen mir Angst.« Sie brach den Blickkontakt ab und inhalierte erneut den Qualm.

»Das alles als Sozialarbeiterin? Das wäre ja fast so, als ob ich als Polizist bei der Mordkommission kein Blut sehen könnte.« Er lä-

chelte. »Klaustrophobie, Herr Driessler. Noch nicht immer, aber sie wurde in den letzten Jahren immer schwerwiegender. Ich kann mich schlecht in engen Räumen aufhalten, oder in einem Supermarkt, der mit Waren und Menschen vollgestopft ist. Ich bekomme Panikattacken mit Schwindel, Schweißausbrüchen und Herzschmerzen. Aber so ist das nun mal. Und deshalb macht Sebastian das auch immer.« Ihre Stimme klang nun gequält, wieder inhalierte sie an der Zigarette und behielt den Rauch in ihren Lungen.
»Sie sind ja nicht unsere Verdächtige, Frau Nesser, verstehen Sie mich nicht falsch, das ist alles nur Routine. Kennt ihr Ehemann denn Frau Engel?« Er beobachtete jede Bewegung von ihr.
Sie stieß den Rauch zur Decke hinauf und schüttelte den Kopf.
»Ich denke nur von Erzählungen von mir, aber so persönlich haben sie sich nie kennengelernt.«
Sein Gesicht nahm einen freundlicheren Ausdruck an. »Haben Sie den Beamten sämtliche Kontaktadressen von allen Mitarbeitern ausgehändigt, damit diese mit ihren Kollegen in Kontakt treten können?«
Monika Nesser drückte ihre Zigarette in dem überquellenden Aschenbecher aus. Asche klebte an ihrer Fingerkuppe und legte sich unter den Nagel des Zeigefingers. Sie raffte einige Unterlagen, die auf dem Schreibtisch waren, mit leicht zuckenden Bewegungen zusammen, welche Unsicherheit und eine gewisse Art von Irritation verrieten. Mit einer zuckenden Kopfbewegung sah sie ihm direkt in die Augen.
»Sicher habe ich das schon vor über einer halben Stunde, ich habe sogar sämtliche Termine von Tanja, die sie in der vergangenen Woche gehabt hat, herausgesucht und alle Daten an ihre Kollegin weitergegeben. Eine junge Polizistin. Ich weiß nicht mehr, wie sie heißt.« Sie fasste sich mit beiden Händen an ihre Schläfen und drückte massierend zu. Tränen traten ihr in die Augen, ihr Gesicht rötete sich. »Verdammt, ich weiß nicht mehr, wie sie heißt, das ist alles zu viel für mich.« Jetzt brach der Damm und sie begann zu weinen. Sie versuchte, um Fassung zu ringen, aber es gelang ihr nicht. Driessler gab ihr Zeit, er drängte sie nicht. Er hörte einfach nur zu und schenkte ihr ein Lächeln.
»Auf jeden Fall meinte sie, dass die Entführung nichts mit dem

Mordfall zu tun haben könnte und jemand anderes es gewesen sein könnte, ein verärgerter Vater oder so, dass sie einfach nur zur falschen Zeit am falschen Ort gewesen sein könnte, oder ein Einbrecher oder so was.« Sie schluchzte. »Ich weiß es doch alles auch nicht, Herr Driessler.« Sie schaute ihm direkt in die Augen »Was kann ich noch tun?«
»Nichts.« Seine Stimme klang ruhig. Mit tiefer Stimme sagte er »Frau Nesser, Sie haben all das getan, was Sie konnten. Sie können zum jetzigen Zeitpunkt nichts mehr tun. Ich verspreche Ihnen, dass wir schnell Licht ins Dunkel bringen.« Er erhob sich aus dem Stuhl und verließ den Raum.
Monika Nesser saß da, starrte auf die offene Tür. Mit zittriger Hand nahm sie sich eine weitere Marlboro aus der Schachtel und zündete sie an.

Kapitel 33

So schnell war er noch nie in der Redaktion gewesen. Carsten Dräger war die Treppen zu den Redaktionsräumen des Axel-Springer-Verlages in Essen Kettwig hinauf gehastet und stieß mit einem lauten Knall die Tür auf, sämtliche Kollegen starrten ihn an. Er war nass bis auf die Haut und diese hatte schon eine leichte Rotfärbung von der stetigen Unterkühlung und Aufwärmung, die er bis jetzt durchgemacht hatte. Er merkte nichts, bis auf das Hämmern in seinen Schläfen.
»Sabine«, brüllte er, ohne nur einem Kollegen wenigstens ein Kopfnicken der Beachtung zu schenken.
Sabine Sabsen sah verwirrt hinter ihrem Flachbildschirm hervor, ohne wirklich zu wissen, was in diesem Augenblick vor sich ging. Noch bevor sie Carsten Dräger sehen konnte, brüllte er ihr zu »Ruf sofort in Hamburg bei der Bams an. Ich habe einen großen Artikel für sie.«
Sie war Stress gewohnt, vor allem, wenn sie mit dem *Redaktionsgrauen*, Carsten Dräger zusammenarbeitete. Jetzt sah sie ihn, aber ohne nur ein Wort zu der elenden Verfassung, in der er sich befand, zu sagen, griff sie nach dem Telefonhörer und drückte die

Kurzwahltaste 12 und wartete auf ein Freizeichen.
Er kam mit seinem beigen Trenchcoat um ihren Schreibtisch und sagte ihr nur kurz hastig: »Lass Dich mit dem zuständigen Chefredakteur verbinden. Wenn Du ihn in der Leitung hast, stell ihn durch in mein Büro.« Noch ehe sie etwas antworten oder gar denken konnte war er in seinem Büro, welches hinter großen Fenstern lag, verschwunden. Und er schloss die Tür hinter sich. Ein Redaktionskollege setzte sich kopfschüttelnd wieder hinter seinen Bildschirm.

Als Carsten die Tür zu seinem Büro verschlossen hatte, zog er sich schnell und gekonnt den nassen Trenchcoat aus und schmiss ihn über den Besucherstuhl, der vor seinem Schreibtisch stand. Das Büro war sehr gut geheizt, deshalb entledigte er sich auch umgehend seiner restlichen Kleidung bis auf die Unterhose, setzte sich hinter seinen Schreibtisch und hob den Telefonhörer ab. Ein rotes Lämpchen zeigte ihm an, dass ein Gespräch auf ihn wartete.
»Hallo Jo, hier Carsten Dräger, pass auf, ich habe eine große Geschichte, gute Fotos, ich sage Dir mindestens Seite 2.« Erst jetzt holte er Luft. Sämtliche Energie, die sich in ihm aufgestaut hatte, verließ den Körper. Er fühlte sich auf einmal sehr matt.
»Glaube nicht, dass ich irgendeine Chance sehe, Dich für morgen rein zu nehmen. Sorry, aber wir haben einen beschissenen B-Promi, der besoffen eine Kneipenschlampe vergewaltigt haben soll!« Carsten hörte ein leises Seufzen, was so viel zu bedeuten hatte wie – sieht anders aus. Er rappelte sich in seinem Drehstuhl auf
»Also, Dein B-Promi kann gern machen, was er will. Ich habe, sagen wir einmal, ein paar Morde, nennen wir es Ritualmorde und eine verschwundene Person, die sagen wir es auch mal, in höchster Gefahr schwebt und beim Jugendamt arbeitet! Was hältst Du davon?«
»Was ist auf den Fotos?« seine Stimme klang aufgeregter, keine Seufzer mehr.
»Viel Polizei, ein Foto der Frau und eine heulende Jugendamtsleiterin!« Ein breites Grinsen breitete sich auf seinem Gesicht aus.
»Sind offizielle Infos dabei?« fragte Jo DuMont hektisch. Carsten

hörte, wie er sich eine Zigarette anmachte.

»Klar und einige Fäden, die ich gezogen hab, die allerdings aus ungenannten Quellen bestätigt sind.« Sein Grinsen wurde immer breiter, wie bei der Grinsekatze aus Alice im Wunderland.

»Also bis 15.15 Uhr muss ich alles, inklusive Layout im Kasten haben. Du bekommst Seite eins, soll der beschissene Arsch doch auf Seite sechs vögeln.« Er lachte laut auf. »Dann passt es doch besser.« Es klickte in der Leitung, Jo DuMont hatte den Hörer aufgelegt.

Er atmete noch einmal tief durch, ging dann zu seinem Schrank, in dem er immer Anziehsachen zum Wechseln aufhob, zog sich an und trat vor die Tür, um alles Notwendige mit Sabine Sabsen zu besprechen.

Kapitel 34

Alles drehte sich um sie herum. Die Wände in ihrem Büro schienen auf sie zu stürzen.

Monika Nesser saß noch immer an ihrem Schreibtisch und starrte vor sich hin. Ein Schweißrinnsal hatte sich auf ihrer Stirn gebildet und lief ihr an den Wangen herunter. Aber auf Augenhöhe verband sich ihr Schweiß mit ihren Tränen, die aus ihren Augen strömten. Was hatte sie bloß getan? Diese Frage steckte in ihrer Kehle fest und schnürte diese fest und immer fester zu.

Diese Frage fesselte sie schon seit Tagen, vierundzwanzig Stunden am Tag. Es war alles ganz allein ihre Schuld. Der Mord an der Familie und alles Nachfolgende auch.

Sie hatte ihre beste Freundin verraten und betrogen. Nur um sich selbst die schwere Schuld, die sie zwar die ganzen Jahre über spürte, nicht einzugestehen. Sie wollte es vor allem nicht wahr haben.

Monika ordnete alle Akten fein säuberlich auf ihrem Schreibtisch und fuhr das Computerprogramm herunter, holte ihr Handy aus ihrer Handtasche und schrieb ihrem Mann eine SMS, dass sie in Kürze zu Hause sein werde und steckte das Telefon wieder ein.

Sie stand schlagartig auf und riss das Fenster weit auf. Ein eisiger Schwall Luft strömte um sie herum ins Zimmer. Einige Schneeflocken stießen in ihr Gesicht und schmolzen umgehend auf ihrer heißen Haut. Unten auf der Straße vor dem Jugendamt war es deutlich ruhiger geworden, nur noch wenige Polizisten waren zu sehen und ein paar Streifenwagen, sowie ein Wagen der Spurensicherung.
Als sie so am offenen Fenster stand, leicht hinausgebeugt, um die eisige Luft in Ihre Lungen zu saugen, wusste sie plötzlich, was sie zu tun hatte.
Monika Nesser lehnte sich immer weiter aus dem Fenster.

Kapitel 35

Es war noch immer schwarz. Alles um sie herum war schwarz. Wie lange war sie ohne Bewusstsein gewesen? Es könnten mehrere Stunden oder nur wenige Minuten gewesen sein.
Aber ihre Aufregung war verschwunden. Tanja Engel war ganz ruhig. Nachdem sie sich leise und vorsichtig hin und her gedreht hatte, bemerkte sie einen kleinen, fast nicht zu erkennenden Spalt rechts neben ihrem Kopf. *War das Monster, das sie entführt hatte, noch da? Saß er vielleicht auf der Kiste und erfreute sich an ihrem Überlebenskampf?* Die Schmerzen, die sie nach wie vor durchfluteten, ignorierte sie völlig. Sie wollte nur eines und zwar fliehen, aber wie?
Sie presste ihre ausgetrockneten Lippen an den feinen Spalt und sog ein wenig frische und kühle Luft ein. Vorsichtig, nicht zu hören, aber immer und immer wieder. Nachdem sie die Prozedur mindestens fünfundzwanzig Mal wiederholt hatte, fühlte sie sich besser, stärker.
Wie sollte sie aus dieser Kiste herauskommen?
Sie rollte sich vorsichtig, ohne ein Geräusch von sich zu geben, auf die rechte Seite ihres Körpers. Sie musste leise sein, sie durfte ihn nicht auf sich aufmerksam machen.
Eine schier unendlich lange Zeit verharrte sie in dieser Position. Nichts, absolut nichts hörte sie.
Plötzlich kam ihr ein Gedanke, *wenn dieses Ding hier, in dem ich liege,*

schallisoliert ist, kann ich ihn nicht hören, aber wenn ich ihn nicht hören kann, kann er mich auch nicht hören. Plötzlich schoss ihr ein weiterer Gedanke durch den Kopf. *Woher wusste sie, dass es ein »er« war? Es hätte jeder oder jede sein können.*

Sie unterdrückte die in ihr aufsteigende neue Panikattacke, indem sie sich von links nach rechts drehte. Auf einmal fühlte sie etwas an ihrem rechten Oberschenkel, der schon fast taub war, da ihr in dem engen Verschlag die Beine eingeschlafen waren. Da war etwas in ihrer Hosentasche. Sie rollte sich erneut auf den Rücken und griff mit ihrer zitternden Hand in die Hosentasche. Ein Kugelschreiber. Glücksgefühle durchströmten sie, sie hatte ihr Weihnachtswichtel Geschenk, was sie von Monika geschenkt bekommen hatte, in dieser Hosentasche vergessen. Sie hatte schon überall danach gesucht, ihn aber nirgendwo gefunden. Jetzt wusste sie, wo er war. Wieder packte sie die Panik, was sollte sie um Himmelswillen mit einem Kugelschreiber anfangen? Einen Brief schreiben? Den Verschlag von innen beschriften?

Die Luft in der Kiste verbrauchte sich schnell. Also drehte sie sich wieder auf die Seite und presste die Lippen an das kleine Loch in der Ecke. Jetzt fiel es ihr auf. Die Ecken waren mit einer Silikonschicht verklebt worden.

Sie sog noch einmal schnell neue frische Luft in ihre Lungen ein, rutschte, soweit es ging, an die hintere Wand und begann mit dem Kugelschreiber die Silikonschicht aus den Fugen zu kratzen.

Kapitel 36

Mittlerweile war es knapp 20 Uhr. Der Schnee fiel nur noch sporadisch vom Himmel, als Simon über die Otto-Brenner-Straße ging. Er wollte noch einmal auf sein Konto schauen, ob eine Überweisung schon eingetroffen war, auf die er seit einigen Tagen wartete.

Nachdem er sein Konto überprüft hatte, kam ihm ein Gedanke in den Sinn. Was schadete es, wenn er noch einmal im Jugendamt vorbeischauen würde? Vielleicht würde er jetzt noch das eine oder andere kleine Detail finden, womit er sein kommendes Opfer quälen konnte? Er bog in die Vinkestraße ein und schlenderte über den Gehweg. *Keine Menschenseele*, dachte er. *Nichts und niemand ist heute Abend unterwegs. Umso besser für mich*, dachte er, als er auf die Germania Straße einbog. Er umrundete gerade die neuapostolische Kirche.

Er traute seinen Augen nicht.

Was war das? Ein Bild des Grauens breitete sich über seine Netzhaut aus. Zwei Streifenwagen mit einigen Polizisten in Uniform und in Zivil standen vor dem Jugendamt. Die komplette Straße vor dem Jugendamt war abgesperrt. Wie magisch angezogen, lief er zu der Absperrung.

Ein uniformierter Polizist stand hinter der Absperrung und kam direkt auf ihn zu.

»Hier gibt es nichts zu sehen, wenn Sie in die City möchten, bitte ich Sie, über den Germaniaplatz auszuweichen«, sagte der Beamte freundlich aber bestimmend zu ihm.

»Entschuldigung, aber was ist hier denn Schlimmes passiert, ich wohne gleich hier in der Nähe, ich bin schon ein wenig besorgt«, sagte er in seinem überzeugendsten Tonfall.

»Sie wollen mir sagen, dass, wenn Sie hier in der Nähe wohnen, heute nichts davon mitbekommen haben?« sagte der Beamte mit einem Stirnrunzeln.

»Ich war den ganzen Tag unterwegs«, redete Simon sich heraus.

Mit geschwellter Brust erzählte der uniformierte Polizist »Hier ist heute Morgen eine Beamtin des Jugendamtes entführt worden.« Jetzt senkte er seine Stimme, die fast geheimnisvoll klang. »Sie war außerdem wichtige Zeugin in einem Mordfall«, sagte er beschwörerisch.

Es war, als hätte man ihm den Boden unter seinen Füßen entzogen. Es konnte nur Tanja sein, die Beamtin des Jugendamtes.

»Ist Ihnen nicht gut?« fragte der Polizist jetzt verständnisvoll. Simon ordnete blitzschnell seine Gedanken. »Nein, nein, das klingt ja richtig schlimm, Entführung, Mord und so weiter, haben Sie denn einen Verdächtigen?« fragte er vorsichtig.

Mit seiner wichtigsten Stimme sagte der Polizist: »Wir arbeiten daran, uns ist noch keiner durch die Lappen gegangen.« Er drehte sich um und ging zu seinen Kollegen zurück, die im gut beheizten

Eingang des Jugendamtes standen.

Simon drehte sich auf dem Absatz um. Als er wieder an der Neuapostolischen Kirche angekommen war, begann er zu rennen. Denn es konnte nur eine Person Tanja Engel entführt haben, das war ihm klar: Sabine Sawitzki. Und er wusste, wo er sie finden konnte.

Kapitel 37

Es herrschte Hochbetrieb im Essener Polizeipräsidium, was nichts Außergewöhnliches war, wenn es um einen so hoch brisanten Fall ging. Die Sonderkommission, die am Nachmittag gebildet worden war, trug bezeichnend für den Fall »SoKo JA«, Sonderkommission Jugendamt. Driessler saß in dem größten Konferenzraum des Präsidiums und hörte sich gemeinsam mit der Staatsanwältin die Untersuchungsergebnisse an, die alle ermittelnden Beamten im Laufe des Tages gesammelt hatten.
»Wenn ich es so ausdrücken soll, Ihr zwingt mich ja förmlich dazu. Das ist doch alles Scheiße von hinten bis vorne. Ihr habt keine neuen Ergebnisse, sondern erzählt uns hier nur, was wir uns schon alle denken konnten!« Driessler rannen, wie schon den ganzen Tag über, ganze Schweißrinnsäle über die Stirn. Seine Stimme war zornig und bebte
»Wow, das gefundene Blut ist von Frau Engel, ICH KONNTE MIR DAS SCHON DENKEN«, begann er zu schreien.
Er drehte sich um, zündete sich mit zitternder Hand eine Zigarette an und inhalierte den Rauch bis in die Lungenspitzen. Die Staatsanwältin sah ihn an, kam dann mit ihrem Gesicht ganz dicht an sein Ohr und flüsterte: »Ich dachte, Du hättest es aufgegeben?«
Mit einem Ruck drehte sie sich zu den restlichen Beamten um.
»Meine Herren, mit Verlaub sage ich Ihnen, wir haben wirklich nichts.«
Ihre Stimme war rauchig und ruhig, sie legte den Kopf auf die Seite, sodass ihr Ohrring, eine filigrane goldene Kette mit einer

rosafarbenen Perle am Ende, direkt auf ihrer Haut auflag.
»Meine Damen und Herren, ich bin schon sehr lange in diesem Geschäft tätig. Ich habe viele Verbrechen gesehen, von denen Sie besser nicht einmal träumen sollten«, sie lächelte. »Allerdings…« fuhr sie fort und ihr Lächeln verschwand ruckartig »ich weiß, dass jeder Verbrecher, auch wenn er noch so gerissen ist, irgendwelche Spuren hinterlässt. Entweder haben Sie schlampig gearbeitet oder nur aus Versehen die ein oder andere Spur nicht entdeckt. Jetzt haben Sie die Möglichkeit, alles nachzuholen. Ich möchte, dass jetzt noch alle Anwohner, die heute Nachmittag nicht angetroffen wurden, auch wenn es mitten in der Nacht ist, einen persönlichen Besuch abgestattet bekommen. Auch alle die, die sich nicht festlegen wollten. Alle umliegenden Geschäfte werden aufgesucht, bestellen sie die Filialleitungen zu den Geschäften, auch wenn es schon nach 20 Uhr am Samstagabend ist. Vielleicht haben ihre Überwachungskameras etwas aufgezeichnet. Der Supermarkt an der Ecke neben dem Jugendamt bekommt unsere ganz spezielle Aufmerksamkeit, denn er liegt direkt neben der Ausfahrt der Tiefgarage. So, nun gehen Sie bitte unverzüglich an ihre Arbeit, es geht keiner nach Hause, bis wir eine Spur haben, danke für Ihre Aufmerksamkeit.« Sie lächelte wieder und drehte sich Driessler zu, der sich in der Zwischenzeit die nächste Zigarette angezündet hatte.
»Verdammt bist Du gut«, sagte er mit hochgezogener Stirn.
Sie lächelte nur wissend.
»Dietmar, pass auf, das läuft auf allem regionalen und sogar auf überregionalem Niveau. Ganz Deutschland interessiert sich für diese Story. Das ist herrlich, aber wir haben nun auch eine größere Last auf uns, schnell zu handeln« Sie legte eine Hand auf seine Schulter. Was war heute alles passiert? Die Staatsanwältin und der Kriminalhauptkommissar, das ungleiche Pärchen, die eigentlich Verhassten, saßen nun gemeinsam zusammen und hatten eine Art körperlichen Kontakt. Was solche Ausnahmesituationen alles bewirken können. Ihre Unterhaltung wurde durch ein Räuspern unterbrochen. Ein junger, gut durchtrainierter Polizist, nur in einem T-Shirt und Jeans bekleidet, stand vor ihnen mit durchgedrücktem Kreuz. Driessler schätzte ihn auf gerade einmal zwanzig.

»Was möchten Sie? War irgendetwas unklar?« sagte Frau Kresse schroff.
»Ich heiße Michel Jäger, entschuldigen Sie, aber mir ist einiges unklar. Ich bin erst seit dieser Woche hier, ich habe gerade meine Ausbildung beendet und bin hier hineingeschlittert.« Er lächelte unsicher. Seine Grübchen verliehen ihm etwas Jungenhaftes, passend zu seinem blonden kurzen lockigen Haar.
»Was gibt´s denn Michael?« sagte Driessler mit einer väterlichen Stimme, während er den Qualm aus seinen Lungen presste.
»Michel heiße ich, wie Michel de Nostradamus.« Er lächelte wieder leicht verunsichert, aber gerade dieses Lächeln war sehr einnehmend, dass sogar die Staatsanwältin bereits Gefallen an ihm gefunden hatte.
»Also, ich habe die Kollegen tuscheln hören, dass die Frau, die verschwunden ist, etwas mit den anderen Morden zu tun hat. Auch habe ich gehört, von einem anderen Kollegen, dass bei dem Mord in der Triftstraße, naja, dass es keinen einfachen Mann getroffen hat, sondern, dass in seinem Haus eine riesen Menge Kinderpornografie gefunden worden ist, dass das allerdings vor der Presse geheim gehalten wird.« Er schnappte nach Luft, seine Wangen waren nun dunkelrot gefärbt.
»Sie sind zum Schweigen verpflichtet, das wissen Sie ja«, sagte er.
»Ich kann all Ihre Fragen aber traurigerweise mit ja beantworten und es geht noch weiter. Der Fall Johan wurde auch in Verbindung mit Missbrauch an Kindern gebracht.« Sein Gesichtsausdruck war sehr ernst, auch der der Staatsanwältin. Der junge Polizist konnte seine Aufregung kaum verbergen, er sah sich vorsichtig um, um auszuschließen, dass ihn jemand hören konnte.
Er senkte seine Stimme und flüsterte.
»Ich wusste das alles schon und ich bin da auf etwas gestoßen.« Jetzt hatte er die ungeteilte Aufmerksamkeit der beiden.

Kapitel 38

Priester Josef Kalkmann saß in seiner eigenen kleinen Bibliothek im Pfarrhaus. Er war allein.

Er saß umringt von Hunderten von Büchern, welche nur beschienen wurden von einer kleinen grüngläsernen Leseleuchte.

Er hatte die Hände wie zum Gebet gefaltet. Es war heute viel passiert. *Warum er?*

Die vier Augen der zwei Päpste, Johannes Paul II und Benedikt XIV starrten ihn an. Er hatte heute große Last zu tragen. Zu viel Last für einen einzigen Menschen, das wusste er. Immer wieder rasten ihm Gedanken durch den Kopf. Was ist, wenn der junge Mann die Person getötet hätte, während er hier in seiner Bibliothek saß und grübelte. Es war alles in seinem Ermessen, das sagte der Bischof ihm.

Er wollte fluchen, aber unterließ es. Die Worte des Bischofs donnerten durch seinen Kopf. »Mein Sohn, es liegt in Deinem Ermessen, ob Du das Beichtgeheimnis brichst. Es kann und wird Konsequenzen für Dich haben, wenn Du die Beichte des Pönitenten weitergibst. Du weißt, dass Du umgehend, auch wenn die Kirche es nicht sofort weiß, exkommuniziert bist. Du wirst kein Priester mehr sein, wenn Du das Beichtgeheimnis brichst. Dies sind die Gesetze unserer Kirche und sie stehen über allem, selbst über Deinem eigenen Leben. Selbst der Heilige Vater darf keine Beichte des Pönitenten weiter geben. Die einzige Möglichkeit, die besteht, und das weist Du, der Pönitent muss es Dir persönlich erlauben. Der Priester darf keine Absolution verweigern oder selbst richten. Es kann aber auch ein Leben retten. Jemand hat Dir vertraut, Dir seine Sünden anvertraut. Deine Entscheidung wird die Gottes sein. Aber behalte Dir vor, brichst Du die feststehenden Regeln, wird die Kirche mit Dir brechen« und dann hatte er einfach das Gespräch beendet. Und so saß er hier, nachdem er aus der Kirche geeilt war und suchte nach der Entscheidung Gottes in sich.

Wenn noch ein Mensch starb, war es seine Schuld. Er wog ab, leben oder vertrauen. Alles lag eng beieinander. Sein Kopf schmerzte von den vielen Gedanken, die wie ein Nagel im Inne-

ren seines Kopfes in den Schädel geschlagen wurden. Was sollte er tun? Er könnte vom Dienst ausgeschlossen werden. Er konnte aber auch eventuell ein Leben retten. *Ich oder jemand anderes.* Seine Mutter sagte immer zu ihm, wenn Du selbstlos bist, tust Du sehr viel für Dich selbst. Nachdem seine Mutter mehrere hundert Male zu ihm im Kopf gesprochen hatte, griff er erneut zum Telefon. Jetzt wuchs sein Entschluss immer mehr, er tat das Richtige. Er wählte die 110 und hielt sich den Hörer an sein Ohr, als eine geschäftige Frauenstimme sagte »Polizei Notruf, was kann ich für Sie tun«, jetzt wusste er nicht mehr, ob er die richtige Entscheidung getroffen hatte.
Mit zitternder Stimme sagte er: »Ich habe heute mit einem Mann gesprochen, der für die Morde an der Familie und diesem einen Mann verantwortlich ist.« Seine Stimme versagte.
»Kann ich bitte Ihren Namen erfahren? Dann werde ich Sie zu der zuständigen Dienststelle durchstellen«, sagte die Polizistin mit fester Stimme.
»Ich kann und möchte Ihnen meinen Namen nicht sagen, aber ich habe Informationen darüber, dass er einen weiteren Mord geplant hat«, sagte der Priester.
Hitze stieg ihm in seinen Kopf, er wusste, dass er gerade systematisch an seiner Exkommunikation arbeitete, obwohl er für diesen seinen Beruf eher sterben würde, als eines seiner Gelübde brechen würde. *Ein Menschenleben*, schoss es ihm immer wieder durch den Kopf, er musste einen Menschen retten, egal um welchen Preis.
»Hören Sie«, sagte die Polizistin. Er bemerkte, dass sie etwas aufgeregter klang. »Ich stelle Sie zu den zuständigen Beamten durch, bleiben Sie bitte in der Leitung und legen Sie nicht auf«, fügte sie rasch hinzu. Der Priester wartete am Telefon. Nach unendlich langen Sekunden meldete sich eine raue gestresste Männerstimme am anderen Ende der Leitung.
»Gerhard, Mordkommission, worum geht´s?«
»Ich habe heute mit einem Mann gesprochen, der behauptete für die Morde an der Familie und einem weiteren Mann verantwortlich gewesen zu sein, außerdem sagte er mir, dass er heute Abend noch jemand umbringen würde«, sagte er ohne Luft zu holen.

»Würden Sie auch so freundlich sein und mir Ihren Namen nennen, damit ich mich umgehend persönlich mit Ihnen unterhalten kann?«, sagte der Polizist in ungewohnt scharfem Ton.
»Nein, das können Sie nicht, entweder Sie hören mir ganz genau zu, oder Sie lassen es«, sagte Josef Kalkmann barsch zurück.
»Okay, schießen Sie los«, sagte der Beamte, bis er begriff, was er sagte. »Verzeihung, erzählen Sie mir Ihre Geschichte«, während er das sagte, instruierte er seine Kollegen das Gespräch zurückzuverfolgen. Priester Josef Kalkmann fing an, seine Geschichte zu erzählen, ließ dabei alle kirchlichen Hintergründe aus.

Kapitel 39

Michel Jäger war nass geschwitzt während er dichter an Driessler und die Staatsanwältin heranrutschte. Beide sahen ihn mit geweiteten Augen an. Ein nervöses Zucken breitete sich in seinem Körper aus. War das der Lohn für seine Mühen? Die Mengen unbezahlter Überstunden, die er ableistete, nur um positiv aufzufallen? Er sah seine Chance wachsen in den Augen der beiden.
»Ich bin auf etwas gestoßen, hier im Präsidium«, sagte er flüsternd.
Staatsanwältin Kresse sah ihn an und sagte forsch »Das sagten Sie schon, worum geht es denn, wir haben nicht ewig Zeit.«
»Es wurden dutzende Dateien aus den Archiven gelöscht, alles, was mit einem großen Kindesmissbrauchsfall vor einigen Jahren zu tun hatte.«, sagte er verschwörerisch.
»Die Probleme hatten wir auch bei unseren Nachforschungen, dass nicht alles vollständig ist.«, sagte Driessler wenig erfreut und wenig überrascht. »Das wollten Sie uns sagen?« sagte er gelangweilt.
»Nicht nur das.«, sagte der junge Beamte »Ich habe die Dateien nämlich wiedergefunden und wiederhergestellt und außerdem ...«, er machte eine dramatische Pause und holte tief Luft »... weiß ich, dass die Dateien mit Absicht aus dem Archiv gelöscht worden sind«, sagte er.
Beide sahen ihn unglaubwürdig an, und zeitgleich fragten beide

»Woher?«
»Ganz einfach, weil ich nachgeschaut habe, welche Daten alle zu diesem Zeitpunkt aus dem Archiv gelöscht wurden. Und siehe da, nur diejenigen, welche direkte belastende Details enthielten. Aber das Beste kommt noch…«, setzte er hinzu. Nun hatte er genau die Aufmerksamkeit, die er haben wollte, ein Traum ging in Erfüllung. »Simone Johan«.
Driessler und Kresse wurden blass. Driessler sprang auf fasste sich an die Stirn und keuchte: »Doch nicht die Frau die ermordet wurde? Wie kommt dass? Wie geht das, was hat sie mit der Polizei zu tun? Wie kam sie an die Akten und woher wissen Sie das überhaupt?« Er ließ sich mit einem lauten Knall auf den Kunststoffstuhl fallen. Bärbel Kresse sagte nichts.
»Ganz einfach, weil sie zu diesem Zeitpunkt als Sekretärin hier ihre Arbeit angefangen hatte, allerdings erst zwei Jahre nach dem Prozess«, sagte Michel voller Stolz.
»Aber wieso kann eine verurteilte Straftäterin hier als Sekretärin anfangen? Das geht nicht!« beharrte er.
»Natürlich geht das nicht«, bestätigte ihn Jäger. »Der Clou daran ist, dass sie A! nicht verurteilt wurde, da sie aus Mangel an Beweisen freigesprochen werden musste und B! zu dieser aktenauffälligen Zeit noch Simone Berkel hieß.« Auch jetzt ließ er sich geschafft in seinen Stuhl plumpsen. Kresse und Driessler sahen sich verdutzt an, wie konnte so etwas nur passieren?
Tausend Gedanken rasten der Staatsanwältin durch den Kopf. Wer hatte so sehr geschlampt, dass eine Straftäterin, ganz gleich ob freigesprochen oder nicht, im Allerheiligsten arbeiten konnte? Irgendjemand musste dafür geradestehen. Sie nestelte in ihrer Luis Vitton Handtasche herum und zog ihr Mobiltelefon hervor. Sie sah erst Jäger und dann Driessler direkt in die Augen, bis sie wieder Jäger mit ihrem Blick taxierte.
»Wer weiß noch davon?«
Der junge Polizist blähte seine Wangen auf und pustete die Luft mit einem heftigen Stoß hinaus.
»Also bis jetzt wir drei, ich wollte es erst mit Ihnen besprechen, bevor ich es weiterleite.« Sein Gesicht wurde rot, denn er wusste, was nun auf ihn zukam. Und das wollte er nicht. Er tippelte von

einem Bein auf das andere.
»Ich möchte, dass das vorerst auch so bleibt, niemand, verstehen Sie, niemand außer uns Dreien wird davon erfahren, es wird alle bisherigen Ermittlungen verzerren und uns von unserer Arbeit abhalten. Haben Sie verstanden Jäger?« Ihre Stimme war scharf wie die Klinge eines frisch geschliffenen Fleischermessers. Es war unverständlich.
»Ähm Frau…«, weiter konnte Jäger nicht ausholen, denn da schnitt die Staatsanwältin ihm das Wort wieder im Mund ab.
»Kein Ähm, kein Aber und erst recht kein: ja aber. Haben Sie mich verstanden? Selbst dem Justizminister werden Sie keinen Piep gegenüber erwähnen, ich regele das selbst und Herr Driessler klärt hier alles. Ich danke Ihnen für diese sehr wichtige Information, ich werde mich bei den nächsten höheren Stellenausschreibungen für Sie stark machen und glauben Sie mir, was ich möchte, bekomme ich auch, versauen Sie es nicht, Jäger.«
Sie drehte sich zu Driessler, der dem jungen Beamten mit einem Kopfnicken zeigte, dass das Gespräch beendet war. Aber bevor dieser den Besprechungsraum verlassen hatte, schnitt die Stimme der Staatsanwältin wieder durch den Raum.
»Jäger, bevor ich es vergesse, ich möchte die Akten umgehend haben, seien Sie so lieb und bringen Sie sie mir unverzüglich«, sie lächelte und fügte schnell hinzu »Jetzt«.
Sie hatte den Blick nicht von dem Hauptkommissar genommen. Was sie jetzt zu besprechen hatten, stellte alles in ein komplett anderes Licht.

Kapitel 40

Als er fast an seinem Ziel angekommen war, parkte er seinen Wagen am Straßenrand. Es hatte eh kaum einen Sinn gehabt, weiter zu fahren, denn der Schneefall hatte binnen kürzester Zeit so stark zugenommen, dass er kaum noch etwas sehen konnte. Auch das Fahren erwies sich als schwierig, denn an vielen Stellen drehten seine Reifen durch. Allein auf der kurzen Fahrt von Essen-Borbeck in den südlichen Teil Essens nach Kupferdreh mit vielen

Steigungen waren 10 Zentimeter Neuschnee gefallen. Nachdem er den Wagen geparkt hatte, machte er sich auf den Weg hinauf auf den Berg. Der Stadtteilkern lag unten im Tal und die besseren Straßen waren oben auf dem Berg gelegen, der starke Schneefall machte es ihm unmöglich, nur in die Nähe des Hauses zu fahren, denn die Straße, die er zu benutzen hatte, war sehr verschneit und rutschig.
So begann er, sich durch die Mauer aus nicht endenden Schneeflocken zu bahnen. Es war eisig kalt.
Nach einer halben Stunde war er endlich an seinem Ziel angekommen. Die Straßen waren menschenleer. Er stand circa 100 Meter von seinem Ziel entfernt und betrachtete die Umgebung. Wie wunderschön alles aussah. Wie mit Puderzucker bestäubt, dachte er. Besser gesagt zugeschüttet. Der Schneefall ließ nicht nach, ganz im Gegenteil, es schneite immer stärker. Nach fast drei Minuten des Beobachtens konnte er das Haus kaum noch sehen, so stark schneite es.
Der Schein der Straßenlaternen kam fast nicht mehr zur Geltung. Tausend Sachen rasten ihm durch den Kopf. Was machst Du, wenn Du das Monster hast? Unzählige Male hatte er sich ausgemalt, wie er sie leiden lassen würde. Leiden für all das, was sie ihm angetan hatte. Leiden für die Fotos, die sie von ihm gemacht hatte. Leiden, dafür, dass er sich mit anderen Kindern, die er nicht kannte, berühren musste. Leiden dafür, dass er es mit so vielen tun musste. Wie ein Blitz schossen ihre Worte durch seinen Kopf *Stell Dich nicht so an, Simon, Kinder können sich nicht schämen, zieh Dich aus, sonst…* Und ob Kinder sich schämen konnten, das wusste er. Wie oft hatte er diese Scham ertragen müssen. Und auch Kinder konnten sich dreckig fühlen. Sogar so dreckig, dass fast kochendes Wasser diesen Schmutz nicht abwaschen konnte, sogar nach vierzehn Jahren noch. Er war noch immer dreckig. Die Schläge waren ihm immer egal gewesen, er hatte schnell gelernt, den Schmerz zu ignorieren. Auch mit eiskaltem Wasser abgespritzt zu werden, nichts machte ihm etwas aus, bis auf… Er verdrängte den Gedanken, versuchte sich auf das Bevorstehende zu konzentrieren. Aber es hämmerte in seinem Kopf. Panik stieg in ihm auf. Ein Panikgefühl, das ihn von innen her zu zerreißen drohte. Das

war es, was ihn so ängstigte. Und sie wusste es. Als Kind eingesperrt zu werden, nur Geräusche von weinenden Kindern zu hören und die anderen Geräusche. Das Schlagen auf die Kiste und jedes Mal zuckte er zusammen. Manchmal übergab er sich sogar vor Angst. Wenn sie ihn wieder rausholten und sie sahen, dass er gebrochen oder sich vollgepinkelt hatte, kam der Schlag auf seinen Kopf. So fest, dass er es kaum ertragen konnte. Ein Mann, der manchmal da war, tat es immer wieder mit ihm, auch nur, wenn er nicht gekotzt oder gepinkelt hatte. Einmal sagte er sogar *Merk Dir das, Du kleines Miststück, das merkt keiner und vor allem es glaubt Dir keiner.* Wer das gewesen war, wusste er bis heute nicht. Aber er würde ihn auch noch finden, das war ihm klar, irgendwann. Mit Hilfe von ihr. Er lächelte. Er stapfte durch den Schnee, bis er fast vor dem Haus stand. Er war schon oft hier gewesen, hatte sich alles angeschaut. Er kannte den Garten, nur drinnen war er noch nie gewesen. Es war zu riskant. Sie durfte nichts merken. Mit einem Sprung war er über den Gartenzaun des Nachbargrundstücks gesprungen und stand kurz darauf im kleinen Tannenwäldchen im Südteil des Gartens. Von hier aus hatte er beste Sicht auf das Haus. Er würde über den Keller ins Haus gelangen. Eine einfache Stahltür mit einfachem Schloss.
Ein Zimmer, wahrscheinlich das Wohnzimmer, war hell erleuchtet. Mit einem Mal war alles dunkel.

Kapitel 41

Ihr Kopf schmerzte wieder, aber sie ließ sich nicht davon beirren, sich aus ihrer Lage zu befreien. Das Loch war bestimmt schon zwei Zentimeter hoch und einen halben Zentimeter breit. Nicht aufgeben Tanja, sagte sie sich immer wieder. Die Luft war stickig und heiß geworden in der Kiste. Woraus bestand sie? Die Kiste. Einfaches Holz hätte ihren Tritten nachgeben müssen. So erstaunlich es war, dachte sie an Carsten Dräger, wie sie beisammengesessen hatten. *Verdammte Scheiße*, fluchte sie. *Jetzt lerne ich einen Mann kennen, der wirklich mal was anderes ist und da kommt so ein mieses Arschloch und sperrt mich in diesen beschissenen Verschlag*. Wieder trampelte sie vor die Fußwand der Kiste und stützte sich am Kopfteil mit den Armen so kräftig ab, wie es nur irgendwie ging. Nichts. Die Kiste gab nicht nach. Wieder fluchte sie.

»Dieser beschissene Wichser.« Wieder flogen ihre Gedanken zu Carsten. Er war gut gebaut. Oh ja. Die dunklen Haare, diese Beine.

»Herrje ich will hier raus Du mieser Penner«, schrie sie.

Ein lauter Knall ließ die ganze Kiste erbeben und dann hörte sie ihn laut keifen.

»Halt die Fresse Du alte Fotze, sonst werde ich dafür sorgen, dass Du sie für immer hältst, verstanden?«

Er war sehr kurzatmig, das kam von seinem starken Übergewicht, dass wusste er. Wieder schlug er mit beiden Fäusten auf die Kiste ein.

»Wie hast Du es geschafft, dass ich Dich so sehr hören kann, Du kleines Dreckstück, he? Machst Du mein Schatzkistchen kaputt, wirst Du richtig dafür bezahlen.«

Selbst Tanjas Mutter sagte ihr schon im Schulalter, dass sie nicht wüsste, wann es besser sei, den Mund zu halten. So hatte Tanja sich den einen oder anderen Tadel eingefangen, weil manchmal mit ihr das Temperament durchging. So auch dieses Mal wieder.

»Lass mich hier sofort raus, Du mieser Dreckskerl, sonst kannst Du Dich auf etwas gefasst machen, wenn ich hier rauskomme, verstanden Du Penner? Hast Du mich verstanden, ich werde Dir Deinen ekelhaften Arsch aufreißen, wenn ich hier raus komme!«

Sie hielt inne, als ihr plötzlich bewusst wurde, dass sie nicht in der Situation war, solche großen Worte zu sagen. Es war ruhig draußen, sie hörte ihn nicht.

Sie lauschte.

Nichts.

Langsam drehte sie sich zu der kleinen Öffnung und wollte frische Luft einsaugen. Da sah sie ihm direkt in sein Auge. Er starrte durch das Loch.

Ein graues Auge.

Sie erschrak so sehr, dass sie sich augenblicklich in die andere Ecke der Kiste drückte. Dann flüsterte er. Zuerst verstand sie nicht, was er sagte. Sie rutschte wieder näher an die Öffnung her-

an, um zu verstehen, was er sagte. Als sie nur noch wenige Zentimeter von ihm nur durch die Kiste getrennt war, flüsterte er wieder und dieses Mal verstand sie auch, was er sagte. Es lief ihr eiskalt den Rücken herunter, die Panik war wieder da.
Plötzlich gab es ein klackendes Geräusch und es war stockfinster. Sie hörte ihn fluchen. Hastige Schritte entfernten sich von der Kiste und eine Tür wurde zugeknallt. Sie war wieder allein. Nur seine Worte schallten durch ihren Kopf, immer und immer wieder.
»Wenn Du hier raus kommst! DANN…«

Kapitel 42

Carsten Dräger bekam nicht mit, wie der zuvor abebbende Schneefall sich in einen rasenden Schneesturm wandelte. Wie besessen durchforstete er das digitale Archiv seiner Zeitung, um möglichst viele Informationen über die Familie Johan und den ermordeten Geschäftsmann zu finden. Er bekam auch nicht mit, dass alle seine Kollegen mittlerweile die Redaktion verlassen hatten. Erst als Sabine Sabsen ihm auf die Schulter tippte, signalisierte er, dass er noch am Leben war. Angespannt drehte er sich um. Seine Mine war wie versteinert, als er ihr in die Augen schaute. Mit einem »Hm«oder was so ähnlich klang, begrüßte er sie.
»Carsten, ich würde mich jetzt gern auf den Weg machen, es ist schon spät, und wenn es so weiter schneit, kommen wir hier heute nicht mehr weg«, sagte sie.
Er überlegte, als ob er ihre Worte nicht verstanden hätte und schaute dann zum Fenster. Nach einigen Sekunden, die ihr wie Stunden vorkamen, sagte er
»Klar mach Dich auf den Weg, wenn ich hier fahre, hat es bestimmt schon wieder aufgehört, ich sehe Dich dann am Montag, okay?« drehte sich wieder um und begann auf die Tastatur einzutippen. Sie verdrehte genervt die Augen, ohne ein Wort zu sagen, verließ sie die Redaktionsräume.
Jetzt war er ganz allein. Niemand war da. Kein Geräusch, nur das statische Surren des Computerlüfters durchbrach die Stille. Von

alle dem bekam er nichts mehr mit.
Wie gebannt starrte er auf archivierte Fotos, die schon fast vierzehn Jahre alt waren. Fröhliche Kinderaugen starrten ihn an. Lächelnde Kinder, die auf Fotos von Geburtstagen oder Ähnlichem gemacht wurden und nach dem Kindersexskandal für ein paar Mark verhökert wurden. Jetzt starrte ihn ein kleines Mädchen an, mit einem Zopf, der auf dem Kopf zusammengebunden war, eine »Bottroper Palme« dachte er. Das Foto war bei einem Fotografen aufgenommen worden, soviel konnte er erkennen. Höchstwahrscheinlich einer dieser Fototermine im Kindergarten oder in der Grundschule. Er öffnete eine Anhangdatei mit näheren Informationen zum Foto:

Christine Schulz
*12.03.84
+ 02.04.90
Starb an akuter Misshandlung. Foto steht in direktem Zusammenhang mit Essener Kinderpornoskandal von 1990 Näheres siehe Datei: E-KiSeX90-23

Er notierte sich die Archivnummer. Das nächste Foto zeigte wieder ein kleines Mädchen, was noch jünger aussah wie Christine. *Wie konnte jemand ein so niedliches kleines Mädchen sexuell anziehend finden*? Die einzige Reaktion, die das Kind bei ihm auslöste, war, dass er ihr ein Eis kaufen möchte oder noch mehr, sie zu beschützen, vor der großen bösen Welt, auch diese Datei öffnete er:

Inga Jablonka
* 08.04.87
Eltern wurden mit Kinderpornoskandal von 90 in Essen direkt in Verbindung gebracht und wurden zu 4 Jahren Haft auf Bewährung verurteilt. Kind wurde vom Essener Jugendamt in Adoption vermittelt, nachdem die Eltern bereitwillig zugestimmt hatten. Adoptivfamilie lebt in Gütersloh. Keine näheren Informationen.

Seine Eingeweide zogen sich zusammen. *Wie konnte das sein?* Diese verdammten Drecksschweine benutzen erst ihr Kind wie eine

Ware und bei Nichtgebrauch wird es weitergegeben. Er strich sich die Haare aus der Stirn und holte tief Luft. Er notierte sich den Namen des Mädchens, da keine weitere Archivnummer angegeben war und öffnete ein weiteres Suchfenster und gab: Inga Jablonka, Gütersloh, Adoption, Kinderporno ein. Warum wusste er nicht. Was er erwartete, wusste er nicht. Aber was er fand, glaubte er nicht. Dreiundzwanzig Einträge fand er. Er wählte einen Eintrag aus der Mitte wahlweise heraus, sein Atem stockte. Als sich die Titelseite der Zeitung auf dem Desktop ausbreitete:

»9-Jährige wiederholt missbraucht«.
Ein Foto mit schwarzen Balken über den Augen zierte ein neueres Bild von Inga Jablonka, die hier aber als Ilona S. dargestellt war.

Carsten überflog den kurzen Textblock:

»Was muss dieses arme Kind noch erleiden? Wie viel Unglück kann ein armes kleines Mädchen noch ertragen? Ilona S.* (Name von der Redaktion geändert) durchlebte bis 1991 die Hölle. Ihre Eltern missbrauchten das arme Kind für Kinderpornografie! Nach der Adoption Ilonas sollte sie ein neues normales Leben führen können, weit ab vom Dreck und Schmutz der Vergangenheit. Doch das Schicksal meinte es nicht gut mit Ilona S., ihre Adoptivfamilie, ein älteres Ehepaar aus Gütersloh, missbrauchten das Kind auch für Kinderpornografie. Ilona wird zurzeit in einer Kinderpsychiatrie in Niedersachsen behandelt. Die Adoptivfamile sitzt in Untersuchungshaft.
Lesen Sie auf Seite 12: Bild fordert: Sperrt die Perversen für immer WEG!!!«

Nach dem Artikel waren mehrere Quervermerke auf weitere Artikel. Carsten wollte sie jetzt aber nicht mehr lesen, es war ihm zu viel. Er schaute aus dem Fenster und bemerkte, dass der Schneesturm nicht nachließ und stattdessen immer heftiger wurde.
Er beschloss, schnell nach Hause zu fahren und sich einen schönen Wein zu gönnen. Er musste dringend abschalten. Er hatte

das Gefühl dringend duschen zu müssen, da er sich von dem ganzen Schmutz, den er gesehen hatte, dreckig fühlte.
Er schloss das Fenster und hatte wieder das strahlende Bild von Ilona oder Inga auf dem Desktop, auch dieses Fenster schloss er. Er starrte auf den Bildschirm und aus Reflex oder Intuition öffnete er das nächste Foto. Er hielt inne. Er starrte wie gebannt auf das Foto. Dann las er den Text dazu.

Simon Neumann
* 27.04.1984

Missbrauchsopfer im Essener Kindersex Skandal. Untergebracht in kath. Kinderheim Velbert. Kein Kontakt möglich.

Er vergrößerte das Foto. Wieder wie gebannt, starrte er auf das Bild. Er hatte den Jungen schon einmal gesehen. Und zwar vor nicht allzu langer Zeit. Mit einem Mal war von seiner Müdigkeit und seinem Unwohlsein nichts mehr zu spüren, denn er wusste, wo er ihn gesehen hatte. Am Tag der Ermordung der Familie Johan. Er stand etwas außerhalb der Menge und beobachtete das Geschehen. Er hatte ihn für einen Nachbarn gehalten oder so etwas Ähnliches.
Er druckte das Foto umgehend aus. Noch während der Drucker arbeitete, nahm er das Handy heraus und wählte Driesslers Nummer.

Kapitel 43

Der Kriminalhauptkommissar wollte nur noch nach Hause. Er fühlte sich ausgelaugt und abgespannt. Er wollte nur noch einen leckeren Johnny Walker Blue Label trinken, den seine Schwester ihm aus Dubai von einer Geschäftsreise mitgebracht hatte. Nach so einem Tag könnten es auch zwei werden, philosophierte er so vor sich hin. Im Laufe des Tages hatten sich die Ereignisse förmlich überschlagen. Erst der Mord, dann der Brief und die anschließende Entführung, die üble Pressekonferenz und jetzt zum krönenden Abschluss noch Jäger mit seiner Entdeckung. Er griff nach seiner Jacke und verließ sein Büro. Nachdem er seine Bürotür verschlossen hatte, wollte er nur der Bereitschaft sagen, dass sie ihn nur in dringenden Fällen stören sollten, ja so etwas wie ein neuer Mord oder das plötzliche Auftauchen der Sozialarbeiterin, das wäre wichtig gewesen.

Als er das Bereitschaftszimmer betrat, stürmte Michel Jäger direkt auf ihn zu.

»Herr Kriminalhauptkommissar, ich wollte Sie gerade holen, etwas Interessantes ist passiert«, sagte Jäger ganz aufgeregt.

Driessler seufzte »Blue Label, ade, Du musst warten.« Jäger sah ihn verwirrt an, sagte aber nichts weiter dazu.

»Dann legen Sie mal los, was so unendlich wichtig ist, dass es nicht bis Montag oder zu mindest bis morgen warten kann. Denn ob Sie es glauben oder nicht, ich wohne nicht hier!« Ein angespanntes Lächeln breitete sich auf seinem Gesicht aus.

Jäger verstand dies als Witz und lächelte auch. Dabei vielen Driessler die tiefen Grübchen auf Jägers Wangen auf, ein niedlicher kleiner Kerl dachte er sich.

»Okay, ein Kollege vom Notruf hat exakt dreiundzwanzig Minuten und siebenundvierzig Sekunden mit einem anonymen Mann gesprochen. Der behauptete, den Mörder zu kennen oder besser gesagt, er habe ihn gesehen und wisse, dass dieser weiter morden werde«, ohne Luft zu holen.

Driesslers Mine war ausdruckslos, Jäger versuchte eine Wirkung seiner Worte im Gesicht des Kommissars zu entdecken, fand aber keine.

Er berichtete weiter.

»Er könne uns nicht sagen, wer er ist und woher er all diese Informationen…«, weiter kam er nicht, weil Driessler ihm ins Wort viel, jetzt mit weit aufgerissenen Augen.

»Ein Priester, Beichtgeheimnis.«

Jäger nickte zufrieden voller Anerkennung.

»Genau, wir haben den Anruf zurück verfolgt und sind bei einem Priester Kalkmann in Essen gelandet.« Er strahlte.

»Fantastisch, Jäger gute Arbeit«, er zog seinen Wagenschlüssel hervor und warf Jäger seinen Schlüssel zu.

»Holen Sie die Adresse, und anschließend treffen wir uns auf dem hinteren Parkplatz, Sie fahren.« Er drehte sich um und verschwand in Richtung Büro.
Wie angewurzelt stand Jäger da, – *hol schon mal den Wagen Harry* – so schnell hatte er nicht damit gerechnet ›aufzusteigen‹ oder besser gesagt einzusteigen. Er löste sich sogleich aus seiner Sekundenstarre und rannte los.
Driessler stand vor seinem dunkelen Dienstwagen und rauchte sich eine Zigarette. Gestern aufgehört und heute wieder dabei, so schnell ging das.
»Haben sie die Adresse?« fragte Driessler, der gerade seine Kippe mit Hilfe von Zeigefinger und Daumen wegschnipste. Jäger sah aus wie ein Michelin-Männchen, er hatte sich schnell über seine Uniform eine schwarze Daunenjacke mit beigen Streifen gezogen.
»Natürlich.« Er öffnete die Türen mit der Fernbedienung, beide stiegen ein. Driessler war froh über die eingebaute Heizspeicherung in seinem Wagen, trotz des vielen Schnees war sein Wagen fast der Einzige, der nicht komplett zugeschneit war.
Sie fuhren los. Keiner sagte ein Wort, Jäger starrte auf die Straße. Driessler fragte sich, was weißer wäre, der Schnee oder Jägers Gesicht? Mit einem Unterschied, der Schnee hatte keine roten Flecken. Doch nach einiger Zeit brach Driessler die gespenstische Stille: »Hat der Priester noch etwas gesagt?«
Ohne Umschweife sagte Jäge:r »Ja, hat er. Er sagte, er hatte Angst vor dem jungen Mann und noch vor etwas, wozu er gezwungen worden sei, dazu wollte er sich aber nicht äußern.«
Nach fünfunddreißig Minuten Fahrt hatten sie ihr Ziel erreicht. Die angegebene Adresse lag direkt neben einer kleinen uralten Kirche. Alle Lichter waren im Haus gelöscht mit Ausnahme einer kleinen Tischleuchte, die ein Fenster von innen beleuchtete. Driessler blickte sich um, trotz des Schneesturmes ging er direkt zur Kirche hinüber. Jäger hastete hinter ihm her und zupfte ihn am Ärmel.
»Entschuldigen Sie, aber die Adresse ist das Haus hier vorn und nicht die Kirche, da ist doch jetzt eh keiner mehr, ist bestimmt abgeschlossen.« Der Hauptkommissar behielt seinen strammen

Schritt auf die kleine Kirche bei und ohne ihn anzusehen, sagte er: »Vertrauen Sie mir.«
Obwohl es nur knapp fünfzig Meter gewesen waren, fühlten sich beide durchgefroren, ihre Füße schmerzten und Drieсslers Socken waren pitschnass.
Mit einem lauten Knarren öffnete sich das schwere Holztor der Kirche. Es war fast komplett dunkel im Kirchenschiff, die Ausnahme bildete der Altar, der durch drei Kerzen beleuchtet wurde. Der gekreuzigte Erlöser schwebte samt Dornenkrone und Nägeln durch die Handflächen und Füße, fast wie ein Geist über dem Altar. Das Erste, woran er dachte, als er dieses Szenario sah, war, wie viel Macht die Kirche besaß. Sie konnte so viel Macht ausüben, wie sie wollte, zugegebener Maßen, sie konnte auch viel Gutes tun, Kriege verhindern, aber auch täuschen. Die Welt blenden. Vor vielen Jahren war er aus der Kirche ausgetreten, nachdem er bei einem Fall erlebt hatte, wie ein verantwortungsvoller Priester mit allem dazugehörigen Tamtam exkommuniziert worden war, nachdem er ein kleines, eigentlich unbedeutendes Detail einer Beichte ausgeplaudert hatte. Der Priester war ein guter Freund von ihm gewesen und wollte ihm nur behilflich sein. So viel Macht, dachte Driessler. Das Bild, was sich den beiden Polizisten bot, war wie die Szene aus einem Film. Ganz in sich versunken, kniete eine Person, mit dem Oberkörper nach vorn, mit der Stirn fast den Boden berührend in dunkler Kleidung, so weit sie erkennen konnten, auf den Steinstufen vor dem Altar. Trotz der Kälte. Trotz der laut im Kirchenschiff hallenden Schritte drehte der Mann sich nicht um. Driessler gab Jäger ein Zeichen, dass dieser sich im Hintergrund halten sollte. Nun schritt er allein in Richtung Altar. Als er vorn angekommen war, setzte er sich auf die Bank in der ersten Reihe, sagte aber nichts.
Nach einer schier unendlich langen Zeit richtete der Mann seinen Oberkörper auf und bekreuzigte sich.
»Ich weiß, warum Sie kommen«, sage der Mann mit zitteriger Stimme.
»Ich heiße Dietmar Driessler und bin Hauptkriminalkommissar. Ich möchte gern mit Ihnen reden«, sagte er mit ruhiger Stimme.
»Ich habe Ihnen nichts zu sagen.«

»Dann möchte ich es einmal so ausdrücken, ich weiß soviel über das Kirchenrecht, der Beichtvater darf keine Inhalte, die ihm in einer Beichte benannt werden, auch wenn es um Mord oder Ähnliches geht, weitersagen, schreiben oder in sonst jeglicher Art und Weise an eine dritte Person weitergeben ohne das vorherige Einverständnis des Beichtenden. Es geht sogar soweit, dass der Beichtvater exkommuniziert wird oder sich als exkommuniziert ansehen darf, auch wenn die Kirche es nicht weiß. Aber ich denke, Sie haben mir trotzdem etwas zu sagen, Vater«, seine Stimme war ruhig, sogar so ruhig, dass er selbst von sich überrascht war.
»Sie kennen sich also im Kirchenrecht aus Herr Driessler, also wissen Sie, dass ich kein Priester mehr bin, ich habe alles verloren, was ich je besessen habe. Ich habe mich so tief versündigt, ich werde für ewig in der Hölle schmoren.« Jetzt konnte Driessler die tiefe Trauer in der Stimme des Mannes hören.
Driessler stand auf, um sich etwas zu bewegen, der Priester saß weiterhin regungslos auf den Stufen.
»Hören Sie mir jetzt einmal zu, es ist keine Sünde, wenn Sie verhindern möchten, dass Menschen sterben. Es ist keine Sünde, wenn Sie jemanden Buße tun lassen, der eine ganze Familie kaltblütig ermordet hat.« Das Ruhige war verflogen. Seine Stimme klang jetzt aufgebracht. Jetzt drehte sich der Priester um, seine Augen lagen in tiefen schwarzen Höhlen, die rot umrandet vom Weinen waren.
»Ich habe mich gegen unseren Herrn und Schöpfer versündigt«, schrie er plötzlich, sodass seine Stimme in dem gewaltigen Kirchenschiff wie ein Donnergrollen hallte.
»Und ich habe die heiligen Regeln der katholischen Kirche gebrochen, egal aus welchem Grund.«
Driessler ging näher an den Priester heran. »Ich bewundere Sie dafür, dass Sie so für Ihre Kirche einstehen, wirklich, wenn die Herren am Heiligen Stuhl nur einen Bruchteil der Ehre wie Sie besitzen würden, dann würde die Kirche jetzt nicht bis zum Hals in der Scheiße stecken, was war im 2. Weltkrieg passiert? Hm? Wollte das alles unser Herr und Schöpfer, dass die Kirche solche Geschäfte tätigte? Oder noch besser, zur Zeit der Inquisition, wollte er da, dass im Namen der Kirche gemordet wird? Ich bitte

Sie, es weiß keiner davon und keiner wird je davon erfahren, dass Sie uns geholfen haben.« Sein Puls schlug so fest, dass sein Herz schmerzte.
Priester Joseph Kalkmann ließ den Kopf hängen und sagte nichts.
»Vater, niemand wird von unserem Gespräch erfahren, NIEMAND, das verspreche ich Ihnen. Wenn jemand wie Sie nicht mehr an diesem Ort hier arbeitet, der an das hier alles glaubt, dann verlieren Ihre Schäfchen einen sehr guten Hirten, zu Hundertprozent.«
Der Priester löschte die Kerzen auf dem Altar und machte sich auf den Weg zur Haupttür.
»Folgen Sie mir.«
Als sie gerade die Kirche verlassen hatten, schrillte ein lautes Handyklingeln durch die Dunkelheit. Driessler zog sein Handy aus der Jackentasche und hörte angestrengt zu, als er mit Jäger hinter dem Priester in dessen Haus ging.

Kapitel 44

Es dauerte ein paar Sekunden bis Driessler an sein Handy ging. Ohne abzuwarten, redete er direkt drauf los
»Dietmar ich habe ihn, besser gesagt ich weiß, wer es ist. Ich kenne den Mörder, halt Dich fest, er heißt Simon Neumann. Ich habe etwas im Archiv gestöbert und habe sein Foto als Kind entdeckt, bin mir aber zu 100 Prozent sicher, dass ich ihn als jungen Mann vor dem Haus der Johans gesehen habe, Du brauchst es nur mit den schaulustigen Fotos zu vergleichen und Dir wird die Ähnlichkeit ins Auge fallen. Was sagst Du? Na, ich bin schon auf dem Weg ins Präsidium zu Dir«, er holte Luft.
Driessler wartete ein paar Sekunden, bis er antwortete »Hast Du so ein Handy mit Kamera? Und kannst MMS verschicken?? Wenn ja schick mir bitte das Foto auf mein Handy und warte im Präsidium auf mich, geht das? Ich habe hier irgendwo im Nirgendwo noch etwas zu klären.« Seine Stimme klang nun angespannt.
»Klar, ich halte eben kurz und schicke es Dir, was ist denn los?«

»Kann es Dir nicht erklären, aber es wäre mir eine große Hilfe, wenn Du es mir schicken könntest, ich lasse meinen Kollegen im Präsidium anrufen, dass jemand mit Dir die Fotos durchgeht, okay.« Er legte auf.

Nach exakt drei Minuten piepte Driesslers Handy, welches den Eingang einer Multi Media Message ankündigte. Er öffnete das Foto und hielt Priester Kalkmann sein Handy hin.

»Kann er das gewesen sein? Nur als Kind, ich weiß es ist schwierig, aber bitte versuchen Sie es? Ich verspreche Ihnen, dass ich niemandem etwas sagen werde von unserem Gespräch, Vater ich weiß um Ihre Lage und ich werde Sie mit keinem Wort erwähnen.« Er überreichte Kalkmann das Handy und wendete sich an Jäger »Geben Sie mir die Unterlagen über den Anrufer und den Chip.«

Jäger nestelte in seinen riesigen Jackentaschen und zog erst ein paar Blatt Papier hervor und dann einen kleinen schwarzen Speicherchip und überreichte Driessler seine Jackenfundstücke.

In einer Ecke des Wohnraumes befand sich ein Kamin, in dem winzige Flammen tanzten. Sie hatten ihn von außen nicht wahrnehmen können, da das Wohnzimmer zur Rückseite des alten Steinhauses lag. Die Einrichtung war sehr düster aber gemütlich, viele hohe Regale mit hunderten von Büchern standen an den Wänden. In einer kleinen Sofaecke, die sich gegenüber dem Kamin befand, lag eine aufgeschlagene Bibel.

»Um Ihnen zu zeigen, wie ernst es mir ist.« Er ging zum Kamin, öffnete die Glasabdeckung und warf den Speicherchip und das Papier hinein und verschloss den Kamin sogleich, bläuliche Flammen züngelten um den Chip herum.

»Dies war die Aufzeichnung Ihres Anrufes und die dazugehörigen Unterlagen, die letzten Daten im Computer werde ich umgehend, sobald ich im Präsidium bin, löschen. Und niemand wird je erfahren, dass Sie mit uns gesprochen haben. Bitte sagen Sie mir nur, ob er es gewesen sein könnte.«

Kalkmann sah wie gebannt auf das Foto nach einer langen Zeit begann er zu nicken.

»Ja, hier ist er aber nur jünger, aber viel hat er sich nicht verändert, außer, dass sein Gesichtsausdruck härter geworden ist«.

»Ich möchte Ihnen danken Vater. Ich weiß, was Sie auf sich genommen haben an diesem Abend, aber glauben Sie mir, der Herr wird Sie nicht dafür bestrafen. Und für alle anderen, wir haben nie miteinander gesprochen und Sie haben nie mit der Polizei geredet.«

»Werden Sie denn nicht, wenn Sie ihn haben, meine Aussage benötigen? Vor Gericht?« Verunsicherung breitete sich auf seinem Gesicht aus.

»Woher soll ich denn wissen, dass Sie etwas wissen? Wir haben nie miteinander geredet.« Er lächelte und signalisierte Jäger, dass es an der Zeit war zu gehen.

Der Priester blieb am Kamin stehen und starrte in die bläuliche Flamme, die immer kleiner wurde, bis sie nicht mehr zu sehen war.

Kapitel 45

Nichts, sie hörte ihren eigenen Herzschlag. Und sie konnte ihre Angst schmecken. Das Gefühl der Beklemmung war die ganze Zeit nicht gewichen, selbst als sie sicher war, dass er nicht mehr im selben Raum mit ihr war. *Ich werde sterben. Ich werde sterben,* donnerte es ihr durch den Kopf. War alles ausweglos? Wollte er sie wirklich töten? Aber warum schloss er sie erst in diese gottverdammte Kiste ein? Gedanken rasten ihr durch den Kopf. Sie ging in sich. Nein, sie wollte nicht sterben, vor allem nicht in so einer beschissenen Kiste. Das würde sie ihm schon zeigen, wenn die miese Drecksau hier wieder rein kommen würde, um sich an ihrer Situation aufzugeilen. Während ihres Studiums hatte sie gelernt, nie die Fassung zu verlieren, auch wenn einem danach ist, den Kopf zu verlieren. Behalte immer das Oberwasser. Sie hatte ihn wütend gemacht, indem sie ihn anschrie. Wenn man wütend ist, macht man Fehler, und ein Fehler seinerseits konnte etwas Gutes für sie bedeuten. Obwohl, wenn sie richtig nachdachte, lag sie in der Kiste und nicht er. Verdammt, was sollte sie tun? Nichts jedenfalls nicht, dessen war sie sich bewusst. Handele spontan immer der Situation angemessen.

Etwas klackte. Etwas schabte. Er war wieder da, um sich an ihrem Elend zu ergötzen. Sie wartete, sollte sie nichts tun? *Abwarten?* Sie hörte das Klicken eines Schlosses und das leise Schaben der Tür. Leises Tippeln und wieder Schaben und Klicken. *Du verdammter Idiot* schoss es ihr durch den Kopf, *denkst Du ich höre Dich nicht? Komm Tanja mach den verdammten Hurensohn sauer, Du hast jetzt nichts mehr zu verlieren, nur mein Leben, aber hier muss ich mich nicht um das Leben wehrloser Kinder sorgen und mich dafür von irgendwelchen Menschen demütigen lassen. Hier geht es nur um mich! Komm und hole mich Du verdammtes Schwein!*
Sie hörte, wie eine weitere Tür leise geöffnet wurde.
Aus dem Nichts hallte ihre Stimme wie ein Donnergrollen aus der Kiste. Sie wusste zwar, dass diese scheiß Kiste gedämmt war, aber deshalb musste sie um so lauter sein.
»Du dummer verdammter Hurensohn, denkst Du ich höre Dich nicht hier herumschleichen? Du blöder Pisser, hol mich hier raus und zwar sofort, bevor ich es allein schaffe.« Sie lauschte, nichts. Der Idiot stand höchstwahrscheinlich vor der Kiste und freute sich darüber, oder ärgerte er sich, dass sie ihn ertappt hatte? Jetzt begann sie mit aller Wucht gegen den Fußteil der Kiste zu treten, es schepperte. Doch nichts tat sich. Wieder lauschte sie. Jetzt konnte sie Schritte hören, die zu ihrer Kiste hereilten.
Eine Bewegung an der Kiste spürte sie. Angst. Er war da um sie zu töten, er war wütend. Sie machte sich auf einen Angriff bereit. Wieder ein Klicken von einem Schloss. Mit einem Ruck wurde der Deckel aufgerissen. Sie versuchte sich mit einem Schwung aus der Kiste zu befördern. Doch das lange Liegen hatte sie schwach werden lassen. Nichts tat sich. Der Raum war stockfinster. Was für ein perverses Spiel sollte das werden? Verdammt noch mal das war die Realität und nicht das Schweigen der Lämmer oder so etwas.
»Bleiben Sie ruhig.« Eine leise Stimme näherte sich ihr »Ich tue Ihnen nichts.« *Das war nicht die Stimme, die sie kannte. Die Stimme von vorhin!* Es waren also mehrere. Sie hatte verloren.
Plötzlich durchschnitt ein gleißender Lichtstrahl das Dunkel und traf ihr Gesicht.
»Tanja«, brach es aus der Drecksau heraus. Aber etwas stimmte

nicht. Es klang nicht aggressiv, sondern, was war es? So etwas wie Besorgnis. Ja, er klang besorgt.

»Ich dachte Sie hätte Dich getötet.« Er stürmte auf sie zu und schloss sie in die Arme.

Was war hier los, wer war das? In einem Augenblick der plötzlichen Umarmung riss sie ihm die Taschenlampe aus der Hand und strahlte ihm mitten ins Gesicht. Nach einigen Augenblicken, als ihre Augen sich an das Licht gewöhnt hatten, erblickte sie den jungen Mann. Woher kennt er meinen Namen. Ein Gedankenstreif durchflog sie. Sie hatte den jungen Mann schon mal gesehen. Nur wo? Plötzlich überkam es sie. Bei den Johans. *Was war hier los?*

»Wer sind Sie und woher kennen Sie meinen Namen? Und warum haben Sie mich entführt?« flüsterte sie. Aber warum flüstere ich eigentlich? *Warum tötet er Dich nicht?*

»Die Geschichte ist zu lang, aber ich habe Dich nicht entführt. Ich möchte Dir helfen, aber zuvor musst Du mir helfen. Du kannst Dir nicht vorstellen, wie nah wir uns sind, wie gleich, aber Du musst mir vertrauen.«

Wie ein Blitz schlug es in ihrem Kopf ein. Der Brief des Mörders. Er war von ihm. Der Mörder, vor dem sie so viel Angst gehabt hatte, der in ihr Haus eingedrungen war, stand jetzt vor ihr und verlangte, dass sie ihm vertraute. Sie wusste nicht mehr, was sie denken sollte. Es war alles zu viel. Es machte in ihrem Kopf »Klick« und sie schaltete ab. Sie bekam nicht mit, wie er sie auffing und behutsam in eine Ecke legte, sie mit einer alten Decke zudeckte, ihre Beine hoch lagerte und leise in den Hauptteil des Hauses verschwand.

Kapitel 46

Sie redeten kaum während der Fahrt zum Polizeipräsidium. Die Digitaluhr im Armaturenbrett zeigte 22.45 Uhr an. Jäger saß schweigend hinter dem Lenkrad und konzentrierte sich auf die Straße.
Driessler brach das Schweigen.
»Machen Sie sich wegen dem Aufzeichnungschip keine Sorgen, ich werde das regeln, ich habe ihn verlegt. Manchmal müssen wir unkonventionelle Wege gehen, um an unsere Informationen zu gelangen. Ich kann das von Ihnen eigentlich nicht verlangen, aber ich bitte Sie darum, keinem ein Wort darüber zu sagen.« Wieder diese ruhige Stimme, die Jäger schon in der Kirche gehört hatte. Driessler starrte hinaus in den Schnee.
»Ich verstehe es zwar nicht, warum Sie diesen Priester schützen, aber ich respektiere Ihren Wunsch«, sagte Jäger in einem sachlichen und geschäftlichen Ton. Allein diese Tonart brachte Driessler innerlich zur Weißglut, sagte aber
»Vor langer Zeit habe ich einen großen Fehler gemacht und jemanden nur um meine Aufstiegschancen zu verbessern, so arg in Misskredit gebracht, das möchte ich nie wieder wiederholen. Bleiben Sie immer menschlich, vergessen Sie das nicht.«
»Was haben Sie denn damals gemacht?« fragte Jäger jetzt eher interessiert als sachlich.
»Das werde ich Ihnen bei Gelegenheit erzählen, das verspreche ich Ihnen. Aber eines muss klar sein. Unser Ausflug heute hat offiziell zu einer falschen Fährte geführt. Es war nur irgendjemand, der sich wichtig machen wollte, um den Rest kümmere ich mich.«
Jäger nickte. Den Rest der Fahrt schwiegen beide.
Als sie am Präsidium ankamen, hatte sich seit ihrer Abfahrt einiges verändert. Das Ruhige war verfolgen, jetzt ähnelte das historische Gebäude eher einem Bienenstock als einem Polizeipräsidium im Winter bei Nacht.
Als beide durch den Nebeneingang das Präsidiums traten, hielt Michel Jäger direkt einen im Eilschritt laufenden Beamten am Arm fest.
»Sag mal, was ist denn hier los? Ist irgendwas passiert?«

Der Beamte musterte ihn von oben bis unten, bis er Driessler entdeckte, und setzte umgehend ein freundliches Gesicht auf.
»Tja, frag besser, was nicht los ist. Die Straßen sind vereist, die Räumfahrzeuge kommen nicht mehr durch, an allen Ecken und Kanten knallt es. Anstatt die Leute bei dem Wetter zuhause bleiben, fahren sie noch rum. Wir haben seit Einsetzen des starken Schnees sechsundfünfzig Unfälle, wobei sieben mit Personenschäden waren, wovon zwei schon ziemlich heftig waren.«
»Stimmt«, sagte Jäger. »Wir haben gerade auch zwei Unfallorte gesehen.« Er schaute zu Driessler.
»Und was ist noch los? Das ist doch nicht alles nur wegen der Unfälle«, schnaubte Driessler.
»Stimmt, Herr Hauptkommissar, im kompletten Essener Süden ist der Strom ausgefallen und ein Trafo nach dem anderen knallt durch, das RWE ist schon draußen, aber die wissen nicht, wie lange das noch dauert und wo sonst noch der Strom ausfallen kann.«. Er nickte und eilte davon.
In der Abteilung der Mordkommission rannte Driessler schnell in den Konferenzraum, in dem er Dräger vermutete. Jäger wollte sich in der Zwischenzeit um die Anrufprotokolle kümmern. *Der Junge zeigt Einsatz,* dachte Driessler.
Carsten Dräger saß vor einem Computer in der Ecke, vergrößerte wie wild Fotos. Zig Gesichter huschten wie Gespenster über den Bildschirm.
»Hast Du ihn gefunden?« fragte Driessler ohne sein Kommen angekündigt zu haben. Der Redakteur zuckte zusammen.
Er drehte sich ruckartig um und grinste breit.
»Ja und nicht nur einmal, auf euren ist er allein viermal drauf«, sagte er voller Stolz. Driessler entging nicht, dass die Betonung auf dem Wort EUREN lag.
»Was heißt EUREN?« fragte er.
»Dir entgeht nichts. Ich habe noch ein wenig in unserem Archiv geschnüffelt, kann mich da von außerhalb einloggen über das World Wide Web. Und ich habe noch jemanden Interessanten gefunden.« Er tippte einige Befehle in den Computer ein.
»Hätte nicht gedacht, dass Du Dich an unsere Absprache hältst, von wegen Alleingänge und so eventuell die Ermittlungen gefähr-

den würdest, für so eine Story!« Seine Stimme klang straff und hart.
Carsten Dräger grinste noch breiter. »Ich bekomme die Story ja, EXKLUSIV, warte erstmal ab, wenn Du das hier siehst.« Und noch breiter: »Kennst Du diese nette junge Dame hier auf dem Foto?«
Für einen Augenblick setzte das Herz des Hauptkommissars aus. Er riss sich den obersten Knopf seines Hemdes ab, als er hastig versuchte das Hemd zu öffnen. Mit einem leisen »Klack« landete der Knopf auf dem kunststoffbeschichteten Tisch.
»Verdammt, was macht die da auf dem Foto?« fragte er mit heiserer Stimme.
»Das«, sagte Dräger »das musst Du die ehrenwerte Frau Nesser schon selber fragen, was sie auf dem Foto mit dem noch unschuldigen und nicht blutbesudelten Mörder Simon Neumann macht!«
Driessler ließ sich mit einem lauten Geräusch in einen der Kunststoffsitze fallen.
»Ich denke, die hat damals noch gar nicht da gearbeitet, die wüsste nichts davon.«
»Ja, ja, aber es kommt noch besser.« Er machte eine kleine Pause, um die Spannung zu steigern, aber Driessler viel ihm ins Wort. »Mach es nicht so spannend und erzähl mir alles.«
Dräger spitzte die Lippen und zog die Brauen in Falten, als ob er nachdenken würde, nach einem Augenblick sagte er.
»Na gut«, er grinste wieder. »Das Interessanteste dabei ist, ich weiß jetzt, warum ich ihren Namen nicht gefunden habe, als ich ihn in die Datenbank eingegeben habe. Es ist zwar peinlich, aber es hat sich ein kleiner Fehlerteufel eingeschlichen, denn laut Foto Info heißt sie Sabine Sawitzki. Aber bevor Du noch etwas sagst, der Name Sawitzki taucht bei Recherchen öfter auf, so heißt die Sozialarbeiterin, die damals für die missbrauchten Kinder zuständig war. Man konnte ihr aber nichts vorwerfen, weil sie ihre Arbeit sorgsam ausgeführt hatte.«
Er rutschte auf seinem Stuhl hin und her, der Hauptkommissar saß gedankenverloren in seinem Sitz.
»Aber jetzt kannst Du wieder wach werden, auf allen Fotos, die

ich unter Sawitzki, Sabine gefunden habe, Du darfst dreimal raten, wer darauf zu sehen ist« Driessler hatte das Gefühl, dass Drägers Lippen fast um seinen Kopf herum reichen würden vom Grinsen.
»Lass mich raten??? Mhmmmmm? Rumpelstilzchen?«
»Nö, hast noch zweimal.«
»Tja, dann kann es nur der böse Wolf sein.«
»Och, so schwer ist es nicht, der Wolf ist doch schon ewig im Knast, einmal hast Du noch.«
»Wenn es das Rumpelstilzchen und der böse Wolf nicht sind, kann es nur, mhmmm, MONIKA NESSER sein.«
»Bingo.« Dräger sprang auf.
Driessler griff zu einem Telefon und tippte ein paar Tasten, nach einem kurzen Augenblick sagte er
»Ich brauche ein paar Informationen über eine Frau wohnhaft in Essen.« Der Beamte an der anderen Leitung sagte etwas zu ihm, seine Gesichtsfarbe wechselte von rot auf purpur. »Ich weiß erstens, wie spät es ist, ich weiß zweitens, dass es Samstagabend ist und ich weiß noch eines, dass Sie…«, nun schrie er »Ihren Hintern JETZT bewegen werden und mir binnen fünf Minuten alles über Frau Monika Nesser in den Besprechungsraum Nummer 6 bringen werden!« Er knallte den Hörer auf.
Dräger sah ihn an.
»Und was machen wir jetzt? Ich würde sagen, wir werden Frau Nesser heute noch einen kleinen Mitternachtsbesuch abstatten und mal sehen, wie es mit ihrer Ehrlichkeit zu Mitternacht aussieht.«
Nach genau vier Minuten und ein paar Sekunden kam ein stark schwitzender Beamter, der mindestens so alt wie Driessler war, in den Raum gerannt, legte die Blätter auf den Tisch, nickte und sagte:
»Es tut mir leid, aber mehr gibt es nicht«, drehte sich um und rannte davon. »Was ist hier eigentlich heute los?« durchfuhr es ihn. »Sind denn alle bekloppt, oder sind die Hirne eingefroren?«
Er studierte die Blätter, dann griff er erneut zum Telefon und wartete keine Antwort ab, als der Hörer am anderen Ende der Leitung abgenommen wurde.

»Zwei Sachen, ich möchte die komplette SoKo: JA hier in exakt eineinhalb Stunden haben, holen sie die Kollegen aus dem Bett, die nicht eh schon Dienst haben und ich brauche noch eine Information. Ist in ganz Essen-Kupferdreh der Strom ausgefallen? Oder nur teilweise?« Er erhielt die Antwort und knallte den Hörer erneut auf.
»Ich würde mal sagen, wir fahren jetzt Frau Nesser ein paar Kerzen bringen, damit wir und sie nicht mehr im Dunklen tappen lassen müssen.«

Kapitel 47

Dunkelheit umgab sie. Als Tanja aufwachte, sah sie nichts außer Nichts. Alles war dunkel. *Was war geschehen?* Sie richtete sich langsam auf. Plötzlich fiel ihr wieder ein, dass sie sich nicht mehr in der Kiste befand. Sie war entkommen aber wie? Sie presste ihre Handinnenflächen gegen die Schläfen, um den Gedankenprozess zu beschleunigen. Er hatte sie angeschrien und ihr gedroht, sie nie mehr aus der Kiste heraus zu lassen. Es war etwas passiert, etwas womit sie nicht gerechnet hatte. Der junge Mann, auf einmal tauchte ein Gesicht in Gedanken auf. Ein Gesicht, was ihr auf der einen Seite vertraut, auf der anderen Seite unbekannt vorkam. *Was war geschehen? Wo war sie?* Plötzlich viel es ihr wie Schuppen von den Augen. Sie war noch immer hier, hier bei IHM. *In einem Keller oder etwas Ähnlichem. Der Mörder. Der Mörder der Familie Johan. Der Mörder, der an ihrem Haus war und ihr einen Brief hinterlassen hatte. Er hatte sie aus der Kiste gelassen. Aber was war dann passiert? Wie lange war das her? Minuten oder Stunden? Oder gar Tage?* Sie wusste es nicht. Wo war ihr Entführer? Tanja raffte sich auf. Jemand hatte ihr eine Decke übergestreift, war er es gewesen? Der Mörder, vor dem sie so viel Angst gehabt hatte?
Sie zog die Decke von ihrem Körper herunter und stand auf. Die Dunkelheit in diesem Raum war so stark, dass sie sie zu erdrücken schien. Langsam und behutsam tastete sie sich vorwärts. *Raus hier*, schrie ihr Inneres. Nach einigen Metern ertastete sie eine Tür, die sie langsam öffnete. Sie war darauf bedacht, kein

Geräusch zu verursachen. Der Raum dahinter roch nach Feuchtigkeit, ein Badezimmer. Es roch nach einer Sauna. Sie tastete sich langsam an einer Wand vorwärts. Wieder stieß sie nach einigen Metern an eine Tür. Wieder öffnete sie die Tür, wieder war sie nicht verschlossen. Von oben her nahm sie eine leichte Veränderung war. Licht. Ganz schwach schien von oben rechts her Licht. Tanja tastete sich in diese Richtung vor. Sie spürte, dass der Boden gekachelt war. Plötzlich stieß sie vor eine Erhöhung. Eine Treppe. Ich will hier raus, schoss es ihr durch den Kopf. Bitte lass mich hier nicht sterben. Ohne einen Laut von sich zu geben, stieg sie die Stufen hoch. Es waren viele. Je mehr sie sich dem Ende der Treppe näherte, desto stärker wurde das Licht. Oder besser gesagt ein Schein. Sie erkannte an der Wand ein Flackern. Es war das Licht einer Kerze. Ihre Atmung wurde stärker. Lauerte er schon hier? Auf wen wartete sie? Auf den Mörder? Auf den Entführer? Arbeiteten sie zusammen? War das hier nur ein perverses Spiel, was langsam den Showdown ankündigte? Sie wusste es nicht. Aber sie hatte Angst. Oder das Wort Panik beschrieb besser ihren Gefühlszustand. Als sie am oberen Rand der Treppe angelangt war, ließ sie ihren Blick durch den vor ihr liegenden Raum streifen. Er war groß und quadratisch. Auf einer Küchendurchreiche stand eine große Pillarkerze, die das Licht verbreitete. Ansonsten gab es kein künstliches Licht in diesem Raum. Ihr erster Blick viel auf die Kerze, ein zweiter ließ sie auf ein Bild prallen. Der Schrei« war auf ihm abgebildet. Ein Gedankenstreif schoss ihr durch den Kopf, eine Verknüpfung zu diesem Bild. Sie verband eine Person mit diesem Bild. Sie kam aber nicht darauf, woran sie das Bild erinnerte. Als sie erneut den Blick durch das Zimmer streifen ließ, bemerkte sie es. Oder besser ihn. Ein älterer Mann, nackt bis auf die Unterhose, an einen Sessel gelehnt. Er hatte beide Beine weit von sich gestreckt und beide Arme schlaff an seinem Körper herunterhängend. Aber das war es nicht, was ihr die Angst wie ein Hochdruckgeschoss in den Körper jagte. Was ihre Angst ins Unerträgliche steigerte, war, dass er über und über mit Blut beschmiert war. Tanjas Neugier siegte. Anstatt sich ins Sichere der Dunkelheit zurückzuziehen, schritt sie auf den blutenden Mann zu. Je näher sie kam, desto mehr Details erkannte sie. Hunderte von kleinen klaffenden Wunden bedeckten seinen Körper. Schnitte oder Risse waren auf der Brust, dem Bauch, den Beinen und Armen, einfach überall. Sein Gesicht konnte sie nicht erkennen, da sein Kopf auf die Brust gesunken war. Mit weit aufgerissenem Mund und Augen schritt sie noch immer auf den Mann zu. Jetzt erkannte sie es. Jetzt merkte sie, was sie an dem skurrilen Bild störte. Seine Hände. An der Stelle, wo seine Hände hätten sein sollen, waren nur blutige Stümpfe zu sehen. Von den Händen war weit und breit nichts zu sehen. Sie wollte wissen, wer er war, oder lebte er noch? Als sie nur noch wenige Zentimeter von dem Mann entfernt war, griff sie nach seinem Kopf und hob ihn an. Ein markzerreißender Schrei stieß aus ihrem Mund hervor. Seine Augen. Seine Augen waren weit aufgerissen und auf seinem toten Gesicht zeichnete sich das blanke Entsetzen ab. Wer konnte diesem Mann so etwas antun? Wer konnte zu so etwas in der Lage sein? Der Mörder. Der junge Mann aus dem Keller. Panisch blickte sie sich um.

Plötzlich entdeckte sie ihn. Der junge Mann, der vermeintliche Mörder, lag mit Stricken, fast wie ein Paket verschnürt, in einer Ecke unter einem riesigen Fenster. *Was war hier los?*. Tanja rannte zu ihm herüber und tastete nach seinem Puls am Hals. Langsam, kaum spürbar fühlte sie ihn unter ihren Fingern. Oder war es nur ihr eigener Puls, den sie spürte? Sie konzentrierte sich.

Ja. Sie spürte einen leichten Pulsschlag. Aber wenn der Mörder zu einem Paket verschnürt hier am Boden lag, ein anderer Mann tot ohne Hände in einer anderen Ecke saß, *wer hatte das hier alles veranstaltet?* Es musste noch jemand in diesem Haus sein. Und jetzt bemerkte sie die Person, die in einer dunklen Ecke am anderen Ende des Raumes saß und sie mit Blicken taxierte.

Kapitel 48

Er war an einem Ort, den er nicht kannte. Er lag nackt in Fötalstellung auf einer dreckigen Matratze in einem Keller. Er kannte diesen Ort. Dieser Ort war böse. Es war lange her gewesen, dass er diesen Ort zuletzt gesehen hatte. Er wollte nicht hier sein. Wie,

als er zum letzten Mal hier gewesen war, war nur ein leises Wimmern zu hören. Das leise und schluchzende Wimmern von Kindern, die irgendwo festgehalten wurden und wussten, was in der nächsten Zeit auf sie zukam. Nur ein kleines Nachtlicht in einer Ecke beleuchtete den Raum. Er hatte Angst, Angst, die er von früher her kannte. Das Böse lauerte irgendwo da draußen. Er konnte es riechen. Er begann wieder zu beten, wie er es als Kind unzählige Male getan hatte.
»Vater unser im Himmel, geheiligt werde Dein Name…«

Bald würde sich wieder ein Schatten aus der Dunkelheit lösen und ihn mitnehmen. Mitnehmen aus der Dunkelheit in einen hellen, beleuchteten Raum. Dann würden die Schatten wieder zu realen Menschen werden. Er hatte viele Schatten zu echten Menschen werden sehen. Er kannte sie alle. Und wenn er einen Schatten einmal nicht kannte, kannte er ihn hinterher. Hinterher wusste er, was dieser Schatten von ihm wollte. Vielen hatte er als Kind vertraut. Und hinterher war nur noch die Angst da, anstatt zu vertrauen. Bei jedem neuen Schatten dachte er sich, dass es ihm dieses Mal besser ergehen würde. Jedes Mal sagte er sich, dass der nächste Schatten sein Erlöser werden würde. Aber sein Erlöser kam nie.
Was hatten sie mit ihm alles gemacht? Er konnte sich kaum noch an die schlimmen Dinge erinnern. Später im Prozess redete man nur von »Kindesmissbrauch.« Simon war sich aber schon damals sicher gewesen, dass dieses eine kleine Wort nicht annähernd an das heranreichte, was ihm und den ganzen anderen Kindern passiert war.
Das Wort »Kinderseelentöter oder Mörder«, passte auch nur begrenzt. Für das, was ihnen angetan worden war, gab es kein Wort. Er wurde geschlagen mit sämtlichen Gegenständen, ob Gürtel, Gerten, Haushaltsgegenständen, die seine Mutter in der Küche aufbewahrte, oder mit Werkzeugen. Der Schmerz war aber nie das Schlimmste gewesen. Der Schmerz verging. Manchmal war der Schmerz auch hilfreich gewesen. Ja, manchmal erfreute er sich sogar an dem schlimmen Schmerz, der ihn vergessen half und ablenkte. Angst hatte er vor der Kiste gehabt. Er wusste nie, wann

und ob er herausgeholt wurde. Manchmal saß er Ewigkeiten darin, wenn er geschrieen hatte. Zur Bestrafung. Allein ohne Essen und Trinken. Allein in seinem eigenen Kot und Urin.

Aber auch hier kam jedes Mal ein Schatten und holte ihn, Simon, das Kind heraus. Und jedes Mal wusste er das, was ihn erwartete, schlimmer sein würde, als das was er schon kannte. Manchmal waren gleich mehrere Schatten da, die sich über ihn hermachten. Auch hier im Prozess wurde gesagt »Schwere Vergewaltigung« oder »Vergewaltigung zwecks Herstellung kinderpornografischen Materials.« Was sagten diese Worte aus? Eines gewiss nicht, seine Schmerzen, seine Angst, wenn sich einzelne oder ganze Gruppen von Erwachsenen über ihn hermachten. Mal musste er fröhlich wirken, mal ängstlich. Mal Spaß haben, mal so viele Dinge hintereinander. Er konnte es nicht ertragen. Die anderen Kinder, die er kennengelernt hatte, sagten nie etwas. Sie saßen immer wie leere, ausdruckslose Hüllen in einer Ecke. Sie weinten nicht einmal mehr. Er war immer anders gewesen. Trotz der schlimmen Strafen, die ihm auferlegt wurden, hatte er einmal einen Schatten gebissen. Um es genauer zu sagen, er hatte sich wie ein Hund in seiner Beute festgebissen. Selbst die Drohung, seine Eltern würden sterben, beeinflusste ihn nicht im Geringsten. Dann hätte er es nicht mehr tun müssen. Früh hatte er gewusst, dass er sich an all den Schatten rächen würde. Und bei den Menschen, die manchmal auch welche der Schatten waren, die ihm immer sehr nahe waren, fing er an. Er wusste schon sehr früh, wie er es tun würde. Der Gedanke kam ihm, als er betend in der Kiste lag. Plötzlich sah er ein helles Licht. Feuer. Und hörte innerlich, fast real seine Eltern schreien. Schreien vor Angst, Schreien vor Schmerz. Er wusste nicht mehr, wann es war, aber der Abend war ihm jetzt vor Augen, als ob es sich wieder abspielen würde. Er schlich sich nachts in den Keller, holte eine Flasche in das Schlafzimmer seiner Eltern und verteilte den gesamten Inhalt der Flasche auf dem Bett und vor dem Bett, indem beide schliefen.

Nachdem auch der letzte Tropfen verteilt war, machte er sie wach. Die Flüssigkeit roch sehr scharf. Später erfuhr er, dass es ein Lösungsmittel war, was leicht entflammbar war. Er sagte ihnen, dass er sie am meisten auf der Welt hassen würde. Beide sahen ihn verwirrt an. Aus dem Schlaf gerissen. Und noch ehe sein Vater reagieren konnte, sagte er »Tschüss« und rieb das kleine Streichhölzchen an. Seine Eltern sahen ihn ungläubig an. Und als seine Mutter anfing zu schreien, warf er das brennende Hölzchen auf ihr Bett. Zischend und pulsierend stand das ganze Schlafzimmer in Flammen und die Schreie seiner Eltern waren wie ein heiliger Gesang in seinen Ohren. Er rannte hinaus und wartete. Es dauerte eine Ewigkeit, bis die Feuerwehr und die Polizei kamen. Da hatten seine Eltern schon lang aufgehört zu schreien.

Man hatte ihn, den kleinen Simon, nie dafür verantwortlich gemacht. Ein Polizist fragte den kleinen durchfrorenen Simon, ob Papa wütend auf Mama gewesen sei. Und er antwortete spontan mit »Ja, die haben sogar geschrieen« und das war es gewesen. Er wurde noch zwei weitere Male befragt und jedes Mal sagte er, dass sie geschrien hätten. Was auch stimmte, na ja, wenigstens hinterher.

Das Flackern des brennenden Hauses verschwand vor seinen Augen und alles war wieder schwarz.

Kapitel 49

Ein Fahren war quasi nicht möglich gewesen. Im Schritttempo quälten sich Dräger und Driessler durch die Stadt, Richtung Kupferdreh. Hier funktionierte die Straßenbeleuchtung noch, aber mittlerweile waren sie die Einzigen, die sich durch den Schnee quälten. Weder Fahrbahnmarkierungen oder Bordsteine waren zu erkennen. Aber das spielte jetzt keine wirkliche Rolle mehr. Die Ampeln waren, wahrscheinlich um Strom einzusparen, abgeschaltet worden. Und die Sicht betrug höchstens zehn Meter. Als sie auf die Ruhrallee abbogen, der Hauptverbindungsstraße Richtung Essener Süden, Heisingen, Überruhr und Kupferdreh und auf Höhe der neuen Synagoge waren, fing Dräger an zu sprechen und sah den Hauptkommissar an.

»Was meinst Du wohl, welchen Grund wird sie uns nennen?«

»Wenn ich das wüsste, könnten wir uns diesen Horrortrip schenken und ich würde lieber im warmen Präsidium oder noch viel

lieber auf meinem warmen Sofa mit einem Whisky sitzen.« Er lächelte zufrieden.
Dräger sah aus dem Fenster hinaus in den Schnee.
»Warum sagt sie, sie hätte von all dem keine Ahnung, aber in Wirklichkeit war sie damals zugegen, das ergibt doch alles gar keinen Sinn.«
»Carsten, deswegen fahren wir da jetzt hin, es gibt immer einen Grund, auch wenn der Sinn auf den ersten Blick nicht zu erkennen ist. Okay, Du suchst nach einem Grund? Dann lass uns alles, was passiert ist, zusammenfassen.« Er sah konzentriert auf die nicht mehr vorhandene Fahrbahn, an der rechts und links abgestellte Autos standen. Kein Streufahrzeug war weit und breit zu sehen.
»Okay, vor vierzehn Jahren wird in Essen ein Kinderpornoring ausgehoben«, sinnierte Dräger.
»Anfang dieser Woche wird eine Familie kaltblütig hingerichtet«, erwiderte Driessler.
»Dann wird ein Geschäftsmann ermordet, der bis zum Hals in Kinderpornografie steckt und wortwörtlich nun die eigene Leiche im Keller ist.«
»Dann sucht der Mörder die Sozialarbeiterin auf, die die tote Familie entdeckt hat und schreibt ihr einen Brief! Der Inhalt ist uns unbekannt. Die Sozialarbeiterin wird entführt.«
»Alle Verbindungen, also ich meine, meine Archivfotos und Aufzeichnungen, eure Schaulustigenfotos und Deine unbekannte Quelle, führen zu Simon Neumann, einem Kind, das damals missbraucht wurde. Was meinst Du, ist das so eine ›Rachegeschichte‹?«
Dräger dachte kurz nach.
»Das passt schon, die Brutalität, mit der der Mörder vorgegangen ist. Das passt auf Rache, aber unsere Profiler erstellen ein tiefenpsychologisches Gutachten darüber, wie die Morde verübt wurden. Mal sehen, was bei dem Psychologenkrempel raus kommt.«
»Jetzt darfst Du Komponente X aber nicht vergessen, die ehrenwerte Frau Nesser, die angeblich nichts weiß und trotzdem mit auf den Fotos drauf ist.«
»Glaubst Du, dass Simon Neumann, Tanja, ich meine Frau En-

gel, entführt hat?«
»Aber warum erst so spät, das passt doch nicht zusammen. Ich glaube, dass er der Mörder ist, aber der Entführer? Warum dann dieser Hickhack mit dem Brief, dann hätte er sie auch von zu Hause aus entführen können, ohne Polizei vor der Tür.«
Er hielt für einen Augenblick lang inne. »Ich kann es mir bei bestem Willen nicht vorstellen, dass auch er der Entführer ist.«
Dräger hatte ihre Zusammenfassung mit notiert, er las noch einmal alles durch und starrte den Hauptkommissar an.
»Und was ist mit der Nesser, glaubst Du, dass Tanja etwas darüber herausgefunden hat, dass Monika Nesser irgendwie doch die Ahnung über all das hat und sie Tanja entführt hat?« Er machte eine dramatische Pause. »Wie wäre es damit, Tanja hat etwas rausgefunden über Nesser und die entführt sie, um sie entweder mundtot zu machen oder zu töten oder was weiß ich auch. Das würde auch das komische Verhalten mir gegenüber erklären. Sie stellte in meinem Interview ihre Kollegin als verwirrt und leicht inkompetent dar. Ließ fast kein gutes Haar an ihr.« Er machte sich Notizen.
»Was dagegen spricht, ist die wirkliche Panik in ihren Augen, als sie erfuhr, dass ihre Kollegin entführt wurde. Ich glaube nicht, dass sie die Entführerin ist. Etwas fehlt uns noch, aber was?«
Sie waren mittlerweile in Kupferdreh angekommen. Beim Versuch, auf den Berg hinauf zu fahren, verloren die Reifen die Haftung und der Wagen rutschte rückwärts den Abhang hinunter und stellte sich leicht quer.
»Scheiße, Scheiße, Scheiße«, fluchte Driessler.
»Zieh Dir die Handschuhe an, es ist nicht mehr so weit, nur den ganzen Berg hoch und nach der Kurve rechts. Das schaffen wir schon.«

Kapitel 50

Alles brach über sie herein. Sie stand wie angewurzelt neben dem bewusstlosen Mann, dem Mann, der eine ganze Familie getötet hatte. Was war hier los? Sie sah in die Ecke, in der eine Person in

einem Sessel saß und rauchte. Tanja sah nur, wie die glühende Zigarette sich bewegte.
»Hallo Schätzchen, ist alles in Ordnung mit Dir?« fragte die Stimme. Es war wie ein Schlag ins Gesicht für Tanja. Sie wusste wer hier vor ihr saß, im selben Raum wie ein ermordeter Mann, der auf bestialische Weise hingerichtet worden war. Sein Mörder, der bewusstlos oder halb tot und gefesselt auf dem Boden lag.
»Was machst Du hier, Monika?«, stammelte Tanja. Alles drehte sich in ihrem Kopf. Nicht nur der Schmerz, sondern die gesamte Situation rasten wie ein Wirbelsturm durch ihr Innerstes.
»Setz Dich erstmal und ich werde Dir alles von Anfang an erzählen.« Ihre Stimme war ruhig aber angespannt. Tanja setzte sich auf einen weiteren Sessel, der dem, auf dem Monika Nesser saß, genau gegenüber stand. Nur ein flacher Marmortisch, auf dem eine Kerze brannte und ein Aschenbecher stand, trennten sie voneinander.
»Was ist hier los? Was ist hier passiert und vor allem, wie kommst Du hierher?« fragte Tanja verwirrt. Tränen rannen ihr übers Gesicht. Die Anspannung der letzten Tage löste sich.
»Tja, ich fange am besten damit an, wie ich hierher komme.« Sie machte eine Pause. Sie drückte ihre Zigarette im Aschenbecher aus, zündete sich direkt eine neue an.
Tanja saß wie gebannt da, hörte zu und beobachtete ihre Chefin. Monika Nesser atmete noch einmal tief durch und zog an ihrer Zigarette.
»Ich wohne hier, Tanja. Du bist in meinem Haus in Kupferdreh.« Tanja wollte etwas sagen aber Monika hielt sie mit einer Handbewegung davon ab.
»Ich lebe hier schon ziemlich lange mit meinem Mann zusammen. Ihr habt euch ja mehr oder weniger kennengelernt.« Sie lachte kurz auf. »Der gute Dr. Nesser, einer der abartigsten Menschen, denen Du wahrscheinlich je begegnet bist. Ein Sadist durch und durch. Tja und jetzt ist er tot. Tanja, darf ich vorstellen? Dr. Sebastian Nesser, anerkannter Essener Neurologe und Psychiater.« Sie machte eine Handbewegung zu dem verstümmelten Mann, der zusammengesunken nicht weit von ihnen lag. Tanja schaute hinüber und direkt wieder Monika an.

»Mhm, also Du fragst Dich, warum bin ich hier? Was soll das alles? Fragen über Fragen. Ich werde mein Bestes tun, sie alle zu klären. Ach ja, einen hab ich ja ganz vergessen, hier drüben vor dem Fenster.« Sie machte wieder ihre Handbewegungen. »Das ist Simon Neumann. Der junge Mann, der das hier alles ausgelöst hat. Okay, als ich meinen Mann vor genau achtzehn Jahren kennengelernt habe, er war so charmant, aber Du weißt ja, wie die Männer sind, erst lieb, nett, sie versprechen Dir das Blaue vom Himmel, und hinterher?« Sie drückte auch diese Zigarette aus und zündete sich wieder eine neue an und nippte an ihrem Glas. »Wenn Du auch einen Wein möchtest? Bedien Dich.« Tanja sagte nichts und schüttelte nur mit ihrem Kopf.
»Ich war gerade mit meinem Studium fertig, als ich Sebastian kennenlernte. Er hatte eine eigene Praxis, alle liebten ihn. Zu dem Zeitpunkt wusste ich noch nicht, dass er eine ganz abartige Drecksau ist. Ehrlich. Ich wusste nicht, dass er einer derjenigen war, vor denen ich die Kinder beschützen wollte. Er liebte Kinder, aber nicht so wie Du und ich, sondern nackt in seinem Bett.« Sie machte ein abwertendes Geräusch und atmete tief durch.
»Ich bekam endlich eine Stelle beim Jugendamt, und sein Psychoterror fing an. Er machte mich gefügig mit allerhand Tabletten. Psychopharmaka, die gesamte Palette. Dazu kam noch sein Feingefühl, was die menschliche Psyche angeht. Er wusste, wo er hineinzustechen hatte, um von mir das zu bekommen, was er wollte. So baute er sich mit meiner Hilfe, aber gegen meinen Willen, ein Netzwerk von Pädophilen auf. Ich hatte Zugang zu solchen Leuten über das Amt und er benutzte mich. So ging es aber nicht lange. Vor fast genau vierzehn Jahren ist ein Teil der Gruppe aufgeflogen. Und ich musste meinen Hut nehmen beim Amt, weil ich angeblich nicht achtsam genug gewesen wäre.«
Sie kippte den Wein aus ihrem Glas in einem Zug hinunter und füllte ihr Glas erneut. Und das Glas von Tanja befüllte sie ebenfalls.
»Ich hieß zu dem Zeitpunkt noch Sawitzki. Während des Studiums hatte ich nach mehreren wilden Partys einen Kommilitonen geheiratet, Dirk Sawitzki. Noch während des Studiums haben wir uns scheiden lassen, aber den Namen hatte ich behalten. So kam

es, dass ich nach dem Eklat mit der Polizei meinen Rauswurf aus dem Amt und so weiter, Sebastian heiratete. Sebastian sagte mir, dass ich alle Papiere umschreiben lassen könnte auf meinen Geburtsnamen, also mein Diplom und so. Ich dachte zu diesem Zeitpunkt, dass er kuriert wäre und wir nie wieder mit so etwas Kontakt bekämen. Sebastian war mir bei allen Änderungen behilflich. Du musst wissen, er hat viele Kontakte. Und so kam es, dass ich wieder im Amt, nach einigem hin und her, eingestellt wurde. Als Monika Nesser. Ich wurde schnell befördert und kletterte schnell die Karriereleiter hoch. Die ganze Zeit hatte ich gedacht, dass Sebastian seine Vorliebe für Kinder an den Nagel gehängt hätte und deshalb seine Abartigkeiten lieber an mir ausgelassen hätte. Ich ließ es alles über mich ergehen. Nächte in seiner beschissenen Kiste. Medikamente. Schläge. Vergewaltigungen. Das ganze Programm. Ich dachte nur daran, wenn er sich an mir befriedigt, dass er die Kinder in Ruhe lassen würde. Weißt Du, wie weit ich gegangen bin? Nur um dieses miese Arschloch nicht in die Nähe von Kindern zu lassen?« Sie starrte Tanja an. Ihre Augen glitzerten vor Tränen im Schein der Kerze. Tanja schüttelte den Kopf.

»Ich habe zweimal abgetrieben. Und hinterher habe ich mich heimlich sterilisieren lassen, weil ich Angst davor hatte, mein Baby mit ihm in Kontakt kommen zu lassen.« Sie schluchzte deutlich hörbar auf.

»Tja, aber ich wusste nicht, dass er nie damit aufgehört hatte. Nie, verstehst Du. Die ganzen vierzehn Jahre, die er mich misshandelt hatte. Das war alles umsonst, mein Stillhalten. Mein Aushalten. Er ist weiterhin ohne mein Wissen seinen Neigungen nachgegangen. Warum Du hier bist? Die Familie Johan waren seine »Freunde«, die komplette Familie. Ich wusste, dass sie früher mit ihm unter einer Decke gesteckt hatten, deshalb habe ich Dich auch dorthin geschickt. Mit guter Ausdauer hättest Du etwas gefunden und das Kind in Obhut genommen. Als der Anruf der Lehrerin kam, wusste ich, dass ich Dich auf den Fall ansetzen musste, sagte es sei eine Krankheitsvertretung, weil es nicht Dein Bezirk war. Dass sie tot sein könnten, hätte ich im Leben nicht gedacht.«

Jetzt trank auch Tanja von dem Wein. Der saure Geschmack der

Trauben prickelte auf ihrer Zunge.
»Und was ist weiter passiert?« Es war das Erste, was sie aus ihrer Kehle rausbekam.
»Es ging durch die Presse, Sebastian bekam Wind davon und hielt mich an, alle Akten zu vernichten. Alles wäre aufgeflogen, auch, dass ich damals entlassen worden war. Zwar unter anderem Namen, aber so etwas kommt immer raus. Als Du heute Morgen ins Amt gefahren bist, war Sebastian dort, um zu kontrollieren, ob Du irgendwelche Akten in Deinem Büro aufbewahrst, die für uns hätten gefährlich werden können und ob ich meine Arbeit richtig gemacht hatte. So seid ihr aneinandergeraten und er hat Dich niedergeschlagen und mitgenommen. Aber ich schwöre Dir, dass ich nichts davon wusste. Erst als ich ihn vorhin noch aus dem Amt angerufen hatte, erzählte er mir davon. Tanja.« Sie machte wieder eine Pause.
»Ich wollte mich aus dem Fenster stürzen. Ich bin kaputt. Er hat mich im Laufe der Jahre fertiggemacht. Ich habe Klaustrophobie dank ihm, ich kann keine Nacht mehr ohne Schlaftabletten und Schmerzmittel schlafen. Morgens zum Aufstehen eine Valium und was das Medikamentenschränkchen sonst noch so hergibt. Ich habe im Amt nachgedacht. Ich bin hierher gefahren, um ihm zu sagen, dass es Zeit ist, die Scheidung einzureichen, weil ich nicht mehr kann. Meine beste Freundin zu entführen, das war zu viel. Tja, und als ich hierher komme, liegt die Bestie von meinem Mann tot in der Ecke. Und durch Zufall konnte ich seinen Mörder überwältigen und fesseln. Tja und um mich zu beruhigen habe ich zwei Valium, etwas Wein und meine Zigaretten und hätte mich gleich auf in den Keller gemacht, um Dich zu suchen.« Ihre Stimme bebte, sie rang um Fassung.
Tanja stand von ihrem Sessel auf, ging zu Monika Nesser hinüber und kniete sich neben sie. Tanja legte ihr einen Arm um die Schulter.
»Hast Du schon die Polizei gerufen?« fragte sie mit dünner Stimme.
Monika lachte kurz auf »Ha, wenn es ginge. Der Strom ist ausgefallen und weder das Telefon noch mein beschissenes Handy geht.«

»Aber wir bekommen das schon hin. Monika, Dir kann niemand einen Vorwurf machen, Du bist doch selbst das Opfer hier. Lass uns zur nächsten Polizeiwache fahren und Hilfe holen. Du brauchst einen Arzt und der hier auch.« Sie machte eine Kopfbewegung in Richtung Simon Neumann. Monika nickte.
Nachdem Monika Tanja eine Jacke gegeben und sich selbst angezogen hatte, traten sie vor die Tür.

Kapitel 51

Driessler und Dräger gingen mit strammen Schritten auf das Haus von Monika Nesser zu. Der starke Schneefall hatte mittlerweile aufgehört und nur noch ein paar vereinzelte Flocken tanzten vom Himmel herab. Es war still. *So still wie der Tod* dachte Driessler. Kein Mensch, kein Tier wollte sich bei diesen Temperaturen im Freien aufhalten. Nur ein Polizeihauptkommissar und ein Zeitungsreporter stiefelten durch die dunkle und eisige Nacht.
»Es ist nicht mehr weit, hier ist schon Hausnummer 16. Es muss das weiße Haus mit der kleinen Bank im Vorgarten sein, da drüben«, sagte Driessler mit angestrengter Stimme. Der Aufstieg auf den Berg machte beiden Männern arg zu schaffen. Kurz vor der Haustür sagte Driessler: »Carsten, eines musst Du mir wirklich versprechen, es darf unter keinen Umständen rauskommen, dass wir das hier zusammen erledigt haben. Es darf niemand erfahren, dass die Ermittlungen quasi Hand in Hand gelaufen sind. Die Kresse wird mir den Schädel vom Hals reißen, wenn sie spitz bekommt, dass ich gemeinsame Sache mit der Presse gemacht habe, versprich es mir.«
»Hör mal Dietmar, ich bin zwar ein kleiner Bluthund, was gute Storys angeht. Wenn ich mich einmal festgebissen habe, lasse ich so schnell nicht mehr los. Aber ich werde so eine Freundschaft, die uns beide verbindet nicht, auch wenn es eine noch so starke Story ist, aufs Spiel setzen. Weißt Du, uns von der Bild wird immer viel nachgesagt, von wegen alles nur mit viel Blut und alles Scheiße recherchiert, aber wir stehen so unter Druck von allen Seiten, da können wir uns keine journalistischen Patzer, wie

manch andere Zeitung, erlauben. Ich verspreche es Dir, keiner wird erfahren, wo ich meine Infos herhabe, und wenn die Kresse mich bei lebendigem Leib anzündet, ich halte mich immer an die Geheimhaltung. Vor allem, wenn es um Dich geht.« Er klopfte Driessler gegen die Schulter.

»Okay, wollen wir mal sehen, ob wir bei Frau Nesser ein Lichtlein anzünden können« sagte er mit wesentlich entspannterer Stimme.

Als sie gerade durch den Vorgarten des Hauses schritten, ging die Haustür auf.

Ihre roten Haare waren auch bei den schlechten Lichtverhältnissen gut zu erkennen. Driessler redete gleich drauf los

»Guten Abend Frau Nesser, wir hätten da noch ein paar Fr…«, weiter kam er nicht, denn seine Worte verhallten im Nichts, als er eine weitere Person im Schatten hinter Monika Nesser erkannte. Es war Tanja Engel, die Frau, nach der die komplette Essener Polizei suchte.

Dräger sagte mit bebender Stimme »Tanja.« Mehr konnte auch er nicht sagen.

Tanja Engel sah die beiden Männer an und begann sofort zu weinen. Aller Druck, der sich während der letzten Stunden in ihr aufgebaut hatte, fiel von ihr mit einem Schlag ab. Der Brief, die Angst in der Kiste, dann noch die dramatische Geschichte von Monika und, und, und. Alle Dämme brachen, obwohl sie nur einen Abend mit Carsten Dräger verbracht hatte. Sie freute sich so ungemein, ihn jetzt hier in dieser unglaublichen Situation zu treffen, dass sie weinend auf ihn zustolperte und ihn in ihre Arme riss. Auch er erwiderte den Schluss in die Arme und drückte sie fest an sich.

»Was ist hier los?« fragte Driessler mit fester, entschlossener Stimme.

»Frau Nesser, Frau Engel, was geht hier vor sich?«

Der Gesichtsausdruck von Monika Nesser war kaum zu entziffern. Sie stand wortlos da und sagte nichts. Allerdings meinte Driessler zu bemerken, dass sie mit ihm am allerwenigsten gerechnet hätte, als Spontanbesucher in dieser Horrornacht.

Nach einigen schier endlosen Sekunden brach Monika Nesser ihr Schweigen und redete nun wie ein Wasserfall drauf los.

»Mein Mann ist tot, Herr Driessler, er hatte Tanja entführt und hierher gebracht.

Es ist besser, wenn Sie erst einmal hineinkommen, sich alles ansehen und alles anhören.« Sie wirkte stark alkoholisiert.

Tanja sackte in den Armen von Carsten Dräger, zusammen mit zitteriger Stimme sagte sie, so leise, dass nur er es hören konnte.

»Ich will da nicht mehr rein gehen, ich will hier nur noch weg.«

Er nickte und rief Driessler hinterher, der schon in der Haustüre stand und sich nach ihnen umdrehte.

»Dietmar, Tanja, ich meine Frau Engel, ich meine es wäre besser, wenn Sie nicht mehr in das Haus hinein gehen würde. Sie ist absolut fertig«, sagte er.

Driessler schaute ihm direkt in die Augen, und mit fester Stimme sagte er: »Bring Frau Engel schon mal zum Wagen hinunter und rufe über mein Funkgerät im Präsidium Verstärkung, lass Dich mit Michel Jäger verbinden und erkläre ihm die Situation. Gebe ihm durch, wo wir uns befinden und sage auch, dass die Straßen hier mit normalen Fahrzeugen nicht zu befahren sind. Die sollen Schneeketten oder sonst noch irgendetwas benutzen. Und Carsten…«, er machte eine Pause »…pass auf sie auf. Ich möchte nicht, dass sie noch einmal verschwindet. Ist das klar?« Er drehte sich um und trat ins Haus hinein, schloss die Tür hinter sich mit einem lauten Klack.

Kapitel 52

Fest in seinen Arm gedrückt, machte Carsten Dräger sich mit Tanja Engel auf den Weg zu Driesslers Wagen. Es war glatt und beschwerlich für beide. Zuerst redete keiner, bis Carsten das Schweigen brach.

»Ich möchte, dass Du weißt, dass ich immer für Dich da bin. Das klingt jetzt zwar blöd, aber es fühlt sich an, als ob zwischen uns eine so starke Vertrautheit ist, obwohl wir uns kaum kennen.« Er brach mitten im Satz ab, als Tanja ihn unterbrach.

»Mir geht es genauso«, flüsterte sie und krallte sich fester an seinen Arm.

»Mir ist so übel und schwindelig, ich weiß nicht, ob ich mich noch lange auf den Beinen…«. Sie riss ihren Kopf zur Seite und übergab sich mit lautem Würgen. Carsten hielt sie fest umklammert, damit sie nicht zu Boden sackte.
»Das ist der Stress und die ganze Aufregung, Du brauchst jetzt erst einmal Ruhe, um wieder zu Kräften zu kommen.« Sie nickte leicht mit dem Kopf.
Als sie nach einiger Zeit am Wagen des Kriminalhauptkommissars angekommen waren, legte er Tanja auf die Rückbank und schaltete die Wagenheizung auf höchster Stufe an. Danach griff er zum Funkgerät, welches an den Armaturen des Wagens angebracht war.
»Hallo? Kann mich jemand hören?« fragte er, indem er sämtliche Knöpfe drückte.
Nach wenigen Augenblicken knisterte es in der Leitung und eine Männerstimme war deutlich zu hören.
»Sie benutzen den Polizeifunk, unterlassen Sie das, sonst drohen Ihnen empfindliche Strafen, Kollege, verstanden?«
»Hier ist Carsten Dräger im Wagen von Kriminalhauptkommissar Driessler, von der Mordkommission. Ich muss dringend mit einem Herrn Michel Jäger aus dem Polizeipräsidium sprechen und zwar schnell.« Seine Stimme war angespannt.
Nach kurzem Knistern versicherte der Beamte am anderen Ende der Leitung, dass er ihn zu Jäger durchstellen würde.
Nach fast fünfundvierzig langen Sekunden knisterte es erneut in der Leitung und Jäger meldete sich.
»Jäger hier, Herr Dräger was gibt es?«
»In Kurzfassung, wir haben Frau Engel, die vermisste Sozialarbeiterin im Haus von der Jugendamtsleiterin Monika Nesser gefunden, Herr Driessler ist noch im Haus und redet mit ihr, angeblich ist ihr Mann tot, aber das wichtigste ist, dass Frau Engel in Sicherheit ist. Allerdings benötigen wir hier oben bei der Adresse von Frau Nesser einiges an Personal, die Spurensicherung und was sonst noch so mobilisiert werden kann. Ach ja, die sollen mit Schneeketten oder sonst was anrücken, ansonsten kommen sie den Berg nicht hoch, verstanden?«
»Alles verstanden, werde es umgehend weiterleiten!« sagte Jäger

steif. »Ach ja, bevor ich es vergesse, hier oben ist noch immer kein Strom«, sagte er.
»Dauert aber nicht mehr lang, das RWE hat zugesichert, dass binnen der nächsten Stunde wieder im kompletten Essener Süden die Lichter angehen werden.«
»Verstanden und danke«, sagte Dräger und schaltete das Gerät aus.
Tanja lag mit leicht verdrehten Augen auf dem Rücksitz und starrte ihn an.
Mit leiser zittriger Stimme sagte sie:
»Es ist alles so furchtbar gewesen, die Kiste, der Mistkerl hatte mich in eine gottverdammte Kiste gesperrt.« Sie schluchzte leise.
Carsten streichelte ihr über den Kopf.
»Aber jetzt ist er tot, er wurde so massakriert, der alte Decksack, ich werde es nie, nie mehr vergessen, schlimmer als die Johans.«
»Wieso hat der Mörder Monika nicht umgebracht?«, fragte er sie behutsam.
»Sie hat ihn wohl überrascht, niedergeschlagen und gefesselt.«
Mit einem Aufschrei sah er sie an »Bitte, was willst Du mir damit sagen, dass nicht nur Monika, Du und ihr toter Ehemann im Haus da oben sind, sondern auch noch der Mörder?« schrie er.
Verängstigt sah sie ihn an. »Ja, aber er ist doch gefesselt und Monika hat ihm etwas injiziert, damit er schläft, ihr Mann ist doch, mhm, war doch Neurologe.« Sie richtete sich langsam auf.

Kapitel 53

Driessler hatte sich, über den wie ein Paket verschnürten Simon Neumann gebeugt.
Er tastete nach seinem Puls. Er schlug, aber nicht fest. Seine Pupillen reagierten nur schwach auf das Licht seines Feuerzeugs.
»Verdammte Scheiße, Frau Nesser, was haben Sie mit ihm gemacht?«
Monika Nesser saß wie vorhin in ihrem Sessel und kippte ein Glas Wein nach dem anderen in sich hinein, rauchte Kette und lachte höhnisch auf.

»Was ICH mit ihm gemacht habe? Soll das ein Witz sein Herr Hauptkommissar?«
Sie atmete tief ein und wieder aus. Sie konnte sehen, wie er sie im Kerzenschein mit seinen Augen taxierte.
»Würden Sie verdammt noch mal sagen, was Sie mit ihm gemacht haben?« seine Stimme klang zornig. Er hatte Angst den Mörder, den Serienkiller zu verlieren, nur weil Monika Nesser irgendwelche Spielchen zu spielen versuchte.
»Frau Nesser, ich knalle Ihnen eine Anzeige wegen unterlassener Hilfeleistung rein, wenn Sie mir nicht augenblicklich antworten. Verstanden?« schrie er.
»Aber, aber Herr Hauptkommissar, wer schreit hat Unrecht, das wissen Sie doch!« Ihre Miene wurde ernst »Ich habe ihm einen über den Schädel gezogen, nicht fest, sodass er hinfiel und dann habe ich ihm ein Gemisch aus Valium und Rohypnol injiziert, mehr nicht«, sie grinste breit.
»Wollen Sie mich verarschen? Mehr nicht? Sie haben Betäubungsmittel im Haus und spritzen hiervon und davon ein bisschen? Haben Sie überhaupt eine Ahnung von dem, was Sie getan haben? Was ist, wenn er stirbt?« Er war fassungslos.
Sie sprang auf, in der linken Hand das erneut gefüllte Weinglas und in der anderen die Zigarette. »Wenn Ihnen das nicht aufgefallen sein sollte Herr Driessler, dieser arme Mann auf dem Boden hat meinen Mann, auch wenn er ein elender Hurensohn gewesen ist, sagen wir mal…« sie tat so als müsste sie überlegen »mhm, ich würde sagen bestialisch abgeschlachtet. Was soll ich mit ihm machen? Ihn auf ein Glas Wein einladen, um darauf zu warten, dass auf gut Glück die Polizei vorbei kommt? Wollen Sie mich verarschen Herr Driessler? Dieser Pisser hätte mich auch abgeschlachtet oder vergewaltigt, oder sonst noch was und Sie sorgen sich um diesen Pisser?« Sie schmiss mit voller Kraft das Weinglas gegen die Wand, so dass Splitter und Wein wie Regen durch das Zimmer sprühten. Driessler sah sie an und wusste nicht, was er sagen sollte. Eine Frau, die es gewöhnt war, immer die Nerven zu behalten, rastete so aus? Was kam als Nächstes?
»Frau Nesser, ich verstehe Sie ja« versuchte er zu intervenieren.
»Nix versteht Ihr dämlichen Bullen, absolut nix, ich bekomme

Vorwürfe? Das gibt es nicht.« Sie griff nach einem neuen Weinglas und füllte sich nach.

»Ich möchte mich für mein eben Gesagtes bei Ihnen entschuldigen, aber die Sache ist nicht ganz koscher, dass müssen Sie zugeben«, sagte er.

Sie setzte sich wieder auf ihren alten Platz und leerte das Weinglas in einem Zug.

»Was soll ich denn daran machen? Was kann ich dafür, dass mein Ehemann kleine Kinder gefickt hat und sich einer an ihm rächen will? Mhm? Was kann ich dafür, dass er mich bedrängte, mich gefügig gemacht hat? Mich erpresst hat? Klar, jeder ist seines eigenen Glückes Schmied, aber ich hatte Angst, Herr Driessler.« Ihre Stimme klang mit jedem Wort weniger aufgebracht und immer ruhiger.

Er setzte sich zu ihr. »Womit hat er Sie erpresst? Was kann so schlimm sein, dass Sie diese schrecklichen Dinge für sich behielten?«

Sie lachte erneut auf. »Das kann ich Ihnen gerne sagen, wollen sie es im O-Ton hören, was er gesagt hat? Wollen sie es wirklich wissen?«

Er nickte.

Sie räusperte sich und sprach nun mit einer ins Dunkle und Raue verstellten Stimme.

»Wenn Du dumme Hure nur einen Ton sagst, werde ich Dir eine Spritze verpassen, dass Du Dein Gehirn ausscheißt und den Rest Deiner jämmerlichen Tage in der Geschlossenen verbringst und nicht mal mehr weißt, wer Du bist, das verspreche ich Dir, wie ich Dir versprochen habe, dass wir zusammenbleiben, bis das der Tod uns scheidet, Du miese kleine Fotze.« Sie stand auf und holte eine neue Flasche Wein und entkorkte sie, um sich erneut ein Glas einzufüllen.

Er saß gedankenverloren da. Dann schaute er zu dem dicken, von oben bis unten aufgeschlitzten Mann, der an die Wand gelehnt saß. Ein Psychiater. War er so krank gewesen? War er zu so etwas imstande gewesen? Ein Schauder durchjagte ihn. Er wollte es sich nicht eingestehen, aber er tat es dennoch. Er verstand Monika Nesser. Und mehr noch, er hatte Mitleid mit ihr.

Kapitel 54

Schweißperlen rannen von ihrer Stirn herab über ihr Gesicht.
»Mir ist schwindelig‹,‹ sagte Tanja mit zitternder Stimme.
Carsten Dräger strich ihr mit der linken Hand über ihr Haar und über ihre Stirn, um die Schweißperlen abzuwischen. Er hatte Angst um sie, denn ihr Gesicht war schlagartig aschfahl geworden und tiefe schwarze Augenringe zeichneten sich ab.
»Das sind der Stress und die Horrorstunden, die Du durchlebt hast«, sagte er eindringlich. »Tanja…«, er machte eine kurze Pause.
»Ich werde es nie wieder zulassen, dass Dir so etwas Schlimmes passiert, das verspreche ich Dir.« Er sah ihr direkt in die Augen. Mit einem Mal verdrehte sie ihre Augen und begann am ganzen Körper zu zittern. Panik breitete sich in ihm aus. Er rüttelte an ihr, und rief immer wieder »Tanja, bleib wach, bis die Polizei hier ist,«, aber sie reagierte nicht. Er riss das Funkgerät aus seiner Halterung und drückte wie verrückt die Knöpfe und schrie hinein.
»Hallo? Hallo? Hier ist noch mal Carsten Dräger aus dem Wagen von Hauptkommissar Driessler, ist da wer?« Er lauschte dem Rauschen und Knattern des Gerätes, binnen weniger Sekunden antwortete eine Stimme.
»Was gibt es? Die Kollegen sind schon unterwegs« antwortete der Beamte ihm.
»Irgendetwas stimmt mit Frau Engel nicht, der entführten Sozialarbeiterin, sie zittert am ganzen Körper und ist nicht ansprechbar«, schrie er in das Funkgerät.
»Okay, Herr Dräger bleiben Sie ganz ruhig, wo genau stehen Sie?« Carsten erklärte ihm seinen genauen Standort.
»Herr Dräger, schaffen Sie es mit dem Wagen zu fahren?«
»Ja, aber ich muss auf Herrn Driessler warten.«
»Darum kümmern wir uns schon, die Einsatzwagen kommen besser als geplant durch und werden in wenigen Minuten eintreffen. Also, wenn Sie wieder auf die Hauptstraße fahren und drauf bleiben, kommt schon nach wenigen Metern das Kupferdreher Krankenhaus, es ist laut Plan keine 600 Meter von Ihrem jetzigen Standort entfernt, ich werde alle Einsatzkräfte informieren, dass

Sie das Opfer ins Krankenhaus bringen, geht das? Schaffen Sie das?«
»Ja, alles verstanden«, sagte er, während er den Wagen startete und mit Vollgas den Wagen des Hauptkommissars in Bewegung brachte. Der Wagen begann augenblicklich mit dem Hinterteil auszubrechen und rammte eine Mülltonne, die umkippte. Aber das störte ihn nicht. Er brachte das Auto wieder unter seine Kontrolle und fuhr, viel zu schnell für diese Witterungsverhältnisse, Richtung Krankenhaus.

Kapitel 55

Das helle Neonlicht war ausgeschaltet, stattdessen waren die langen Gänge des Krankenhauses durch die Notbeleuchtung erhellt. Das Licht hatte einen leichten Rotstich. Nach der Panik trat die absolute und konzentrierte Ruhe bei Carsten Dräger ein. Er hielt Tanja wie ein Baby in seinen Armen, als er in die Notaufnahme des Krankenhauses rannte. Er atmete tief ein und aus. Wie ein scheues Tier schaute er sich Hilfe suchend um. Niemand, absolut niemand war hier. Die Anmeldung war verlassen. Er merkte, wie ihr Atem immer langsamer wurde. Sie zitterte leicht. Auf einem Gang entdeckte er ein Bett, das dort abgestellt worden war. Er legte sie hinein und streichelte ihr übers Haar.
»Ich hole Hilfe, ich bin gleich zurück« sagte er.
Er rannte los. Er warf einen Blick in alle Räume. Geräte piepsten. Ein alter Mann in einem Frotteebademantel, der einen Rollator vor sich herschob, kam um eine Ecke geschlurft. Er blieb stehen, als er Carsten erblickte, der über den Gang rannte.
»Junger Mann, immer mal langsam«, krächzte er.
»Haben Sie einen Arzt gesehen?« schrie er atemlos.
Der alte Mann setzte sich auf das Sitzbrett des Rollators und sah ihn an. Man konnte sehen, dass er nachdachte.
»Bitte, es ist dringend, ich brauche sofort einen Arzt.«
»Die haben alle Hände voll zu tun, weil der Notstrom nicht im ganzen Haus funktioniert, die rennen da oben rum.« Er zeigte mit seiner runzeligen Hand, die aussah, als ob sie mit dünnem

Pergament überzogen war, zur Decke hinauf.
Und nach der Ruhe kommt die Panik wieder. Er schrie aus ganzer Kraft.
»Ich brauche einen Arzt, HILFEEEEEEEEEEEEEEEEEEEEEEEEEEE!«
Der alte Mann zuckte zusammen, krallte sich an seinen Rollator, stand kompliziert auf und schlurfte mit hastigen Schritten davon.
Carsten rannte zur Anmeldung, griff über den Tresen, nahm den Telefonhörer ab und drückte die Wahlwiederholungstaste des Telefons und lauschte.
Nach einem leisen Klackern nahm jemand ab.
Eine tiefe Frauenstimme mit osteuropäischem Akzent meldete sich.
»Station Sankt Elisabeth, Schwester Ivanna.«
Ohne abzuwarten, redete er los.
»Ich bin hier unten in der Notaufnahme, aber hier ist niemand, ich brauche hier sofort einen Arzt, jetzt!«
»Wieso ist denn da keiner?« sagte die Schwester patzig.
»Das kann ich Ihnen nicht sagen, aber ich brauche ihn jetzt, sie stirbt sonst, verdammte Scheiße, sie stirbt!« Er begann zu weinen.
»Okay, warten Sie dort, ich kümmere mich umgehend darum, warten Sie, wo Sie sind.« Sie knallte den Hörer auf.
Er sank mit dem Rücken weinend am Tresen hinunter. Die Gedanken schossen wie Gewehrkugeln durch seinen Kopf. Jetzt hatte er sie wiedergefunden, auf den ersten Blick heil, aber jetzt das, er wollte sie nicht schon wieder verlieren.
Er wusste zwar nicht, was sich zwischen ihnen entwickelt hatte, aber er wusste, dass sich etwas entwickelt hatte. Und das wollte er nicht aufgeben.
Es waren wahrscheinlich seine längsten fünfundvierzig Sekunden, aber mit einem Mal hörte er das Geräusch des Aufzuges und rennende Schritte, die über den grünen Linoleumboden hallten. Er hörte eine tiefe Männerstimme.
»Da ist er, holt mir direkt eine Liege!«
Er reagierte umgehend.
»Nicht ich, es ist meine Freundin.« Er registrierte sofort, was er gesagt hatte, korrigierte sich aber nicht.

»Sie liegt hier vorn im Bett, ich habe sie da hineingelegt. Es ist die Frau, die hier in Essen gesucht wurde, ich habe sie gefunden. Erst war alles okay, aber plötzlich sackte sie in sich zusammen.«

Sie rannten alle zu dem Bett, in dem Tanja lag.

»Bringt sie sofort in Untersuchung eins«, wies der dunkelhäutige Arzt die Schwestern an.

Er war höchstens dreißig, Carsten dachte an einen Inder.

Noch während das Bett mit Tanja in den Untersuchungsraum eins geschoben wurde, tastete der Arzt nach ihrem Puls am Handgelenk und schaute auf seine Uhr.

»Puls kaum noch tastbar!« rief er erregt.

Eine Krankenschwester kam umgehend mit einem Blutdruckmessgerät angerannt, legte ihr die Manschette um ihr Handgelenk und drückte auf einen blinkenden Knopf. Sofort erklang ein mechanisches Summen und die Manschette pustete sich auf.

Ehe sie noch im Untersuchungsraum angelangt waren, rief sie dem Arzt zu: »Der Blutdruck ist 70 zu 40 und fällt weiter!«

Carsten schwamm im Schwarm der Weißkittel mit in den Untersuchungsraum. Sofort bildete sich ein Pulk um Tanja, die noch immer im Bett lag.

Er ließ sich auf einen Stuhl an einer Wand nieder.

Er lauschte nur noch den wirren Rufen der Schwestern und der Ärzte.

»Keine Pupillenreaktion beidseitig«, rief der Arzt.

»Zugang gelegt«, rief eine weitere Schwester.

»Großes Blutbild und Toxikologie, spritzen sie ihr zwei Ampullen Adalat« rief der Arzt erneut.

»Herr Doktor, sie beginnt zu krampfen«, sagte eine andere Schwester.

Er rief einen weiteren Namen eines Medikamentes und, dass es so aussehen würde als hätte sie sich vergiftet.

Eine Schwester kam zu ihm und klopfte ihm leicht auf die Schulter.

»Ich bin Schwester Ivanna, was ist genau passiert, hat sie sich vergiftet? Oder wurde sie vergiftet? Wenn Sie wissen, was Sie eingenommen hat, können wir ihr besser helfen.« Sie sah ihn mitfühlend an.

»Ich weiß es nicht« sagte er mit kaum hörbarer Stimme.
Sie fasste ihn am Arm und signalisierte ihm aufzustehen. Er gehorchte, warf aber noch einmal auf die wabernde Masse von Menschen, die sich um das Bett herumbewegten, einen Blick zurück. Er konnte noch einen Blick auf Tanjas bleiches Gesicht werfen. Sie hatten ihr eine Sauerstoffbrille angelegt. Schläuche waren an einen Zugang in ihrer Vene am Handgelenk angeschlossen. Es sah grauenerregend aus. Würde er dieses Bild, das sich auf seine Netzhaut brannte, jemals vergessen können? Er verließ den Untersuchungsraum mit Schwester Ivanna. Sie führte ihn in ein Zimmer, das eigentlich als Ruheraum für Ärzte gedacht war. Auch hier gab es nur die Notbeleuchtung mit dem unverkennbaren Rotstich. Carsten setzte sich auf einen gepolsterten Stuhl. Die Krankenschwester setzte sich ihm gegenüber auf eine kleine Pritsche und zog eine Schachtel Marlboro aus ihrer Kitteltasche.
»Wollen Sie auch eine?« fragte sie mit ihrem osteuropäischen Dialekt.
Er nickte und zog sich eine Zigarette aus der Schachtel. Sie gab ihm Feuer.
So hatte er sich die Rettung nicht vorgestellt, Krankenhaus, klar, zur Untersuchung, bei der bis auf Stress oder so etwas nichts Weiteres festgestellt werden würde.
Lange sagten beide nichts. Bis Ivanna das Schweigen brach.
»Ist sie Deine Freundin?«, fragte sie mit zarter Stimme, so zart, wie es ihr mit ihrer dunklen Reibeisenstimme nur möglich war.
Er überlegte. Tja was war sie für ihn? Eigentlich kannte er sie überhaupt gar nicht. Er wusste fast nichts von ihr, außer dass sie eine tote Familie gefunden hatte, ein Serienmörder sie mochte und, dass die letzten Stunden, die sie erlebt hatte, der blanke Albtraum für sie gewesen sein müssen.
»Ich denke schon«, sagte er. Er wusste wieder nicht, warum er es sagte, aber ihm war einfach danach. So fühlte er sich besser. Er war sich an dieser Stelle sicher, dass er alles daransetzen würde, dass sie seine Freundin werden würde. Bestimmt.
Ivanna nickte.
»War schwere Zeit für sie, oder?« sie inhalierte den Qualm.
Carsten nickte.

»Ja war es.« Er machte eine kurze Pause. »Was machen Sie jetzt da drin mit ihr?« fragte er sie.
»Also Doktor meinte, dass es aussieht wie eine Vergiftung, von innen, also nicht durch Spritze oder so, er wird erstmal versuchen, den Magen auszupumpen und er geben Medikamente dagegen, wenn er was finden.«
Carsten nickte wieder nur.
Mit einem lauten »Klack« sprang die Notbeleuchtung aus und das »normale Licht« funktionierte wieder.
»Oh, wir haben wieder Strom, dann wir bekommen Laborwerte schneller«, sagte Ivanna lächelnd.
Es war halb drei morgens.

Kapitel 56

Er war wie betäubt von den letzten Stunden seines Lebens. So viele Ereignisse, die einen Fall angingen, hatte er in seiner gesamten Laufbahn bei der Polizei nicht erlebt.
Es rauschte in seinem Kopf. Er merkte, wie das Blut in seinen Schläfen pulsierte. So brutale Morde, hintereinander, so etwas hatte er noch nie gesehen. Der ermordete Ehemann von Monika Nesser. Es war abartig gewesen. Er war mit soviel Brutalität ermordet worden, oder besser gesagt hingerichtet. Er hatte das Haus verlassen, er wollte zu Fuß zum Krankenhaus gehen. Er musste wieder einen klaren Kopf bekommen. Die Kollegen wollten ihn zum Krankenhaus fahren, aber er hatte abgelehnt. So ereignisreiche Stunden. Simon Neumann wurde ins Klinikum gebracht, würde aber während der nächsten Stunden nicht ansprechbar sein. Monika Nesser hatte sich systematisch betrunken und jede Form von greifbarem Alkohol in sich hinein gekippt. Sie lag in ihrem Bett und schlief sich aus. Sie wollte nur noch allein sein. Herr Nesser, seine Überreste wurden in die Gerichtsmedizin gebracht. Morgenfrüh würden sie ihre Arbeit im Haus der Nessers wieder aufnehmen, nur ein paar Stunden Schlaf würden allen Beteiligten gut tun. Da der Strom wieder funktionierte, funktionierten die Mobilfunknetze auch wieder. Als er durch den Schnee

stapfte, zog er das Handy aus seiner Jackentasche und wählte die Privatnummer der Staatsanwältin, sie wollte ja über alles informiert werden.
Sie nahm schon nach dem zweiten Klingeln den Hörer ab.
»Kresse«, brummte die Staatsanwältin in den Hörer.
»Schlafen Sie eigentlich nie?« begrüßte er sie.
»Da Sie mich ja nicht über die Ereignisse ins Bild gesetzt haben, hat es halt jemand anderes getan, aber darüber sprechen wir ein anderes Mal. Berichten Sie mir, was geschehen ist«, fauchte sie, wie eine missgelaunte alte Katze.
Warum wunderte es ihn nicht, dass sie andere Quellen als ihn hatte? Er war zu erschöpft, als mit ihr eine Diskussion anzufangen.
Er berichtete ihr, was geschehen war, bis zu dem Punkt, dass er zu Tanja Engel auf dem Weg ins Krankenhaus war.
Vor dem Eingang des Krankenhauses blieb er stehen, als er sagte: »So, jetzt bin ich hier am Krankenhaus, kommen Sie morgen früh in das Haus der Nessers? Oder treffen wir uns im Präsidium?« fragte er erschöpft.
»Bei der Nesser, ich komme da hin, übrigens, was ich noch dringend los werden wollte«, zischte sie. Er wusste, was jetzt kommen würde, würde ihn arg aus dem Ruder werfen. »Wenn ich am Montag nur ein Wort über die Ermittlungen in der Bildzeitung lese, können Sie sich auf einiges und mehr gefasst machen.«
»Wie kommen Sie drauf?« fragte er verunsichert.
»Wie gesagt, ich habe meine Quellen«, sagte sie.
Wut, die zur Übelkeit wurde, staute sich in ihm auf. Die Übelkeit wurde zur richtigen Aggression gegenüber der Staatsanwältin.
»Ich will nicht unverschämt werden« sagte er, noch ehe er weiter reden konnte, unterbrach sie ihn.
»Dann werden Sie es auch nicht«
»Ich reiße mir hier den Arsch auf, stapfe hier nachts durch den Schnee, unterhalte mich mit besoffenen Weibern, verbringe meine gesamte Freizeit damit, ihnen einen Täter zu liefern und die vermisste Sozialarbeiterin mir wie ein Kaninchen aus dem Hut zu zaubern, während Sie gemütlich zu Hause auf dem Sofa sitzen und wohlmöglich fernsehen. Ein großer Teil des Ermittlungserfolges beruht auf den Erkenntnissen von Herrn Dräger. Es ist

mir einfach egal, ob und was in der Bild steht, wenn es Ihnen nicht passt, lesen sie es nicht. Verstanden? Um acht Uhr bei Monika Nesser. Wo das ist, hat Ihnen ja IHRE QUELLE bestimmt verraten.« Die letzten Worte hatte er gebrüllt, ehe er das Gespräch beendete.
Er holte ein paar Mal tief Luft, ehe er das Krankenhaus betrat.

Kapitel 57

Die Haupttür des Krankenhauses war verschlossen, nur ein kleines Hinweisschild in der Glastür teilte mit, dass alle Besucher nach zwanzig Uhr den Nebeneingang, der wohl rechts vom Haupteingang gelegen war, benutzen sollten. Leise fluchend watete Dietmar Driessler wieder durch den Schnee zum Nebeneingang. Gott sei Dank hatte es aufgehört zu schneien. Einer der Beamten im Haus von Monika Nesser hatte ihm mitgeteilt, dass sich das Wetter in den nächsten Tagen bessern sollte, sogar Plusgrade sollten erreicht werden. *Herrlich* dachte er sich, *noch ein paar Tage schlittern auf den Straßen, aber dann wird es besser. Wenn sich der Beamte mal nicht irrte*, dachte er sich. Das Gespräch mit der Oberstaatsanwältin hatte Spuren bei ihm hinterlassen. Sie war nun mal die Weisungsbefugte in diesem Fall, wie bei allen Kapitalverbrechen- und Mord war ein Kapitalverbrechen. Er wusste nur zu gut, was es hieß, der lange Arm der Staatsanwaltschaft zu sein. Er hatte das Know-how und sie hatten wie immer das Sagen. Aber die letzten Tage, und vor allem dieser Tag, hatten Spuren bei ihm hinterlassen und er würde sich bei seinem Vorgehen mit ihr auf keine Diskussionen einlassen. Nie mehr. Er dachte sich, wenn es zu heiß hergeht und sie zu sehr auf ihr Recht pochen würde, würde er ihr die Brocken vor die Füße werfen und dann wäre es das gewesen.
Er dachte jedes Mal daran, wenn er wieder Ärger mit den Herrschaften von der Staatsanwaltschaft gehabt hatte, die Brocken hinzuschmeißen, aber er war heute noch immer im Job und würde es auch bleiben.
Er erreichte den Nebeneingang. Ein junger Pförtner von maximal

fünfundzwanzig Jahren saß in seiner Pförtnerloge und betrachtete ihn kritisch.
Driessler hielt seinen Ausweis vor die Glasscheibe, die beide voneinander trennte und redete ohne abzuwarten los.
»Driessler, Mordkommission. Ich muss zu Frau Engel, sie wurde heute Nacht hier bei ihnen aufgenommen. Wo kann ich sie finden?« fragte er angespannt. Seine Füße schmerzten von der Kälte.
»Ahm, entschuldigen Sie Herr Dressler, aber wissen Sie, wie spät es ist?« fragte der Junge frech. Driessler mochte ihn nicht, wahrscheinlich war er ein Medizinstudent im ersten oder zweiten Semester, der Kohle brauchte und hier einen auf Chef machte.
»Zu allererst lassen Sie mich mal eintreten, dann reden wir beiden«, sagte er selbstgefällig.
Der Junge drückte auf einen Knopf und mit einem automatischen Summen ging die Tür auf.
»Medizinstudent?« fragte Driessler, nachdem er eingetreten war und zur Tür der Pförtnerloge gegangen war.
»Ja, stimmt, drittes Semester« sagte er mit vor Stolz geschwollener Brust.
»So Doc, dass wir uns gleich verstehen, ich habe einen beschissenen Tag hinter mir, habe mehr Blut gesehen, als Du in den nächsten Jahren zu sehen bekommst. Verstanden?« Sein Tonfall wurde immer durchdringender, der junge Student ließ seinem Gesichtsausdruck nach vermuten, dass er jedes einzelne Wort verstanden hatte. Er nickte dazu noch bekräftigend.
»Schön, dass Du es verstanden hast, dann sei mal ein fleißiger Doc und sage mir, wo ich Frau Tanja Engel finde! Okay?«
»Natürlich Herr Dressler«, sagte er mit Panik in der Stimme.
»Driessler, Hauptkommissar Driessler von der M-O-R-D-Kommission Essen, okay?«
»Selbstverständlich Herr Hauptkommissar Driessler«, sagte er hastig.
Er tippte wild auf seinem Computer, bis er fand, was er suchte.
»Sie ist mittlerweile von der Notaufnahme auf die Intensivstation verlegt worden, folgen sie einfach dem grünen Streifen auf dem Boden bis zu den Aufzügen und dann in die erste Etage und dann links, da ist die Notaufnahme.«

Die letzten Worte bekam Driessler nicht mehr mit, weil er sich schon auf den Weg gemacht hatte.
Intensivstation, das klang gar nicht gut in seinen Ohren. Was war geschehen? Als er Tanja Engel das letzte Mal gesehen hatte, ging es ihr doch den Umständen entsprechend gut. Im Laufschritt erreichte er die Fahrstühle, ein Lift stand schon offen, als ob er auf ihn gewartet hätte. Er bestieg den Lift und drückte die Taste eins. Erst jetzt bemerkte er seinen Hunger, den er verspürte. Es gab einen kleinen Klongton und die Türen öffneten sich. Er beeilte sich, aus dem Fahrstuhl zu kommen und rannte den Gang entlang. Er musste eine Klingel betätigen, die ihn ankündigte.
Nach wenigen Augenblicken wurde die Tür von einer Krankenschwester geöffnet. Auf ihrem Namensschild stand Schwester Ivanna – *eine Polin* – dachte er sich sofort.
»Sie sind bestimmt Hauptkommissar Driessler«, sagte sie zuversichtlich.
»Driessler, kann ich zu Tanja Engel?«
»Sie schläft jetzt«, sagte sie, als sie eintraten.
»Aber Herr Dräger ist noch hier. Kommen Sie mit, ich bringe Sie zu ihm.« Jetzt dachte er wieder an seinen Johnny Walker.
Er musste noch warten.

Kapitel 58

Es roch nach Desinfektionsmittel und ein kontinuierliches Piepsen von medizinischen Geräten hallte den Gang entlang. Er hasste Krankenhäuser. Nirgendwo standen sich das Leben und der Tod näher, als hier im Krankenhaus. Sein eigener Tod wurde Driessler jedes Mal, wenn er in einem Krankenhaus war, bewusst.
Schwester Ivanna ging ihm voraus. Durch die Glasscheiben, die in die Wände eingelassen waren, konnte er einen Blick in die dahinter liegenden Zimmer werfen, in denen Menschen an Kabeln und Schläuchen angeschlossen waren.
Sie führte ihn zum Stationszimmer. Zwei Schwestern in grünen Kitteln saßen an einem Tisch und löffelten einen Joghurt, sie unterhielten sich. Carsten Dräger saß am anderen Ende des Tisches

und hatte seinen Kopf in die verschränkten Arme auf den Tisch gelegt. Er schlief.

»Es war ein langer Tag für ihn«, sagte Schwester Ivanna.

Driessler nickte.

»Wie geht es Frau Engel?« fragte er mit gesenkter Stimme.

Ivanna griff nach einem grauen Ordner der links und rechts kleine Metallaufhänger hatte, um ihn in einen Aktenschrank zu hängen. Sie blätterte in den Unterlagen.

»Also, würde sagen, den Umständen entsprechend gut.« Sie lächelte.

Eine der Schwestern stand auf und reichte ihm ihre Hand. Sie war braun gebrannt mit dunkelblondem Haar, das lockig auf ihre Schultern fiel. Sie sah in Driesslers Augen ansprechend aus. Ein Hauch von Chanel No. 5 umspielte sie. Er kannte den Geruch genau, den Geruch von Eleganz und Klasse. Jedes Jahr zum Geburtstag seiner Frau schenkte er ihr eine große Flasche von diesem Parfüm. Er ergriff ihre Hand.

»Ich bin Nachtschwester Edeltraut, ich trage nachts hier die Verantwortung. Soll ich Ihnen die bisherigen Untersuchungsergebnisse erklären? Oder soll ich einen Arzt kommen lassen?«

Er starrte sie verwirrt an. Ihr Händedruck war fest, womit er nicht gerechnet hatte.

»Nein, nein, ich denke mir, dass sie es mir genauso erklären können und außerdem denke ich mir, dass der Arzt an einer anderen Stelle besser gebraucht wird, als mir hier Untersuchungsergebnisse mitzuteilen.« Er lächelte.

Sie erwiderte sein Lächeln.

»Na gut, dann gehen wir mal in den Besprechungsraum. Wollen Sie einen Kaffee?«

Ihre Entschlusskraft, die sie ausstrahlte, beeindruckte ihn.

»Gern, schwarz.« Er grinste.

Sie goss ihm einen Pott voll heißen schwarzen Kaffee ein und er folgte ihr in den Besprechungsraum, den sie vom Schwesternzimmer aus betreten konnten.

Der Raum war klein und kahl. Ein Schreibtisch mit einem gepolsterten Drehstuhl dahinter und zwei unbequemen Holzstühlen davor. Auf dem Schreibtisch stand ein Computer, der eingeschaltet

war, das verriet das leise Brummen des Lüfters, der Monitor war aber ausgeschaltet.
Er setzte sich auf den unbequemen Stuhl, zu seiner Überraschung setzte sie sich neben ihn auf den weiteren unbequemen Stuhl.
Sie öffnete die Krankenakte.
»Also, Frau Engel ist heute Nacht hier eingeliefert worden, nicht ansprechbar, keine Pupillenreaktion auf beiden Seiten, kaum tastbarer Puls, niedriger Blutdruck und leichte Krämpfe.« Sie sah ihn an.
»Wenn Sie es mir sagen. Wie kann das denn sein? Als sie fortgegangen waren, war sie relativ fit«, sagte er.
»Das passte alles gut zusammen im Diagnosebild«, erwiderte sie.
»Aha, und das wäre?«
»Der diensthabende Notarzt ordnete die Symptome einer Vergiftung zu«
Sein Blick versteinerte sich. *Vergiftung? Wie konnte das denn sein? Hatte der Scheißkerl versucht sie zu vergiften?*
Sie sah wieder in die Akte und erzählte weiter.
»Als Erstes haben wir ihr einen Zugang gelegt, ihren Kreislauf stabilisiert, Blut abgenommen und ihr den Magen ausgepumpt.« Jetzt sah sie ihn wieder an.
»Hat sich das mit der Vergiftung bestätigt?«, fragte er sie.
»Also wir haben den Mageninhalt, einen Moment.« Sie blätterte in den Unterlagen.
»Ja es war nur Flüssigkeit im Magen vorhanden, also die Magenflüssigkeit und eine Blutprobe in die Toxikologie geschickt.«
»Und?« fragte er nervös »hat sich der Verdacht mit der Vergiftung bestätigt?«
»Das kann ich nur vermuten, da die Ergebnisse so schnell nicht vorliegen, auch die Toxikologie hatte Probleme mit dem Stromausfall und deren Notstromgenerator hatte einige Probleme gemacht. Demnach wird es noch etwas Zeit in Anspruch nehmen, um die genauen Ergebnisse zu bekommen. Aber ein Ergebnis haben wir schon.« Sie wollte es spannend machen, hatte er im Gefühl.
Er sah ihr direkt in die Augen.

»Vergiftet wurde sie ohne jeden Zweifel, nur womit darauf warten wir noch.«
»Verdammte Scheiße« brummte er. »Wird sie Schäden oder so etwas zurück behalten?« fragte er.
»Ich bin kein Arzt, aber wenn Sie mich fragen, können Schädigungen zurückbleiben, wie zum Beispiel eine leichte Amnesie, was die letzten Stunden vor Einnahme des Giftes angeht. Wie gesagt, es kann, muss aber nicht.« Ihre Stimme klang nun sachlich, das Lächeln war aus ihrem Gesicht gewichen.
Er vergrub sein Gesicht in seinen Händen, das hatte ihm gerade noch gefehlt. Eine Amnesie, das Vergessen von Gewesenem. *Scheiße!* Dachte er sich. Seine Hauptzeugin könnte wohlmöglich alles vergessen haben.
»Herr Driessler.« Sie legte ihre linke Hand auf seinen rechten Arm. »Es muss aber nicht sein, wenn die Patientin wieder aufwacht, kann es auch genauso gut sein, dass sie sich an alles erinnern wird. Uns bleibt nur die eine Möglichkeit und die heißt abwarten«.
»Ich habe eine Frage«, sagte er den Kopf wieder erhoben, sein Gesicht war gerötet vom Massieren seiner Hände. »Was kann passieren, wenn ein Mensch ein Gemisch aus Valium und Rohypnol gespritzt bekommt, und zwar eine erhebliche Menge, die ihn bewusstlos werden lässt?«
»Oh, also wenn Sie mich fragen, ist dies sehr gefährlich. Man benutzt Rohypnol kaum noch und das in Verbindung mit Valium, so denke ich, ist dies nicht gerade glücklich! Aber wie kann ein Arzt jemandem so ein Gemisch verabreichen? Das ist doch gar nicht legitim!« Ihre Stimme klang besorgt.
»Es war kein Arzt, sondern ein Leihe.« Er machte sich nun wirkliche Sorgen. Was wäre, wenn sein Mörder nicht mehr in der Lage sein würde für sein Handeln die Konsequenzen zu tragen? Das wäre ein Desaster. Alle Anstrengungen für die Katz, die Öffentlichkeit verlangt in solchen Fällen immer nach Blut. Sie wollen zu Recht, dass der Mörder seine gerechte Strafe bekommt. Vor allem, wenn Kinder in Mitleidenschaft gezogen werden, wie es hier der Fall war. *Einfach alles Scheiße* dachte er erneut.
»Aber Rohypnol wird in Tabletten- oder Pulverform verabreicht,

Herr Driessler. Es ist die Vergewaltigerdroge Nummer eins. Es lässt sich leicht in Getränken auflösen, ohne dass man es merkt. Es wirkt schnell und wird normalerweise in knapp zwei Stunden vom Körper abgebaut, wenn es nicht überdosiert wird.«
»Und was ist mit Valium?« fragte er.
»Valium kann gut gespritzt werden oder auch in Tablettenform verabreicht werden, Valium ist ein starkes Beruhigungsmittel, warten Sie mal, ich schaue in die »Rote Liste« in den Computer, mal sehen, was er uns zum Rohypnol gibt.«
Sie schaltete mit einem Piepsen den Monitor ein und begann sogleich zu tippen. Nach einigen Sekunden hatte sie gefunden, wonach sie suchte.
»Oh, das Rohypnol kann auch gespritzt werden, allerdings nur langsam steht hier, es wird eigentlich von Anästhesisten verwendet vor der eigentlichen Anästhesie, um den Patienten zu beruhigen. Wie kam Ihr Leihe denn an die Medikamente? Sie fallen beide unter das BTM, das Betäubungsmittelgesetz.«
»Dazu kann ich nichts sagen wegen der Ermittlungen, die noch andauern. Aber sagen wir es mal so, ein nahestehender Mensch hat was mit Psychokram zu tun«, sagte er.
»Mhm, klar ein Psychiater. Aber er muss wissen, wie gefährlich so ein Gemisch ist, warten sie mal.« Sie tippte in ihren Computer und erneut fand sie, wonach sie suchte.
»Wissen Sie was, Herr Driessler?« ohne abzuwarten, redete sie weiter. »Es könnte sein, dass Frau Engel eine Überdosis Rohypnol bekommen hat, alle Symptome passen hierzu. Herr Dräger sagte mir, dass sie vorher müde war, leicht verwirrt, auch das Krampfen und das Weggetretensein passen hierzu. Genauso wie der niedrige Blutdruck und die langsame Herzfrequenz. Ich rufe umgehend den zuständigen Arzt an, dass er sich mit der Toxikologie in Verbindung setzen soll, damit sie auf Rohypnol testen. Das geht schneller, als wenn Sie nach einem Phantom suchen müssen.« Sie griff zum Telefon und erklärte dem Arzt, was sie mit Driessler herausgefunden hatte. Sie legte auf.
»Dr. Kahni ruft umgehend in der Toxikologie an, wollen Sie sich etwas hinlegen? Wir haben ein Bereitschaftszimmer, in dem Sie sich ein paar Stunden ausruhen können und sobald die Patientin

bei Bewusstsein ist, hole ich Sie.« Ein bisschen Schlaf konnte nicht schaden. Er merkte jeden einzelnen Knochen in seinem Körper. Er nahm das Angebot dankend an. Zuvor musste er aber noch Michel Jäger anrufen, den er darum gebeten hatte, bei Simon Neumann im Klinikum zu bleiben.

Simon Neumanns Zustand war unverändert, auch ihm hatten sie, so Jäger, den Magen ausgepumpt und ihn zur Überwachung auf die Intensivstation gebracht.

Jetzt hieß es nur noch warten.

Schon nach wenigen Augenblicken war er eingeschlafen.

Kapitel 59

Sein Nacken tat ihm weh, als er aufwachte. Zuerst wusste er nicht, wo er war. Was war alles geschehen? Aber nach einigen Sekunden Orientierungszeit wusste er, dass er im Stationszimmer des Krankenhauses war, in das vergangene Nacht Tanja eingeliefert worden war. Tanja - sofort war der Horror der vergangenen Nacht und der vergangenen Tage wieder präsent. *Wie spät war es jetzt?* Er schaute auf seine Uhr - sie zeigte kurz vor sechs. *Wie lange hatte er geschlafen?* Er wusste es nicht.

Alles war ruhig. Keiner war hier im Zimmer. Er stand auf und reckte sich, um die Verspannung in seinem Nacken und dem Rücken zu lösen. Er schaute auf sein Handy, das ihm anzeigte, dass kein neuer Anruf eingegangen war. Er verließ das Zimmer und trat auf den Flur. Er hörte Schritte. Carsten Dräger schaute den Gang hinunter und schon sah er Schwester Ivana und Schwester Edeltraut auf ihn zu kommen.

»Guten Morgen, Sie sein kleines Schlafmutze«, sagte Ivana mit ihrem typischen Akzent.

»Wir haben Sie schlafen lassen, da Sie so erschöpft waren.« Sie lächelte ihn an.

»Wie geht es Frau Engel?« fragte er verunsichert.

»Deswegen wollten wir Sie gerade wecken kommen«, sagte Edeltraut.

Wieder erfüllte ihn Unruhe.

»Was ist passiert? Geht es ihr nicht gut?« fragte er mit deutlicher Verunsicherung in der Stimme.
»Nein, nein, alles ist in Ordnung. Es geht ihr den Umständen entsprechend gut. Der Arzt war gerade auch bei ihr. Sie können jetzt auch zu ihr. Sie hat schon nach Ihnen gefragt. Und außerdem ist der Herr Driessler auch schon bei ihr im Zimmer. Wir bringen Sie hin.« Sie legte ihm wieder eine Hand auf seinen Arm und führte ihn zu Tanjas Zimmer. Sie hatte nach ihm gefragt. Sie hatte ihn nicht vergessen. Und es ging ihr den Umständen entsprechend gut. Sein Herz machte einen großen Sprung. Es klopfte in seiner Brust, als ob es wie ein Vogel losfliegen wollte.
Vor der Zimmertür hielt Schwester Edeltraut ihn noch einmal am Arm fest, und sah ihm in die Augen.
»Der Anblick da drin ist sicherlich nicht sehr nett. Ich merke, was Sie für Frau Engel empfinden und deswegen möchte ich Sie vorwarnen. Durch die Vergiftung hat die Leber allem Anschein nach etwas abbekommen. Es wird noch etwas dauern, bis sie ihre Arbeit einwandfrei wieder aufnehmen kann. Die Patientin ist leicht gelb im Gesicht und sieht aus, als ob sie wer weiß was durchgemacht hat.« Sie sah ihn durchdringend an.
»Das hat sie auch«, erwiderte er ihr.
Er öffnete die Zimmertür. Das Bild, das sich ihm bot, war befremdlich. Tanja lag verkabelt wie ein aufgeschraubter Computer in ihrem Bett. Über ihr brodelte eine Flasche mit Flüssigkeit, durch die Sauerstoff in eine Sauerstoffmaske geleitet wurde. Eine Infusion mit diversen Medikamenten hing über ihr.
Als er Tanja sah, musste er unwillkürlich an den Film, *Der Exorzist*, denken - Linda Blair als Besessene. So sah Tanja aus. Gelb im Gesicht mit zerzaustem Haar. Ein Bild des Jammers. Sie drehte langsam ihren Kopf zur Tür. Sie lächelte, als sie ihn sah. Mit zittriger Stimme sagte sie
»Hallo, Herr Reporter, ausgeschlafen?« Sie versuchte zu grinsen.
Die Situation überforderte ihn gänzlich. Sie lag verkabelt in ihrem Bett und machte auch noch Scherze.
»Was soll ich sagen? Du hast mich gestern einfach umgehauen«, erwiderte er.
Sie lächelte erneut.

Driessler saß schon an ihrem Bett mit einem Notizblock in seiner Hand. Er begrüßte Dräger mit einem Nicken.
»Hallo, Herr Hauptkommissar«, sagte Dräger.
»Morgen. Den Fleißigen gehört die Welt. In knapp zwei Stunden muss ich mich mit der Alten bei Monika Nesser treffen, die hoffentlich ihren Rausch ausgeschlafen hat«, sagte Driessler. Dann drehte er sich zu Tanja. »Also Frau Engel, Sie erholen sich erstmal von den Ereignissen und genesen erst einmal wieder völlig. Wenn Ihnen noch etwas einfällt, lassen Sie es mich wissen. Ansonsten sind wir durch.«
Mit leiser Stimme fragte sie »Herr Driessler, wie geht es dem jungen Mann?«.
Die Frage überraschte ihn völlig.
»Habe gerade mit den Kollegen telefoniert, er ist noch immer nicht bei Bewusstsein. Wenn es Sie interessiert, lasse ich Sie umgehend informieren, wenn er aufwacht.«
»Das wäre lieb von Ihnen« sagte sie.
»Okay, dann lasse ich Euch mal alleine. Ich muss erst noch ein paar Telefonate führen und dann hoch zur Nesser. Mal sehen, was sie noch zu sagen hat.« Er verließ ohne Umschweife und ohne eine Antwort abzuwarten den Raum.
Dräger setzte sich zu ihr ans Bett. Keiner sagte ein Wort bis Tanja nach einigen Minuten des Schweigens die Stille brach.
»Mir fehlt eine ganze Menge, was den gestrigen Abend betrifft. Der Arzt meinte, dass innerhalb der nächsten Stunden und Tage die Erinnerung zurückkommen würde. Der Stress und die Vergiftung seien nicht gut für die Erinnerung.«
»Also, weißt Du nicht, wie Du die Medikamente bekommen hast?«
»Der Arzt meinte, ich hätte eine Überdosis von einem Roh…, was weiß ich bekommen. Ich kann mich nicht daran erinnern, wann der Mistkerl mir das gegeben hat.«
»Wissen sie denn schon, wie Du es bekommen hast?«
»Tja, es ist nicht so einfach, aber anhand des Mageninhaltes, meinte der Arzt, dass ich es oral zu mir genommen habe. Aber wie und womit, wissen sie noch nicht. Dies würde erst der Bericht gegen neun Uhr ergeben.«

Sie sah ihn lange nachdenklich an, bis sie flüsterte: »Danke. Du hast mir das Leben gerettet.«
Er streichelte ihr über das zerzauste Haar und erwiderte: »Dafür brauchst Du Dich nicht zu bedanken. Ich habe doch nur egoistisch gehandelt.«
Er grinste sie schelmisch an. Sie verzog unverständlich die Augenbrauen.
»Ja, was meinst Du denn? Ich habe die beste Frau der Welt kennengelernt und ich kümmere mich nicht um sie?«
»Ich bin also für Dich mehr als eine gute Story?« fragte sie.
»Storys gibt es viele, aber Dich gibt es nur einmal!« sagte er.

Kapitel 60

Driessler stand gerade draußen in der kalten Morgenluft, als er sich eine Zigarette anzündete und sein Handy zu läuten begann. Wieder keine Minute Ruhe, nach der er sich so sehr sehnte. Er wurde vorhin von einem Hauch Chanel No. 5 geweckt mit der Information, dass die Patientin erwacht sei. Einen Kaffee hatte er getrunken am Bett von Frau Engel, weder etwas gegessen, noch eine geraucht hatte er. Was kam als Nächstes.
Er nestelte das Mobiltelefon aus seiner Tasche und hielt es sich ans Ohr.
»Guten Morgen, Herr Driessler«, sagte Michel Jäger aufgekratzt.
»Dass der Morgen so gut ist, bezweifele ich. Was gibt es denn?«, maulte er.
»Bestimmt gut! Denn Simon Neumann ist wieder bei Bewusstsein und angeblich kann er sich an alles erinnern und sei vernehmungsfähig. Aber er verlangt ausdrücklich nach Ihnen, Herr Driessler.«
»Nach mir?« fragte er verwirrt. »Woher kennt er mich denn?«.
»Eigentlich wollte er den Chefermittler sprechen. Also, das sind ja quasi Sie. Ich wollte erst Sie informieren, bevor ich die Staatsanwältin informiere.«
Tausend Gedanken schossen wie Gewährkugeln durch seinen Kopf. Ein Gedanke wiederholte sich immer mehr und brannte

sich in seine Schädeldecke ein. »Ich muss allein, ohne die Alte mit ihm sprechen. ALLEIN.«
»Prima, Jäger. Ich werde mich für Sie einsetzten. Das verspreche ich Ihnen, aber eines müssen Sie mir versprechen, besser gesagt, einen Gefallen müssen Sie mir tun.« Er machte eine kleine dramatische Pause. Jäger wusste das das, was jetzt kam, ihm weiß Gott nicht gefallen würde. »Die Kresse muss warten. Rufen Sie sie noch nicht an. Ich rufe sie an und kläre alles ab. Ich bin schnellstmöglich bei Ihnen. Lassen Sie keinen zu Neumann. Verstanden?«
»Okay, alles verstanden«, Jäger legte auf.
Driessler rief die Oberstaatsanwältin an und erklärte ihr, dass das Treffen mit Monika Nesser verschoben werden müsse, da er noch etwas Privates zu erledigen hätte. Sie stimmte widerwillig zu. Sie verabredeten sich für zehn Uhr bei Monika Nesser.
Als Nächstes tippte er die Privatnummer der Nessers ein und wartete. Nach ein paar Sekunden sprang der Anrufbeantworter an und er erklärte ihr, dass sie später kommen würden, so gegen zehn Uhr. Er beendete das Gespräch.
Ohne Umschweife rannte er zu seinem Wagen und fuhr los.
Gegen kurz vor sieben Uhr kam er am Universitätsklinikum an, indem Simon Neumann unter polizeilicher Aufsicht untergebracht war.
Sein Kollege hatte recht behalten, denn der Schnee begann wirklich zu tauen.
Er parkte seinen Wagen im Klinikparkhaus und beeilte sich, um zu Simon Neumann zu kommen.
Vor seinem Zimmer saß der total übernächtigte Michel Jäger, der aussah, als ob er jeden Augenblick einschlafen würde.
Er zuckte zusammen, als Driessler ihm auf die Schulter tippte.
»Oh, hallo«, sagte er, indem er umgehend von seinem Stuhl aufsprang.
»Hallo, rufen Sie mal bitte im Präsidium an und bitten Sie um eine Ablöse. Jetzt bin ich ja hier. Wenn Sie angerufen haben, können Sie nach Hause fahren und sich hinlegen. Sie haben Ihre Sache mehr als gut gemacht. Ich danke Ihnen dafür«, sagte Driessler mit fester Stimme.
Jäger nickte. Es war ihm recht, dass er nach Hause fahren konnte,

denn länger hätte er hier im Krankenhaus nicht durchgehalten. Er war bereits mehrmals eingenickt. Aber konnte man es ihm verübeln? Er war bereits mehr als vierundzwanzig Stunden auf den Beinen.

Driessler betrat das Zimmer in dem Simon Neumann, der Mörder, lag.

Das Bild, was sich ihm bot, ähnelte sehr dem von Tanja Engel. Er war an Schläuche angeschlossen. Das Sprudeln von Sauerstoff, der durch einen Wasserbehälter gepumpt wurde. Das Piepsen von Elektrogeräten, die alle möglichen Körperfunktionen überwachten. Das Einzige, was sie unterschied, war das, dass Simon Neumann ihn mit wachen Augen begrüßte und er ohne Umschweife losredete. Driessler war überrascht.

»Guten Morgen, Herr Hauptkommissar Driessler. Ihr Kollege auf dem Flur hat mir Ihren Namen verraten.« Er schaute ihn durchdringend an. Driessler sagte nichts.

»Ich möchte nicht unnötig Ihre und meine Zeit vertrödeln. Ich werde ein umfassendes Geständnis ablegen, aber nur unter einer Bedingung.« Er wartete auf eine Reaktion. Driessler reagierte auch auf die Worte Simon Neumanns.

»Guten Morgen, Herr Neumann. Ok, ich muss mich nicht mehr vorstellen. Das ist prima. Was ist denn Ihre Bedingung?« fragte er.

»Ich möchte, dass Sie mir unbedingt einen Priester hier ins Krankenhaus bringen lassen. Aber nicht einen Krankenhauspriester. Nein, ich möchte einen Bestimmten hier haben«, sagte er mit fester Stimme.

Ihm ging es anscheinend wesentlich besser als der Sozialarbeiterin.

Driessler wusste sofort, welchen Priester der Mörder zu sprechen dachte. Kalkmann.

»Er heißt Kalkmann…« fing er an.

Driessler unterbrach ihn mitten im Satz.

»Ich kenne ihn. Warum soll er kommen?« fragte er neugierig.

»Das kann Ihnen ja egal sein, Herr Driessler. Sie bekommen Ihre Aussage, Ihr Geständnis von mir und ich bekomme ein Gespräch mit dem Priester.« Er schaute zum Fenster hinaus.

Driessler drehte sich um und ging aus dem Zimmer. Michel Jäger hatte seine Jacke angezogen und war im Begriff zu gehen, als er ihm hinterher rief.

»Ähm, Herr Jäger? Da gibt es noch eine Kleinigkeit.« Er setzte ein charmantes Lächeln auf. Jäger drehte sich um, aber zu schnell, sodass Driessler erkennen konnte, wie er die Augen wütend verdreht hatte.

»Und das wäre?« fragte er leicht gereizt.

»Bringen Sie mir bitte unbedingt den Priester von gestern Abend her. So schnell wie möglich.«

Er war zum Umfallen müde, aber sein Gehirn arbeitete auf Hochtouren.

»Herr Driessler, wir haben Sonntagmorgen. Es ist Messe um zehn.«

»Da ist er wieder bei seinen Schafen. Es ist wichtig und das sagen Sie ihm bitte. Er MUSS kommen und zwar sofort. Ich versichere ihm, dass er um zehn wieder daheim ist.«

Jäger stapfte davon. Er kochte vor Wut. Er wollte nur noch sein Bett, und das »Herr Jäger« hier und »Herr Jäger einen habe ich noch für Sie« regte ihn einfach nur auf.

Driessler betrat wieder das Krankenzimmer.

»Der Priester ist quasi schon auf dem Weg zu uns. Legen Sie mal los. Ich bin gespannt, was Sie mir alles zu erzählen haben«, sagte er.

»Nachdem ich mit dem Priester gesprochen habe. Eher sage ich nichts.« Er, Neumann schwieg.

Driessler ging ganz nah an das Bett heran. Er beugte sich über ihn. So nah, dass er seinen stickigen Atem riechen konnte.

»Wenn ich nicht JETZT von Ihnen bekomme, was ich möchte, bleibt der Priester, wo er ist. Und wenn Sie Glück haben, sehen Sie ihn in zwanzig Jahren wieder, wenn Sie den Knast überhaupt überleben. Haben Sie mich verstanden, Herr Neumann, oder muss ich noch deutlicher werden?«

»Wir machen einen Deal. Ich erzähle ein bisschen und nachher dem Priester den Rest!« sagte er.

Driessler wollte ihn packen, schütteln und ihm eine runterhauen. Aber er riss sich zusammen. Die Zeit rannte ihm davon, um zehn musste er wieder bei Monika Nesser sein mit der Oberstaatsan-

wältin Kresse zusammen. »Herrje!« dachte er sich.
»OK, aber zügig. Verstanden?«
Simon Neumann fing an dem Abend an, als er die Johans besuchte. In allen kleinen Details berichtete er Driessler, was er getan hatte. Auch, dass es ein Unfall mit dem kleinen Jungen war, dass er ihn niemals töten wollte. Auch der Mord in der Triftstraße wurde in allen kleinen Details erwähnt. Auch der Videofilm, der hinterher bei der Bild landete. Dieses Detailwissen verriet Driessler, dass nur er der Mörder sein konnte. Aber jetzt war die Frage, das Warum! Und warum der Mann von Monika Nesser? Er hatte nicht bemerkt, dass es mittlerweile fast halb acht war. Und er hatte nicht bemerkt, dass der Priester hinter ihm stand und lauschte. Erst als Jäger sich räusperte, bemerkten beide den Besuch.

Kapitel 61

Mit fester und bestimmender Stimme sagte Simon »Ich möchte ein paar Minuten allein mit Herrn Kalkmann sprechen.« Seine Stimme verriet, dass es ihm ernst war. Was hatte Driessler denn schon zu verlieren? Außer kostbarer Zeit, die er nicht hatte? Es ging sowieso alles Drunter und Drüber, da konnte diese Sonderaktion jetzt auch nicht mehr schaden.
»Okay, Sie haben eine Viertelstunde, danach muss Herr Kalkmann wieder zu seiner Gemeinde.« Er verließ den Raum.
Priester Josef Kalkmann stand noch immer verunsichert in der Tür. Er wusste noch immer nicht, was der junge Mann, der Mörder, von ihm wollte. Er war der Grund gewesen, warum er sein gesamtes Gedankenkonstrukt, was seinen Glauben anging, infrage gestellt hatte. Wollte er ihn noch einmal auf die Probe stellen? War dies eine der Prüfungen, die er durchzustehen hatte? Eine der Prüfungen, die man ihm während seines Priesterseminars angekündigt hatte? Er hatte Angst, vor dem was kam, oder zumindest vor dem, was er glaubte, was kommen würde.
»Setzen Sie sich bitte«, sagte der junge Mann im Bett. Seine Stimme war nicht mehr so bestimmend wie im Vorfeld. Die Stimme klang jetzt nicht mehr bedrohlich, sondern eher flehend.

Was konnte denn schon passieren? Er war verkabelt in einem Bett und vor der Tür wartete ein Polizist.
Er setzte sich auf den Stuhl, auf dem zuvor der Polizist gesessen hatte.
Er schaute den jungen Mann im Bett an. Der junge Mann starrte zurück. Er begann ohne Umschweife zu reden.
»Da wir nicht viel Zeit haben, möchte ich mich zu allererst bei Ihnen bedanken, dass Sie tatsächlich zu mir gekommen sind. Nach alledem, was passiert ist«, sagte er.
Kalkmann überlegte sich seine Antwort gut, bevor er antwortete, denn er wusste, dass es um die Geduld des jungen Mannes nicht gut bestellt war.
»Wenn mich ein Mensch benötigt, bin ich da. Egal, was gewesen ist«, sagte er ruhig.
»Sie fragen sich, warum Sie hier sind? Warum ein Mensch, der so viel getan hat, unbedingt nach Ihnen verlangt. Ich werde es Ihnen sagen, es hat genau zwei Gründe.« Er holte tief Luft. Ein medizinisches Gerät, an das er angeschlossen war, piepste kurz auf.
»Das erste ist, ich möchte mich bei Ihnen entschuldigen, dafür, dass ich Ihnen Angst gemacht habe. Ja ich weiß, dass Sie Angst vor mir hatten.« Er lächelte leicht, »Ich hätte auch vor jemandem wie mir Angst gehabt.«
»Sie brauchen sich nicht zu entschuldigen, denn ich bin es, der sich entschuldigen muss. Ich hätte Ihnen umgehend die Beichte abnehmen müssen und Ihnen die Absolution erteilen müssen. Ohne Wenn und Aber«, sagte er steif. Simon fühlte sein Unbehagen. Er verstand es.
»Darüber brauchen wir nicht zu diskutieren. Sie sind auch nur ein Mensch, der schlimme Dinge mit anhören musste. Dinge, die jedem Menschen Angst machen würden. Ich möchte, dass Sie wissen, dass ich meinen Grund für all das gehabt habe. Ich habe mich nicht aus Lust oder Spaß versündigt. Diese Menschen waren böse. Sie haben Kinder gequält. Die haben sich an ihrem Leid ergötzt. Haben Lust dabei verspürt Kindern, die Seele zu rauben. Und sie hatten Spaß daran, Kinder zu töten, sie wie Abfall zu entsorgen. Es war meine Aufgabe, diesem ein Ende zu setzen. Auch wenn Sie es nicht verstehen, aber es war meine von Gott gestellte

Aufgabe dies zu tun. Ich fühle mich trotzdem sündig, deswegen wollte ich beichten. Diese Menschen können niemandem mehr Leid antun. Keinem Kind werden sie je mehr Schaden zufügen können.«

War es wirklich, wie er es sagte? Waren diese Menschen, seine Opfer, keine Opfer sondern so voller Sünde? Hatten sie so einen Spaß an dieser Sünde gehabt?

»Simon, haben Sie Dir auch diese schlimmen teuflischen Dinge angetan?« fragte Kalkmann mit bebender Stimme.

Simon nickte nur.

Gott stellte ihn wieder vor eine große Aufgabe in diesem Moment. Zu unterscheiden was wahr und was Lüge war. Aber er wusste, ganz intuitiv, in diesem Augenblick, dass der junge Mann im Bett aufrichtig war. Er log nicht. Er sagte die Wahrheit. Es war wie ein Schock für ihn. Er wusste, dass dieses Gespräch ihn sein Leben lang begleiten würde.

»Und jetzt möchte ich noch etwas von Ihnen. Bitte nehmen sie mir die Beichte ab, denn ich habe erneut gesündigt.«

Dieses Mal griff er nach seiner Bibel, die er fest umklammert hielt. Er wusste, dass die Not des jungen Mannes groß war. Er würde alles daran setzten, dass ihm seine Sünden verziehen würden.

Er nahm ihm die Beichte ab. Was er hörte, schockierte ihn zwar, aber was konnte ihn noch mehr schockieren, als das, was er bis jetzt gehört hatte. Er fühlte Mitleid. Aufrichtiges Mitleid für das Geschöpf Gottes in diesem Krankenhausbett, angeschlossen an von Menschen gebauten Maschinen.

Nach der Absolution schaute er Simon an. Er hatte eine Vorahnung, wollte diese aber nicht aussprechen.

»Kann ich noch etwas für Sie tun?« fragte er.

» Ja, da gibt es noch etwas. Könnten Sie mir einen Bogen Papier besorgen, einen Briefumschlag. Egal was für einen. Und einen Stift. Ich muss einen Brief schreiben. Und wenn Sie mir noch einen letzten Wunsch erfüllen könnten?« Simon teilte ihm seinen Wunsch mit. Kalkmann nickte und verließ den Raum.

Simon hörte, wie der Priester etwas zu Driessler sagte, der auf dem Stuhl vor seinem Zimmer Platz genommen hatte. Nach kur-

zer Zeit kam der Priester mit dem Gewünschten zurück.
»Ich habe Herrn Driessler gebeten, noch ein paar Minuten zu warten, bis er wieder zu Ihnen kommt. Sie haben noch ein wenig Zeit für sich. Ich möchte nur, dass Sie wissen, ich bin jederzeit für Sie da. Gott lässt Sie nicht im Stich. Er wird für Sie sorgen, auch wenn Sie eines Tages vor seinem großen Gericht stehen. Er wird Sie nicht fallen lassen.«
Er bekreuzigte sich, als ob er gebetet hätte, verließ den Raum und schloss dabei die Tür hinter sich.

Kapitel 62

Die Zeit war so schnell verstrichen, ohne, dass Simon Neumann neue Informationen von sich gegeben hatte. Es war möglich, dass ihm auch die letzten Stunden vor den Medikamenten fehlten, aber Driessler zweifelte daran. Irgendetwas sagte ihm, dass Neumann log. Nur, was fehlte, wusste er nicht. Mittlerweile war es kurz nach neun. Er musste sich beeilen, noch pünktlich bei Monika Nesser zu erscheinen. Während Kalkmann im Zimmer gewesen war, stand sein Telefon nicht mehr still. Carsten Dräger hatte mehrmals angerufen, um ihm mitzuteilen, dass Tanja noch immer nicht wusste, wie sie vergiftet worden war. Und die Oberstaatsanwältin hatte ihn angerufen. Ihre Quelle hatte ihr mitgeteilt, dass der Mörder vernehmungsfähig sei und dass er sich bei ihm befinden würde. Sie kochte vor Wut und lies diese frei heraus.
Von Abmahnungen, Dienstaufsichtsbeschwerden bis hin zum Kopfabreißen war alles in ihrem Schwall von geredeten oder besser gesagt, geschrieenen Wörtern dabei. »Was soll es?«, dachte er sich, während er in seinen Wagen stieg. »Die kann mir den Buckel runter rutschen.«
Die Nachricht, dass sie den Mörder der Familie gefasst hatten, hatte sich mittlerweile wie ein Lauffeuer verbreitet. Er zündete sich eine Zigarette an und schaltete das Autoradio ein.
Im Radio liefen gerade noch die Lokalnachrichten. Er musste husten, weil jenes, was er hörte, ihm den Schweiß auf die Stirn trieb.

»Im Familienmordfall von Essen ist der Staatsanwaltschaft und der Polizei der große Durchbruch gelungen. Am Telefon hierzu - die Oberstaatsanwältin Kresse. Guten Morgen, Frau Kresse.«
»Einen wunderschönen guten Morgen«, erklang ihre Stimme, nicht mehr wütend, sondern fast in einem Singsang.
»Was können Sie zu dem in der vergangenen Nacht festgenommenen Mörder sagen?«
»Sie müssen verstehen, dass ich noch nicht viel dazu sagen kann, denn unsere Ermittlungen dauern natürlich noch an. Es hat uns alle eine Menge Kraft gekostet, den Mörder zu überführen und dingfest zu machen. Ein Wochenende hatten wir alle nicht.«
Driessler lachte laut auf, »Die dumme Gans!«
Sie hatte geschlafen, gegessen, saß im Warmen und er hatte sich doch den Arsch aufgerissen. Sie hatte von ihm fast keine Informationen erhalten, tat aber so als sei sie über alles im Bilde.
»Haben Sie denn schon ein Geständnis vom Täter?« fragte der Moderator.
»Einer meiner Angestellten ist gerade im Klinikum und vernimmt ihn. Es ist nur noch eine kurze Frage der Zeit, bis wir haben was wir wollen«, sagte sie fröhlich.
»Danke, dass Sie sich die Zeit für uns genommen haben. Einen schönen und erfolgreichen Sonntag noch«, setzte der Moderator hinzu.
Driessler schaltete das Radio ab. Es genügte, was er gehört hatte.
»Diese dumme Kuh!« schrie er. »Jetzt weiß alle Welt, wo Neumann ist.« Er griff nach seinem Mobiltelefon und ordnete mehr Bewachung für Neumann an. Darüber war nicht das letzte Wort gesprochen. »Diese mediengeile Kuh!« fluchte er vor sich hin.
Ein bekloppter mit einer Knarre im Klinikum, könnte alles kaputt machen, nur weil sie so redselig war.
Er drückte aufs Gas. Das Gespräch mit Monika Nesser durfte nicht warten. Und mit der Kresse auch nicht.
Trotz des Schneematsches raste er mit über siebzig Stundenkilometern durch die Stadt. Er musste vor der Staatsanwältin bei den Nessers sein.
Auf dem Berg in Kupferdreh brach sein Auto mehrmals aus, aber das war ihm egal.

Um halb zehn stand er vor dem Haus von Monika Nesser.
Kein Mensch war auf der Straße, alles schien verlassen zu sein.
Er parkte seinen Wagen direkt vor dem Haus.
Er klingelte Sturm.
Er hatte keine Zeit zu verlieren.
Er wartete und klingelte erneut.
Keine Reaktion.
Jetzt hämmerte er mit seinen Fäusten vor die Tür. Noch immer regte sich im Inneren nichts.
Prima, sie liegt noch immer besoffen im Koma.
Nach alle dem, was sie letzte Nacht in sich hinein geschüttet hatte.
Er zündete sich wieder eine Zigarette an und klingelte erneut.
Eine alte Frau im lila- pink geblümten Kittel und einem Müllbeutel kam aus dem Nachbarhaus. Die Haare waren in Lockenwickler eingedreht.
Sie blieb stehen und verharrte einen Augenblick mit dem gelben Müllbeutel in der Hand, bis sie ihn ansprach.
»Und gab´s Ärger?«, fragte sie provokativ.
Er reagierte nicht.
»Schrecklich, was sich da abgespielt hat, oder?« sagte sie.
»Ja, ganz schrecklich«, erwiderte er unwirsch.
Er hatte keine Lust sich jetzt mit einer alten neugierigen Schachtel zu unterhalten. Er musste zusehen, dass er Monika Nesser irgendwie aus ihrem Koma befreite.
»Da ist aber niemand da!« sagte sie mit einem trotzigen Tonfall in der Stimme.
Er drehte sich jetzt zu ihr um. Verunsicherung breitete sich in ihm aus.
»Wie kommen sie darauf?« fragte er, denn seine Neugier war geweckt.
»Wissen sie, mein Mann, der Karl, hat es mit der Prostata, er muss nachts immer raus. Er hat mich geweckt, wegen der ganzen Polizei. Da habe ich alles mitbekommen, natürlich nur vom Fenster aus. Aber ich bin keine Gafferin!« sagte sie.
»Junge Frau« sagte er angenervt, »wie kommen Sie darauf, dass keiner da ist?«

»Ja, weil der Karl immer um halb sechs aufsteht und da hat er sie gesehen.«
»Frau Nesser?«
»Ja, wen denn sonst? Wir reden hier doch über Frau Nesser.«
Er hasste solche Augenblicke – alte Frauen, die gerne quatschen. Schrecklich!
»Ja«, sagte er genervt.
»Die ist mit neuen Koffern verreist. Verständlich, nach alle dem, was passiert ist.«
»Hat Ihr Mann, Karl, mit ihr gesprochen oder woher wissen Sie, dass sie verreist ist?«
»Gestern hat sie es mir erzählt, als sie schon eine große Reisetasche in ihren Wagen gestellt hat. Sie hätte Urlaub, mal allein ohne Mann, sagte sie. Sie wolle nach Südamerika.«
Ohne abzuwarten, rannte er zu seinem Wagen und rief im Präsidium an. Er orderte mehrere Polizeieinheiten. Dann rief er Oberstaatsanwältin Kresse auf ihrem Handy an.
Bevor sie sich melden konnte, redete er erregt los.
»Wir brauchen sofort einen richterlichen Durchsuchungsbefehl für das Haus von Monika Nesser. Jetzt!« schrie er.
»Wieso? Was ist denn jetzt passiert?« stotterte sie.
»Weil sie abgehauen ist. Deswegen! Alle Flughäfen müssen gecheckt werden. Sie will angeblich nach Südamerika.«
»Wie passt das alles zusammen?« fragte sie.
»Ich habe keine Ahnung, aber es muss alles jetzt sein. Kümmern Sie sich bitte um den Durchsuchungsbefehl. Ich ordne das mit den Flughäfen an. Kommen Sie dann bitte umgehend hierher. Ich warte hier und nehme hier schon mal die Aussage der Nachbarin auf, beeilen sie sich!« Er knallte den Hörer auf.
»SCHEIßE, SCHEIßE, SCHEIßE…!« schrie er, indem er auf sein Lenkrad einschlug.
Die alte Frau stand wie versteinert mit den Lockenwicklern im Haar und der gelben Mülltüte auf dem Gehweg vor dem Haus.
Erneut rief er im Präsidium an und veranlasste die sofortige Überwachung aller Flughäfen in Nordrhein-Westfalen, aber sie hatte über drei Stunden Vorsprung. Wahrscheinlich saß sie schon längst im Flieger.

Kapitel 63

Die Ereignisse schienen sich an diesem Morgen zu überschlagen. Die Zeit rannte ihnen davon. Während Hauptkommissar Driessler auf die Verstärkung und die Staatsanwältin mit dem Durchsuchungsbefehl wartete, meldete sich sein Handy erneut.
Es war der behandelnde Arzt von Simon Neumann.
Er teilte Driessler mit, dass alle Laborergebnisse eingetroffen waren. Was Driessler nun hörte, stellte alles in ein neues Licht. Ein leiser Verdacht klopfte von innen an seine Schädeldecke und wurde immer lauter. Es gab keine andere Möglichkeit. Nachdem er sich bei dem Arzt bedankt hatte und das Gespräch beendet hatte, saß er wie versteinert da und sah auf seine Notizen. Es passte alles zusammen. Das Verschwinden von Monika Nesser und die Untersuchungsergebnisse. Aber nur… WARUM? Das wusste er noch nicht. Der Arzt sagte, dass sie Rohypnol und Valium in Simon Neumanns Blut nachgewiesen hatten, so wie er es von Monika Nesser schon wusste. Der Arzt hatte ihm aber erklärt, dass sich Rohypnol schnell im Körper abbaut, innerhalb von zwei bis drei Stunden. Allerdings konnten sie eine Letaldosis der Medikamente feststellen. Das hieß, dass er eine so große Dosis der Medikamente injiziert bekam, dass er hätte tot sein müssen. Und noch etwas störte ihn und passte nicht ins Bild. Monika Nesser sagte, sie hätte ihm spontan eine Spritze verpasst. Das passte nicht in das vom Arzt aufgezeigte Bild. Es wurden Spuren der Medikamente im Magen gefunden. Nichts Ungewöhnliches wie der Arzt sagte, allerdings wies die Menge darauf hin, dass ein Teil der Medikamente oral eingenommen worden sein musste. Auch das Setzen der Spritze, wie der Arzt ihm sagte, war unmöglich, dass dieses spontan gewesen wäre, denn die Spritze wurde an der Halsschlagader intravenös injiziert. Und dieses sei unmöglich spontan passiert, denn der Einstich sei sehr präzise, wie er es sagte, professionell gewesen.
Er notierte sich auf seinem Notizblock:

1. Wie sind die Medikamente in seinen Magen gekommen?
2. Wie konnte sie so präzise spritzen?

3. Warum wollte Monika Nesser töten?

Frage eins und zwei ergaben sich von selbst, als er auf das Papier starrte. Erst hat sie ihn bewusstlos mit dem Medikament gemacht und dann in aller Ruhe die Spritze gesetzt.
Okay, das passte zusammen, aber es gab noch immer die Frage nach dem Warum.
Warum wollte sie ihn töten?
Der erste Streifenwagen kam rutschend durch den Schneematsch neben seinem Wagen zum stehen. Driessler sprang hinaus, stapfte zu den Beamten und gab ihnen die Instruktionen, auf die Kollegen und die Staatsanwältin zu warten. Einem der beiden Beamten teilte Driessler die Aufgabe zu, die Nachbarin und ihren Mann zu vernehmen. Vielleicht gab es noch die eine oder andere Information, die sie noch nicht ausgeplaudert hatte.
Driessler hatte das Gefühl hier seine Zeit zu verplempern. Er musste mit Simon Neumann sprechen, um dem ganzen Spuk ein Ende zu bereiten. Er musste wissen, warum das alles geschah.
Er stieg in seinen Wagen und brauste in Richtung Klinikum davon.

Kapitel 64

Driessler schaute auf seine Uhr, als er die Intensivstation betrat. Es war gerade zehn Uhr vergangen. Er hatte widerwillig die Staatsanwältin über die neuen Informationen in Kenntnis gesetzt. Sie wollte schnellst möglich, nachdem sie bei Monika Nesser im Haus gewesen war, zu ihm ins Klinikum kommen.
Voller Wut stieß er die Tür zu Simon Neumanns Zimmer auf. Der junge Mann hatte wohl geschlafen, er schreckte hoch.
Ohne Umschweife redete Driessler los.
»Herr Neumann, ich habe keine Ahnung, warum Sie mir etwas verheimlichen. Aber eines weiß ich. Ich habe die Schnauze voll von diesem beschissenen Katz und Maus Spiel. Auch Ihre Masche, von wegen ich kann mich nicht erinnern, kotzt mich an. Verstanden? Entweder, Sie reden jetzt hier mit mir oder ich werde

andere Seiten aufziehen. Haben Sie mich verstanden?« Er war atemlos.

Simon starrte ihn verwirrt an. Wollte er nur drohen oder war es ihm ernst? Driesslers Gesicht zeigte Entschlossenheit.

»Okay, Herr Driessler ich werde Ihnen jetzt und hier alles erzählen, aber ich möchte Sie noch um einen Gefallen bitten«, sagte er.

»Ich habe Ihnen schon genügend Gefälligkeiten erwiesen, Herr Neumann. Jetzt sind Sie an der Reihe«, fauchte er grantig und gereizt.

»Sie müssen bitte nur nach unserem Gespräch diesen Brief hier Frau Tanja Engel überbringen. Ich möchte, dass sie ihn liest. Ich bitte Sie darum!« Seine Augen waren Tränen erfüllt.

Wieder konnte Driessler diese Reaktion nicht deuten.

Er nickte, nahm den Brief und steckte ihn ein.

»Direkt nach unserem Gespräch werde ich ihn ihr persönlich überbringen. Versprochen.«

»Danke. Ich weiß es zu schätzen. Was wollten Sie wissen?« fragte er.

»Was ist gestern Abend im Haus von Monika Nesser passiert? Ich möchte alles wissen, von Anfang an!«

Er begann. Was Driessler nun hören sollte, ließ ihm das Blut in den Adern gefrieren.

»Ich habe das Haus schon seit Wochen beobachtet. Ich wusste, wie ich am besten hineingelangen konnte. Ich hatte nur ein Ziel, Sabine Sawitzki oder Monika Nesser, wie sie sich heute nennt, zu töten.«

»Sie war damals die zuständige Sozialarbeiterin in Ihrem Fall als Sie ein Kind waren?«

»Ja war sie.« Er verzog das Gesicht zu einer schmerzverzerrten Fratze.

»Und sie hat Ihnen damals nicht geholfen?« fragte Driessler mitfühlend.

»Geholfen? Herr Driessler, verstehen Sie noch immer nicht? Sie war es. Alles, was damals passierte ging von ihr aus.« Er drehte seinen Kopf zum Fenster.

»Wollen Sie damit sagen, dass sie sich…«, er räusperte sich »… sich auch an Kindern vergangen hat?«

Simon Neumann lachte laut auf.
»Sie hat alles organisiert. Sie hat die Kinder beschafft aus Familien, die sie zu betreuen hatte. Sie hat sogar Kinder aus dem Ausland organisiert. Sie ist diejenige, die alle Fäden in der Hand hatte, sozusagen der Big Boss.«
»In ihrer Vernehmung hat sie mir erzählt, dass alles ihr Mann gewesen sei«, sagte Driessler.
»Das hat sie mir gestern mit ihrem Psycho-Geplapper auch versucht weiß zu machen, aber ich weiß es doch. Sie war es gewesen, die meinen Eltern die Kohle für die »Nutzung« gebracht hat. Sie war immer dabei, wenn sie kamen. Sie wusste, wie sie uns Angst machen konnte. Und das tat sie gern. Ich werde ihre Augen nicht vergessen, wie sie sich über die verfluchte Kiste beugte, wenn sie den Deckel abnahm und zu mir hinein schaute. »Ist der Simon jetzt ein braves Kind? Und hört auf zu heulen? Wird der Simon jetzt schön lieb sein? Der Simon weiß doch, dass die Tante alles machen kann, was sie möchte. Und so weiter. Sie drohte damit, uns wehzutun, uns oder unsere Familie zu töten, wie man halt Kindern Angst machen kann.« Er schaute Driessler in die Augen. »Jedenfalls bin ich gestern Abend in ihr Haus gegangen durch den Keller. Dort stand die Kiste, vor der ich mich mein Leben lang gefürchtet hatte. Geräusche kamen da raus. Ich hatte Angst davor, was ich in dieser Kiste finden würde, ich öffnete den Deckel und fand Tanja Engel darin. Sie war verängstigt und verstört. Da wusste ich, dass sie keine gemeinsame Sache mit ihr macht und ein Opfer war. Ein Opfer, wie ich es bin. Sie verlor die Besinnung und ich legte sie in eine Ecke. Ich wollte es beenden. Ich wollte, dass die Schatten die jede Nacht zu mir kamen, endlich aufhören. Ich stieg ins Wohnzimmer und was ich sah, bestärkte meine Ansicht von ihr. Sie hockte gebeugt über ihrem Mann und bearbeitete ihn mit einem Messer. Sie hatte ihn getötet, nicht ich. Ich blieb wie angewurzelt stehen. Ich hatte Angst vor ihr. Sie war die Leibhaftige, der Teufel, der Beelzebub, egal wie Sie es nennen möchten. Und ich stand vor ihr. Sie zeigte sich nicht eingeschüchtert, dass ich in ihrem Haus war, sie zeigte keine Angst. Es war so, als ob sie mich erwarten würde. Ja sie hatte auf mich gewartet.«
»Und was taten Sie?« fragte Driessler.

»Ich stand einfach nur da, meine Angst hatte mich gelähmt. Und das wusste sie. Sie sprach mich an und sagte in ihrem herrischen Ton, dass ich mich setzen solle.
Ich gehorchte ihr, ich weiß nicht warum. Ich wollte mich auf sie stürzen, ihr das Herz aus der Brust reißen, sie sterben sehen, aber ich hatte solche Angst in dem Augenblick. Sie goss mir einen Wein ein und befahl mir, dass ich etwas trinken solle und dann würde sie mir alles erzählen, sich mit mir unterhalten. Sie gestattete mir, Fragen zu stellen. Ich war der Böse. Ich war der, der sie töten wollte und sie gestattete mir, dass ich ihr Fragen stellen konnte?« Er holte tief Luft und trank einen Schluck Wasser.
Driessler sagte nichts.
»Tja, und dann erzählte sie mir, dass sie es nicht war, sondern alles von ihrem Mann ausging. Sie verstehen würde, dass ich sauer sei, aber ich nun beruhigt sein könnte, denn sie hätte meine Arbeit erledigt, quasi zu Ende gebracht.
Wenn ich jetzt darüber nachdenke, hasse ich mich dafür, dass ich so voller Angst, so voller Schwäche gewesen war. Sie sagte, dass ich sogar gute Arbeit mit den Johans geleistet hätte. Ja, sie bekräftigte mich noch darin, sie seien schlimm und böse gewesen. Sie haben ihr eigenes Kind missbraucht.« Er machte wieder eine Pause. Jetzt merkte Driessler, dass Simon Neumann nicht so kräftig war, wie er vorgab zu sein. Seine Stimme zitterte, er konnte aus Schwäche sein Glas nicht mehr halten. Driessler nahm das Glas und führte es zu seinen Lippen. Simon trank gierig.
Jetzt zeichnete sich ein klareres Bild ab, jetzt wusste er, warum die Nesser ihn töten wollte.
»Dann wurde mir schwindelig. Alles drehte sich. Sie saß mir gegenüber auf einem Stuhl und rauchte eine Zigarette nach der anderen und trank ihren Wein. Ich hatte nicht viel getrunken, erst dachte ich, es sei der Alkohol, der Wein, aber dann bemerkte ich, dass es stärker war als Alkohol. Ich versuchte aufzustehen und fragte sie, was sie mir gegeben hatte. Ich sank immer wieder auf den Stuhl. Sie lachte, jetzt zeigte sie wieder ihr echtes Gesicht. Meine Angst wuchs ins Unermessliche. Sie sagte, dass sie mir ein Medikament gegeben hätte, was mir die Besinnung nehmen würde. Zu dem Zeitpunkt bekam ich alles noch mit, aber konnte

mich fast nicht mehr bewegen. Sie sagte: *Simon, Schätzchen, das kennst Du doch noch von früher, dass hast Du doch früher schon immer bekommen. Es macht, dass ich mit Dir machen kann, was ich will.* Sie lachte wieder auf. Dann griff sie neben sich und ich sah im Kerzenschein etwas kurz aufblitzen. Dann stand sie auf und kam zu mir herüber. Sie sagte, dass sie mich jetzt töten werde, es aber ein angenehmer Tod sein würde und alle es für einen Unfall halten würden. Sie legte meinen Kopf zur Seite, ich spürte nur ein Brennen an meinem Hals und dann nichts mehr. Die Erinnerung kehrte erst zurück, als der Arzt mir erneut eine Injektion gab, ich dachte ich sei tot. Denn wenn Sabine Sawitzki etwas ankündigte, tat sie es auch. Aber ich lebe. Dem Herrgott sei Dank « Er schloss die Augen.

»Das können Sie laut sagen, denn der Arzt sagte mir, dass Sie mehr als Glück gehabt haben. Es würde ein Wunder sein, dass Sie noch leben und mehr noch, Sie sich erinnern können«, sagte er leise.

»Wie konnte Tanja entkommen?« fragte Simon.

»Wir waren zur richtigen Zeit am richtigen Ort. Zum jetzigen Zeitpunkt gehe ich davon aus, dass sie Tanja auch töten wollte. Sie wird die gleiche Masche, wie mit ihnen abgezogen haben. Etwas zu trinken angeboten und so weiter. Nur hat sie ihr keine Spritze injiziert und wollte sie so betäuben und dann vielleicht verschwinden lassen. Übrigens Monika Nesser oder Sabine Sawitzki ist auf der Flucht, ist untergetaucht.« Sein Gesicht zeigte tiefe Sorgenfalten.

»Natürlich, sie ist nicht dumm. Sie wird sich irgendwo verstecken und bald wieder ihre Arbeit aufnehmen, das versichere ich Ihnen«, sagte Simon.

Nach dem Gespräch fuhr Driessler, wie er es versprochen hatte, zu Tanja Engel ins Krankenhaus.

Kapitel 65

Gegen kurz vor eins betrat der Hauptkommissar das Zimmer von Tanja Engel. Carsten Dräger saß noch immer an ihrem Bett und hielt ihre Hand. Die Sozialarbeiterin schlief. Dräger schaute ihn an und lächelte.

»Und wie geht's ihr?« fragte er.

»Der Doktor war gerade noch hier und meinte, es ginge ihr schon wieder besser, er meinte, es sei ein Wunder.« Er lächelte zuversichtlich. »Sie muss noch ein wenig hier bleiben zur Beobachtung und zur Stabilisierung.«

Driessler zog den Brief aus seiner Jacke.

»Den hier«, er wedelte mit dem Briefumschlag »soll ich ihr von Simon Neumann geben, sie soll ihn lesen, darum hat er gebeten.«

Sie weckten sie vorsichtig.

Tanja nahm den Brief. Ein seltsames Gefühl breitete sich in ihr aus, als sie den Brief in ihrer Hand hielt. Sie wollte allein sein.

Driessler und Carsten Dräger gingen in die Cafeteria, um etwas zu essen, das erste heute für Driessler.

Als Tanja allein im Zimmer war, öffnete sie den Umschlag. Ein Blatt Papier steckte gefaltet darin. Sie nahm es heraus und begann zu lesen.

»Liebe Tanja,

jetzt weißt Du, wer ich bin. Aber Du kennst mich noch immer nicht, nur meinen Namen und Du weißt, wie ich aussehe. Du hast in den letzten Tagen viel durchgemacht meinetwegen. Es tut mir leid aus ganzer Seele. Zuerst dachte ich, dass Du und Sabine Sawitzki oder wie Du sie kanntest, Monika Nesser, zusammengehörtest. In Deinem Arbeitszimmer in Deinem Haus stand ein Foto von Euch beiden.

Jetzt bin ich eines Besseren belehrt worden.

Du bist diejenige, die an ihre Sache glaubt, sie lebt. Dafür bewundere ich Dich.

Ja, ich habe Menschen getötet, ich habe mich von einigen Schatten befreit, aber einen werde ich nie los. Sie wird mich weiter

Nacht für Nacht heimsuchen und mich quälen.
Warum gibt es nicht mehr von Deiner Sorte Mensch? Die meisten Menschen sind auf sich selbst fixiert und nehmen immer nur, egal zu welchem Preis. Du bist anders.
Egal was auch kommen mag, lass die Kinder nicht im Stich, denn sie brauchen Dich.
Sie können sich nicht selbst helfen, Du bist ihre Vertraute, ihre Anwältin und ihr Schutzengel. Sei bei ihnen.
Wir konnten uns leider nicht besser kennenlernen, und das ist schade. Aus irgendeinem Grund fühle ich mich mit Dir seelenverwandt. Gibt es so etwas? Ich fühle es und ich weiß es. Danke, dass Du da bist. Danke im Namen aller, denen Du geholfen hast und noch helfen wirst.
Wenn Du diese Zeilen liest, bin ich vor das große Gericht getreten und stehe vor unserem Herrn und Schöpfer. Ich habe mir das Leben genommen, denn ich ertrage die Schatten nicht mehr. Ich kann sie sehen, wie sie in der Zimmerecke auf mich lauern und warten, bis sie mich wieder Nacht für Nacht holen kommen. Und dann kommen sie auch bald am Tage. Ich bin auf diese Reise gut vorbereitet. Ich hatte einen Vertrauten. Mein Gewissen ist frei und ich kann allein aus eigenen Stücken gehen.
Irgendwann werden wir uns wieder sehen.

Dein Simon«

Die Tränen standen Tanja in den Augen, als sie den Brief an ihre Brust drückte. Sie weinte.
Die Tür ihres Zimmers wurde ruckartig aufgerissen und Carsten Dräger stand darin. Er war bleich wie eine gekalkte Wand. Regungslos stand er da.
»Simon Neumann ist gerade aus seinem Fenster gesprungen.«
Auch Carsten hatte Tränen in seinen Augen.

Epilog

4 Wochen später.

Es war still um ihn herum, als er einfach nur an seinem Fenster saß und Vögel beobachtete, die die ersten Würmer aus der Erde zogen. Ein Tag glich dem anderen. Die Schmerzen hatten allmählich nachgelassen und seine Medikamente, die er verabreicht bekam, wurden Stück für Stück in ihrer Dosierung herabgesetzt. Er war froh darüber, dass er nun wieder seine Gedanken klar und deutlich wahrnehmen konnte. Morphium, jeden Tag, jeden Mittag und zur Nacht eine besonders große Dröhnung. Er war es satt, so satt. Aber jetzt konnte er wieder lesen, Zeitungen, Bücher und was sich gerade bot. Erst vor wenigen Tagen brannte sich eine Schlagzeile der Tageszeitung auf seine Netzhaut, dass er sie noch immer vor seinem inneren Auge sehen konnte:

»Der Bestie aus Essen wird der Prozess gemacht –
M. Nesser gesteht – Eine Dokumentation des Grauens«

Sie war gefasst worden und wartete nun auf einen Prozess, den sie nicht verdiente. Sie hätte büßen sollen für all ihre Taten und nicht in einem Gefängnis darauf warten, dass Justitia sie in ihre Obhut nahm. Sie lebte weiter, in einem Gefängnis mit Bibliothek, Sporthalle und Heiliger Messe. Er war auch gefangen in seinem Gefängnis. Sie würde eines Tages wieder in Freiheit sein und er? Er würde nie frei sein, niemals. Aber er hatte dazu gelernt. Viel gelernt wie noch nie zuvor in seinem Leben. Nicht alle Menschen waren schlecht und böse. Und was das Wichtigste war, er war nicht mehr allein.
Und die Schatten waren allmählich immer mehr verschwunden.
Mit einem Schlag wurde die Tür aufgeschlossen, ein Justizvollzugsbeamter betrat die Zelle.
»Herr Neumann, ihr Besuch ist da.«
Simon drehte seinen Kopf in Richtung Zellentür und sah Tanja in die Augen.

ENDE

Laut Bundeskriminalamt gab es im Jahr 2008 rund 12052 Anzeigen im Sinne der Paragrafen 176, 176a und 176b – dem sexuellen Missbrauch von Kindern. Der Gesetzgeber meint im Sinne von Kind alle Menschen bis 14 Jahre. Experten gehen davon aus, dass in Deutschland mindestens alle 30 Minuten ein Kind sexuell missbraucht wird. Damit Sie nicht extra anfangen müssen zu rechnen:

- Am Tag werden ca. 48 Kinder sexuell in Deutschland missbraucht.
- In der Woche werden ca. 336 Kinder sexuell in Deutschland missbraucht.
- Im Monat (bei 30 Tagen) werden ca. 1440 Kinder sexuell in Deutschland missbraucht.
- In einem Jahr macht das ca. 17280 sexuell missbrauchte Kinder.

Und die Wahrheit sieht wesentlich dramatischer aus. Wer im Sinne der o.g. Paragrafen ein Kind sexuell missbraucht, hat vom Gesetzgeber eine Strafe zu befürchten, nämlich eine Freiheitsstrafe von 6 Monaten bis zu 10 Jahren. Wobei die Höchststrafe selten verhängt wird. Von einer besonderen Schwere der Tat wird dann ausgegangen, wenn ein Kind körperlichen und/oder seelischen Schaden durch die Tat erleidet. Im direkten Vergleich, ein Dieb, der einen Gegenstand aus einer Kirche entwendet, der messerelevant ist, wird mit einer Freiheitsstrafe von 3 Monaten bis zu 10 Jahre bestraft (§243 StGB Nr.4). Diesen Vergleich möchte ich an dieser Stelle unkommentiert lassen.

An dieser Stelle möchte ich einbringen, dass ich in meiner täglichen Arbeit erleben muss, dass Kinder die solch grausame Dinge erleben mussten – immer – wirklich immer einen seelischen Schaden davon tragen, für den Rest ihres Lebens. Manche Narben mögen im Laufe eines Lebens verblassen, aber verschwinden werden sie wohl nie. Und dies war für mich der Ausgangspunkt für diesen Roman. Was passiert, wenn ein missbrauchtes Kind erwachsen wird und sich an seinen Peinigern von damals rächen möchte? Und alles betrachtet vor dem Hintergrund des deut-

schen Rechtssystems, in dem Kinder nicht ausreichend genug geschützt werden. Um noch deutlicher zu werden, häufig bekommen Eltern, die ihre Kinder missbraucht haben, sogar ein weiteres Umgangsrecht zugesprochen oder im schlimmsten Fall dürfen/ müssen die Kinder in diesem Haushalt weiter leben.
Selbstverständlich sind alle Personen in meinem Roman komplett frei erfunden. Die Orte und Straßen sind im Gegensatz zu den Personen real. Allerdings gibt es die bezeichneten Privathäuser nicht. Diese entstammen alle meiner Fantasie.

Ich kann einigen Menschen nicht genug für Ihre Unterstützung danken. Danke Tanja und Oliver Bidlo, dafür dass sie den Mut aufgebracht haben mir die Chance zu geben, dieses Buch zu veröffentlichen. Als Sozialarbeiter habe ich zwar viel Einblick in meinen Arbeitsbereich und die dazugehörigen Rechtsgrundlagen, allerdings was die Arbeit der Kriminalpolizei und der Staatsanwaltschaft angeht, habe ich bis vor Kurzem absolut keine Ahnung gehabt und möchte mich bei Herrn Richter, seines Zeichens Richter am Landgericht Essen bedanken, dass er sich Zeit für mich und meine Fragen genommen hat. Sollte vielleicht nicht alles in diesem Roman wie in der Realität funktioniert haben, liegen diese Fehler eindeutig bei mir und nicht an meinen Informationen.
Timm Schröder, danke, dass Du an mein Buch geglaubt hast und mir behilflich bei der Suche nach einem Verlag gewesen bist! Da ich nicht alle Leute erwähnen kann, die mich moralisch unterstützt haben, erwähne ich einige wenige stellvertretend für alle anderen: Sarah, Heike, Ellen...
Danke Martina und Tanja, ohne Euch wäre ich heute keiner von Euch! Danke Michel, dass Du für mich immer da bist, ohne Dich hätte ich vieles nicht mehr hinbekommen.
Und zu guter Letzt, danke an meine Mutter Marion für wirklich alles, was sie für mich getan hat. Ohne Dich hätte ich keinen Grund diese Zeilen hier zu schreiben, denn dann würde es dieses Buch nicht geben.
Und vielen, vielen Dank an alle Leser, ich hoffe, dass Ihnen mein Roman gefallen hat.

Daniel Raifura